KB078323

관상왕의
1번룸

관상왕의 1번 룸 10

가프 장편 소설

초판 1쇄 찍은 날 § 2015년 11월 10일
초판 1쇄 펴낸 날 § 2015년 11월 17일

지은이 § 가프
펴낸이 § 서경석

편집책임 § 한준만

펴낸곳 § 도서출판 청어람
등록번호 § 제387-1999-000006호
등록일자 § 1999. 5. 31
어람번호 § 제1-2284호

주소 § 경기도 부천시 원미구 부일로 483번길 40 서경B/D 3F (우) 420-822
전화 § 032-656-4452 팩스 § 032-656-4453
http://www.chungeoram.com
E-mail § chungeorambook@daum.net

ISBN 979-11-316-90509-4 04810
ISBN 979-11-316-90237-6 (세트)

가프 장편 소설

관상왕의
1번룰

FUSION FANTASTIC STORY

도서출판
청어람

CONTENTS

제1장

홍콩의 관상왕

핵심!

한 단어를 꺼낸 손 국장의 눈가에 주름이 잡혔다. 진지함과 고뇌가 섞인 표정. 그만큼 중요한 일이라는 반증처럼 보였다.

"이 일은 정말 중요한 일입니다."

한 번 더 강조한 손 국장이 말을 이어갔다.

"아시겠지만 지금 남북 관계는 교착 상태를 넘어 대결 직전까지 치달아 있습니다. 서로 우호적 제스처를 취하기는 하지만 이면에는 다른 계산법을 가지고 있지요. 우리 측 입장을 말씀드리자면… 저들 전략의 핵심을 알고 있지 못합니다. 심지어는 누가 대남협상권을 쥐고 있는가 하는 것도……."

그 말은 실망이었다.

국정원!

왜 국정원인가? 무엇으로 밥값을 하고 있는가? 대외 정보도 중요하다지만 그들에게 최우선 순위는 대북 정보였다. 더구나 첨단 장비의 시대. 하늘에는 위성이 돌고 땅에도 온갖 통신 장비가 넘쳐 나고 있다. 그런데 대남협상권, 즉 누가 실세인지도 모르고 있다니…….

"솔직히 말씀드리면, 저희는 지금 이 비즈니스에 사활을 걸고 있습니다. 아니, 걸어야만 하고요."

"……."

"기분 나쁘게 들릴지도 모르지만 오죽하면 관상전문가의 도움까지 받으려 하겠습니까?"

"그 말은 실수이십니다."

길모는 조용히 듣고 있다가 바로 딴죽을 걸었다.

"예?"

"당신들은 역술인을 찾습니다. 그것도 한두 번이 아니지요. 정치와 역술인의 공생은 저도 모르지 않습니다."

"대권주자를 말씀하는 건가요?"

"멀게는 그렇고 가깝게는 국회의원에서 지방 의원들도…….

"그렇군요. 그건 인정합니다. 하지만 이건 아셔야 합니다. 국정원 안에는 첨단 장비를 다루는 요원만 있는 게 아니라는 사실. 나처럼 역술에 관심이 많은 사람도 있습니다."

"역술을 안다는 뜻입니까?"

"주역을 통달하면 개개인의 운명을 족집게처럼 집어낸다면서요?"

손 국장이 웃었다. 어느 정도 식견은 가지고 있음을 보여준 셈이다.

"레드 울프… 갈림길에 서 있습니다. 그렇기에 홍 부장님을 원하는 거겠죠? 그렇지 않을까요?"

"……."

"그의 마음을 돌려주십시오. 남북통일의 물꼬를 트는 엄청난 일이 시작될 것입니다."

"관상이 아니라 설득을 하라는 겁니까?"

"물론 관상을 보셔야죠. 하지만 내가 알기로 관상에 이런 말이 있더군요. 불길하면 좋은 부분을 골라 덕담으로 넘길 것. 정말 관상학적으로 아니다 싶어도 열심히 살면 반드시 잘될 상이라고 말해줄 것. 틀렸나요?"

"……?"

길모가 고개를 들었다. 맞는 말이었다. 길모 역시 이따금 써먹는 요용한 관상 격언. 그걸 국장이 알고 있었다.

"하지만 그건 용례가 다릅니다."

"알아요. 그러나 국익이 걸린 일이니 하는 말 아닙니까? 설령 그가 망명할 관상이 아니라 한들 망명만 하면 우리가 모든 것을 책임질 겁니다. 신변 보호부터 신분 보호까지!"

"그래도 아닙니다. 처음부터 아닌 것은 아닙니다."

"홍 부장님!"

"국장님 어떠십니까? 국정원에서 정보통으로 계셨고 나이도 드실 만큼 드셨습니다. 그렇다면 관상까지는 아니어도 척 보면 어떤 사람인지 감을 잡으실 겁니다. 그렇죠?"

"물론이오."

"그럼 레드 울프는 다를까요? 아니죠, 일생일대의 모험을 하려는 것이니 오히려 더 신경이 날카로워져 있을 겁니다. 거짓말을 하는 순간 알아차린다 이겁니다."

"홍 부장은 대가 아닙니까? 일반 사람이 아닙니다."

"크게 다르지 않으니 여기서 저를 내려주십시오."

"홍 부장님!"

"내려주세요!"

길모는 묵직하게 재촉했다. 애당초 결론을 정하고 하는 일이라면 길모가 낄 이유가 없었다.

"안 됩니다!"

국장은 고개를 저었다. 그러자 길모는 달리는 차의 문을 열어버렸다.

"왜 이러는 거요?"

국장이 길모의 팔목을 잡았다.

"내릴 겁니다. 국장님 답은 이미 나와 있고 제 답은 그것과 다릅니다. 갈 길이 다르니 내릴 수밖에요."

"세우게!"

다급한 국장, 길모의 의지가 완강하자 운전수에게 지시를 내렸다.

"홍 부장님, 국가가 당신을 필요로 하는 일입니다. 반드시 보답을 받을 거예요."

"그 부름에 응하고 싶습니다. 하지만 거짓말하는 것으로는 응할 수 없습니다."

"……."

"나는 오직 관상만 봅니다. 관상가는 하늘이 사람의 얼굴에 쓴 운명을 해석하지 필요에 따라 입맛대로 나불거리지는 않습니다. 그런 사람이 필요하면 언변이 능한 사람을 데려가세요. 그게 맞는 거 아닙니까?"

"허어!"

"추천해 드릴까요? 백홍우 거사라는 분이 있습니다. 관상 실력도 준수한 데다 언변은 그 위에 막강하니 적격자일 것 같습니다."

길모는 그 말을 남기고 인도를 따라 걸었다.

"홍 부장님, 잠깐만요!"

길모의 등 뒤에서 국장의 목소리가 날아왔다. 길모는 잠시 걸음을 멈추었다.

"하는 수 없지요. 당신의 뜻에 맡기겠습니다."

국장이 한숨 섞인 목소리를 토했다.

부우웅!

다시 차가 속도를 높이기 시작했다. 국장은 잠시 동안의 정적을 깨고 설명을 이어갔다.

"홍콩에 내리면 저쪽에서 차를 보내줄 겁니다. 그걸 타고 가면 됩니다."

"저쪽이라면?"

"레드 울프. 홍콩에 도착하면서부터 모든 것은 그가 진행하기로 되어 있습니다."

"……."

"극도로 예민할 것이므로 미행은 하지 못합니다. 하지만 크게 염려하시지는 않아도 됩니다. 그쪽도 중국령에서 대놓고 허튼짓을 하지는 않을 겁니다."

"자칫 제가 납치될 수도 있겠군요."

"……."

"이것 참… 양쪽에서 저를 곤란하게 하시는군요."

"미안하게 되었습니다. 저쪽에서 워낙 보안을 요구하는지라……."

"국익을 위해서 한 국민의 안전은 뒷전이다?"

"대신 이걸 준비했습니다."

국장이 핸드폰 커버를 내밀었다.

"위치 추적기를 삽입한 겁니다. 만약을 위해 핸드폰에 끼우고 가세요."

인천공항에서부터 길모는 혼자였다. 최근 휘몰아친 메르스 때문일까? 간간이 마스크를 쓴 사람들이 보였다.

기내에서도 국장과 국정원 요원들은 멀찌감치 떨어져 앉았다. 아는 척도 하지 않았다. 홍콩까지 그리 멀지 않은 게 다행이었다. 기내식을 먹고 진토닉을 마셨다. 진토닉이 있는 줄은 몰랐다. 하지만 옆 좌석의 아가씨가 시키기에 '미 투' 하고 손을 들었다. 역시 알아야 면장을 한다.

홍콩에 내렸다.

여전히 촌놈이었다. 국장 편에 설명을 들었지만 출입국 수속은 여전히 낯설기만 했다. 긴장한 탓일까? 입국 수속에 해프닝을 겪게 되었다.

"메―아 씨 여리런 띠껫?"

출입국 심사관이 길모를 바라보았다.

무슨 씨?

하마터면 홍이라고 말할 뻔했다. 잠시 주저할 때 진토닉 아가
씨가 백기사로 나서주었다.

"돌아갈 비행기 표 보여 달래요."

"아, 네⋯⋯."

길모는 출력물을 꺼내주었다. 심사관은 스탬프를 찍은 후 여
권을 돌려주었다. 그것으로 끝난 건 아니었다. 망할 놈의 메르
스 때문에 체온 체크도 제대로 했다. 길모만 그런 것은 아니었
다. 그러고 보니 검역관들의 눈매가 달랐다. 한국 비행기의 탑
승객을 매의 눈으로 노려보았다.

"고맙습니다."

체온 체크를 받고서 잠시 기다린 길모는 아까 그 아가씨가 나
오자 인사를 했다.

"여행 오셨어요? 잘 보시고 가세요."

아가씨는 선글라스를 꺼내 쓰고 휘적휘적 가버렸다.

뒤는 돌아보지 않았다. 국장의 당부였다. 옆도 보지 않았다.
그것도 당부였다. 그저 직진. 길모는 그렇게 입국장으로 나왔
다.

'생수를 두 개 사라고 했지?'

지갑을 보니 백 달러짜리 다섯 장과 십 달러짜리 석 장, 그리
고 일 달러짜리 두 장이 들어 있다. 길모는 공항 매점으로 가서
생수를 집어 들었다. 그런 다음 10불을 냈다. 얼마인지 물어보

지 않아도 되었다.

잔돈을 받아 들고 매점을 나왔다. 그 자리에 서서 한 통을 까버렸다. 국장의 오더대로 선 채로 원샷을 했다.

물 원샷!

생각보다 힘들다. 맥주라면 또 모를까.

반은 먹고 반은 흘렸다. 턱과 목에 묻은 물기를 닦으려 할 때 코앞에 소녀가 보였다. 중학생 나이의 한국인이다.

"아저씨는 턱이 입이에요? 아예 턱에다 부어버리네?"

"아깝냐?"

"네. 그럴 거면 남은 건 저를 주세요. 목마르거든요."

길모는 물을 건네주었다. 물을 달라는 사람이 나타나면 물을 줄 것. 그리고 그가 시키는 대로 할 것. 국장의 오더였다.

소녀는 물을 받아 들고 앞서 걸었다. 그러다 슬쩍 돌아보는 소녀. 그런데 거기에 신 보살의 이미지가 겹쳐왔다. 보이시한 소녀였다.

소녀는 주차장으로 가서 검은 차에 올랐다. 문은 닫지 않았다. 길모도 그 차에 끼어 탔다. 소녀는 그제야 물을 마셨다. 길모와는 달리 물을 한 방울도 흘리지 않고 원샷한다.

'봤어요?'

그녀의 눈이 그렇게 말했다. 어쩐지 정이 가지 않는 눈빛이다.

더블 데크!

홍콩 도로에 접어들면서 제일 먼저 눈에 띈 게 2층 버스였다. 많았다. 화려했다. 한가한 몸은 아니었지만 외국 온 기분은 제대로 났다.

"한숨 주무세요."

소녀가 앞을 보며 말했다.

"나?"

"네!"

목소리가 차갑다. 어린 소녀로만 보기는 어려운 아이였다.

'신경은 안 건드리는 게 좋겠지.'

길모는 상황을 읽고 있었다. 국정원, 아마 추적 장치를 따라 움직일 것이다. 그렇다면 편안하게 생각하는 게 좋을 듯싶었다.

소녀의 손에서 안대가 나왔다. 그걸 내밀지만 입은 열지 않았다. 길모는 안대를 받았다.

'한숨 자자.'

잠은 보약.

어차피 레드 울프의 마음대로 움직일 일. 길모는 안대를 썼다. 베일에 가린 레드 울프와의 만남, 그게 안대 저 너머에서 길모를 기다리고 있었다.

얼마나 지났을까?

차가 멈췄다. 소녀의 손이 길모의 팔에 닿았다. 일어나라는 의미다. 안대 얘기는 하지 않았다. 아직 벗을 때가 아닌 모양이다.

차에서 내리고서야 소녀는 길모의 안대를 벗겨주었다. 복잡하기 짝이 없는 홍콩의 뒷골목. 곰팡이가 슬 대로 슨 건물이 시야에 들어왔다.

들어가세요.

앞을 가리킨 소녀의 손이 그렇게 말했다. 꽤 높은 담장이 고집스레 둘러쳐진 곳. 길모는 건물 안으로 한 걸음을 떼었다. 1900년대 초에 지은 듯 고풍스러운 빌딩. 담장 안에는 유럽풍의 장식이 곳곳에 보였다. 긴 회랑을 따라 들어가던 소녀가 철창 앞에서 멈추고 길모를 쏘아보았다. 이제 보니 눈이 맵다.

"아저씨!"

"……."

"내가 남자일까요, 여자일까요?"

"……."

"맞혀야 이 문이 열려요."

소녀, 이제 보니 레드 울프의 테스트를 겸하는 모양이다. 아니, 어쩌면 이 소녀가 레드 울프일까? 종잡을 수 없는 현실 탓에 별별 상상이 다 스쳐 갔다.

"남자."

"좋아요. 그럼 나이는요?"

"스물둘."

길모는 소녀의 질문이 끝나기 전에 대답했다.

"기막힌데요?"

소녀가 웃었다. 아니, 소년? 아니, 소녀처럼 보이는 청년…….

소녀가 벽에 달린 작은 뚜껑을 열었다. 그러자 디지털 키가 나왔다. 소녀는 검지를 대고 비밀번호를 눌렀다. 철창이 위로 올라가며 통과를 허락해 주었다.

길모의 눈에 다시 안대가 쓰였다.

"발밑은 걱정할 거 없어요. 그냥 쭉 걸으세요."

사박사박!

앞선 청년의 발자국 소리가 길모를 안내했다. 발소리는 가벼웠다. 관상으로 보면 남자지만 한번 벗겨보고 싶은 생각이 들었다. 영락없는 소녀로 보이는 이 인간의 정체는 무엇일까?

"멈추세요!"

백 보쯤 걷고서야 청년의 목소리가 길모를 세웠다. 그런 다음 길모에게서 멀어지는 발소리가 들렸다. 잠시 동안 사방은 조용했다. 너무나 조용해서 그런지 침묵이 귀에서 소란을 떠는 것만 같았다.

그리고……

자박!

조금 굵은 발소리가 들려왔다. 소녀풍 청년의 것이 아니었다. 물론 방향도 반대였다.

"홍길모 씨?"

첫 목소리.

길모는 미간을 찡그렸다. 목소리는 변조 음이었다.

"대답하세요!"

쉰 소리가 섞인 금속성 목소리가 길모를 재촉했다.

"예."

"홍길모 씨가 분명한가요?"

"예."

"여권 검사를 좀 하겠습니다."

목소리와 함께 청년의 발소리가 다가왔다. 그는 길모가 내민 여권을 받아 들었다. 여권 넘어가는 소리가 들리더니 여권은 다시 길모의 손으로 돌아왔다.

"리홍룽 서기장을 아십니까?"

"예."

"만났습니까?"

"예."

"나도 그분을 만났습니다."

"……."

"정말 오랜만에 차 한잔할 시간이 있었는데 당신 얘기를 하더군요. 아, 의자가 마련되었으니 그 자리에 앉으셔도 됩니다."

"그냥 서 있겠습니다."

길모는 의자를 거부했다. 어차피 안대를 낀 몸. 차라리 서 있는 게 오감을 유지하는 데 나았다.

"남조선 친구들이 뭐라고 설명했는지 모르지만 저는 제 얘기를 하겠습니다. 잠깐 들어주시겠습니까?"

"듣지 않을 형편도 아닌 것 같습니다만……."

"불편하신 건 압니다. 하지만 제 상황상 해량해 주시기를 바랍니다."

"……."

"관상을 보시지요?"

"예. 그저 흉내 정도……."

"제 조부께서 북한에서 이름 좀 날리던 관상가였습니다. 소천락이라고, 중국의 명인으로 불리는 분과도 한때 소통을 하셨지요."

'소천락……'

"그 인연으로 리훙룽을 알게 되었고 지금껏 교분을 유지 중입니다만… 리 서기장께서 조선 땅은 좁은데 어찌 그리 인재가 많으냐면서 당신 이야기를 하더군요. 일신상 고심거리가 생기면 당신을 만나면 좋을 거라고……."

"……."

"그런 말도 했습니다. 당신의 관상 실력이 리 서기장이 있는 하남성의 달마대사 못지않게 신묘막측하다는……."

"그건 과찬입니다."

"내가 그분에게 왜 간 줄 짐작하십니까?"

"저는 관상쟁이지 신이 아닙니다. 어찌……."

"조부께서 그런 말을 하셨습니다. 바로 지금, 지금의 내 나이 대에 인생의 커다란 분수령에 설 것이라고. 그때 신중하게 선택하라고."

"……."

"그래서 그분의 자문 역을 맡은 소천락 대인까지 겸사겸사 보려고 갔는데 오히려 당신을 추천하더군요."

"……."

"모신 방법은 결례투성이지만 관상을 좀 부탁드려도 되겠습니까?"

"그러자면 이 안대를 벗겨주셔야……."

길모의 손이 안대로 올라갔다. 순간 길모의 옆구리에 싸늘한 금속이 와 닿았다. 언제 다가섰을까? 소녀풍 청년이 옆에 서 있다. 길모의 옆구리에 소음 권총을 찌른 채.

'총?'

길모는 갑자기 혈관에 드라이아이스라도 뿌린 듯 오한이 느껴졌다.

직접 총구에 겨눠진 기분은 상상 이상의 공포감을 주었다. 제아무리 신묘막측한 관상가라고 해도 총알을 피할 수는 없다.

국정원……

그들은 알고 있을까?

길모가 지금 이런 상황에 처한 걸.

길모는 고개를 저었다. 드라마 한두 번 봤던가? 영화 한두 번 봤던가? 그들이 비록 길모의 위치를 알고 있다고 해도 여기서 죽고 사는 건 길모의 능력이었다. 국정원이 아니었다.

'자극하면 안 된다.'

길모는 싸늘한 이성을 유지했다. 두려울 건 없었다. 상대는 길모에게 원하는 것이 있다. 오랜 밑바닥 생활을 통해 길모는 그걸 알고 있었다. 누구든 원하는 게 있는 한 상대를 해치지 않는다는 진리.

"관상을 봐달라고 하지 않았던가요?"

길모는 안대로 올라가던 손을 내렸다. 그러자 곧 총구도 길모의 옆구리에서 떨어져 나갔다.

"소천락 대인… 당신을 인정하더군요."

변조된 목소리가 다시 이어졌다.

"……"

"그분… 제가 중국의 지도층과 교분을 시작할 때도 도움을 주었습니다. 물론 관상으로 말이죠."

"……."

"그런 그분이 인정했기에 내 마음에 동요가 생긴 것입니다. 당신이라면 내가 무엇을 할 수 있을지 알고 있지 않을까……."

"……."

"내 얼굴을 보지 않고도 관상을 볼 수 있지 않을까."

콰앙!

그 한마디는 길모의 뇌를 후려치는 충격파를 안겨주었다.

"그건……."

"조부께서 그런 말씀을 하셨습니다. 상학의 도를 완전하게 깨우치면 눈을 감고도, 앞에 선 사람의 느낌만으로도 그 사람의 운명을 읽어낼 수 있다고."

"레드 울프… 당신의 이름이 레드 울프 맞습니까?"

듣고 있던 길모가 마침내 입을 열었다.

"그렇게 불러도 됩니다."

"솔직히 말씀드리죠. 사실 나는 국정원 편도 아니고 당신 편도 아닙니다."

"……."

"나는 그냥 관상가입니다. 누군가 자기 운명의 길이 절실할 때, 그리하여 운명의 소리를 바르게 따라가고 싶을 때 작으나마 길잡이가 되어주는… 그런데 두 쪽 다 제게는 마땅치 않군요."

"마땅치 않다? 어떻게 말입니까?"

"국정원은 나에게 오더를 던졌습니다. 당신의 관상에 대해 국정원 측에 유리하게 말해달라는……."

"그럴 수 있는 일입니다."

"그런데 당신도 다르지 않군요. 대저 자신의 운명을 봐달라면서 손발을 묶어놓고 정해진 오더를 내미는 건 경우가 아닙니다."

"……."

"당신은 관상가 조부를 두셨다면서요? 누군가 그분의 자유를 억압하고 정해진 틀을 내놓은 채 관상을 보라고 하면 어떤 결과를 내놓으셨을까요?"

"이해합니다."

목소리가 길모를 막아섰다.

"당신 입장에서는 충분히 그럴 수… 남조선 국정원도 충분히 그럴 수 있지요. 하지만 중요한 건 내 입장입니다. 신분상의 위험 때문에 어쩔 수 없어요. 첩보라는 건… 얼굴이 알려지는 순간 생명이 날아갑니다. 당신을 믿고 안 믿고는 별개의 문제예요."

"후우!"

길모 입에서 긴 숨소리가 새어 나왔다.

"내가 조금 질러갔다면 사과드리지요. 조부께서 하신 상학의 도는 이상향이라는 거 잘 알고 있습니다. 첩보원 중에도 신화적인 존재가 있지만 그 상당수는 그냥 부풀려진 이야기거든요."

"……."

"어쨌든 나는 주사위를 던졌어요. 거기에는 두 가지 마음이 있었습니다. 하나는 내 마음이 동요하고 있었다는 것, 또 하나는 조부의 말에 근접한 관상 대가라는 게 과연 존재 가능한 것인지."

"……."

"소천락 대인은 말했습니다. 가능하다고. 그게 바로 한국의 홍길모라고!"

"……."

"해서 당신을 만나보기로 결정한 겁니다. 사실 이 결정은… 결정 자체만으로도 굉장히 위험한, 내 목숨의 7, 8할을 내놓은 일과도 같습니다."

'으음…….'

"기왕에 오셨으니 절충안을 드리지요. 남조선과 북조선을 떠나 오직 관상가로서 내 관상을 봐주길 바랍니다. 당신이 신이 아닌 것은 나도 알고 있으니 얼굴을 드리지요. 만져는 보되 안대는 벗을 수 없습니다. 가능합니까?"

목소리가 물었다.

"오직 만져서 상을 보라?"

"예."

"얼굴만?"

"예."

"틀리면 총을 맞는 겁니까?"

"그건 아직 정하지 않았습니다."

"절반의 협박이라……. 다행이군요."

"준비되면 말씀하세요."

"준비는 홍콩행 비행기를 탈 때 끝났습니다."

길모는 묵직하게 대답했다.

"그럼 시작해도 되겠군요."

자박!

발소리가 두어 걸음 다가서는 소리가 들렸다. 그리고 길모 앞에 덩어리가 느껴졌다. 레드 울프가 코앞에 선 것이다.

"당신 앞에 있습니다. 팔만 뻗으면 됩니다."

길모는 숨골에 맺힌 숨을 단숨에 토해냈다. 그리고 천천히 손을 들어 올렸다.

사주의 신 신 보살과의 대결 때 쌍둥이의 부친상을 읽어낸 길모. 그때와는 또 달랐다. 그때는 쌍둥이라는 실체가 있었다. 실체를 두고 질러 올라가는 일이었다.

하지만 지금은 감각에 의존해야 했다.

오악은 큰 문제가 없었다. 동, 서, 남, 북, 중악의 다섯 악은 얼굴에서 솟은 부위를 가리킨다. 코와 이마, 턱과 양쪽 관골을 보는 것이니 손으로도 가늠할 수 있었다.

"……!"

오악에서부터 일단 가슴이 철렁 내려앉았다.

'젠장!'

마른침을 넘겼다. 생각지 못한 상이 잡힌 것이다.

오악을 짚어낸 길모는 내색하지 않고 사독으로 넘어갔다. 얼굴에 자리한 내부 소통 네 가지 물길. 일단 오악의 감각으로 연결된 부분을 짚어낼 수 있었다. 기세를 몰아 삼정을 파악하고 12궁 중에서도 쉬운 것부터 읽어냈다.

가장 어려운 건 유년운기부위였다.

보이지 않는 상대.

그러니 나이를 짚어낼 수 없었다. 길모는 덩어리로 접근했다. 10대와 20대, 30대는 건너뛰었다. 70대와 80대도 패스했다. 그런 다음 40대~50대를 가리키는 눈자위와 코, 양쪽 관골, 인중 부위를 집중적으로 체크했다.

  길모의 손은 한 점에서 오래 머물렀다. 기색을 보지 못하니 감각이 중요했다. 특히 뜨겁고 차가운 느낌. 혈색은 화색이니 기색이 좋은 곳이라면 의당 미세한 차이가 나기 때문이다.

  명궁.

  천이궁에 앞서 그곳의 정보가 필요했다. 명궁이 빛나야 레드 울프의 미래가 보장된다. 그렇지 않다면 이 사람은 망명을 하던 안 하던 쇠락의 길을 갈 테니까.

  혈색이 좋으면 찰색도 좋다. 하지만 구분이 필요했다. 온화하면서도 맑은 느낌이. 그냥 뜨거운 건 사나운 붉은 기운에 지나지 않았다.

  "잠깐만요."

  레드 울프가 길모를 막았다. 길모는 얼굴에 집중하던 손길을 멈췄다.

  "의심하는 것은 아니지만 기본 정보는 밝히고 가셔야……."

  레드 울프는 길모에게 인증을 요구했다. 길모가 그 얼굴을 계속 더듬을 자격이 있는지 없는지.

  "당 57세. 여자."

  길모는 속삭이듯 두 마디를 뱉어냈다.

  "……!"

  레드 울프가 주춤하는 게 느껴졌다.

여자!

그건 길모도 의외였다. 세계 주름잡는 특급 정보전문가라면 남자라고 믿었기 때문이다.

"당신의 결정에 책임질 수 있나요?"

여전한 변조 음이 길모에게 날아왔다.

"아니면 총구를 당기시지요."

길모는 대범하게 응수했다. 이미 관상 판을 벌인 마당이다. 그렇다면 이제는 누구도 길모를 방해할 수 없었다. 관상왕의 유희가 끝날 때까지는.

"좋아요. 계속하세요."

레드 울프의 목소리가 이어졌다.

다시 길모의 손이 섬세하게 움직이기 시작했다. 이마의 주름을 짚고 간문의 미세 주름도 짚었다. 그러다 잠시 아득해지면 길모는 자신의 자부심을 상기시켰다.

'죽은 사람의 상도 읽어낸 나야.'

자부심은 힘이 되었다.

이 여자, 한 번 결혼을 했다. 몇 번을 더 더듬자 부부궁에서 느낌이 잡혔다. 스물두 살, 아이도 하나 낳았다. 하지만 정식 결혼은 아닌 것 같다. 다음으로 역마살이 강했다. 비록 지금은 조금씩 바닥을 드러내고 있지만.

"……!"

그 말을 들은 레드 울프의 얼굴이 파르르 경련하는 게 느껴졌다. 심경의 변화를 일으킨 건지 레드 울프는 한 걸음 물러섰다. 길모는 어정쩡하게 서 있었다. 레드 울프의 얼굴을 더듬던 그 자세 그대로.

"아이가 있다고요?"

목소리가 질문을 날려 왔다.

"네."

"남자인가요, 여자인가요?"

"남자입니다."

"죽었나요?"

"네, 다섯 살에."

"……."

"……."

"내 남자는요? 그의 생사도 알 수 있나요?"

"역시 죽었습니다. 10년 전쯤이죠."

짝짝짝!

길모의 귀에 박수 소리가 들려왔다. 딱 세 번이다.

"과연 듣던 대로 신묘막측이군요. 눈을 가리고 보는 관상! 조
부께서 그런 시도를 했다는 말은 들었지만 실제로 보니 믿을 수
없을 정도예요. 소천락 대인의 눈이 옳았습니다."

"……."

"이제 안대를 벗으셔도 됩니다."

레드 울프의 지시가 떨어지자 청년의 발소리가 다가왔다.

"잠깐!"

길모는 손을 들어 발소리를 세웠다.

"왜 그러시죠?"

"이 안대, 씌운 이유가 있겠죠?"

길모가 물었다.

"그야……."

"처음에는 기분이 안 좋았지만 이미 관상의 9할을 본 상황입니다. 그러니 이제 와서 굳이 전체 얼굴을 볼 필요는 없습니다."

길모가 의견을 제시했다.

"9할이라면… 1할이 남았다는 건가요?"

"당신의 운명은 두 나라의 운명, 아니, 주변국까지 합치면 여러 나라의 운명에 영향을 미칠지도 모릅니다. 그러니 그 남은 1할이 9할보다 중요할 수도 있겠지요."

"눈과 입술이로군요? 그건 더듬어서는 제대로 볼 수 없는 것이니. 특히 눈."

"관상가 조부를 두신 까닭에 잘 알고 계시군요. 맞았습니다."

"그럼 어떻게 해드릴까요?"

"다 가리시고 눈과 입술, 명궁만 드러내 주십시오. 그것도 1분 정도면 충분합니다."

"원하는 대로 해드리죠."

수락의 목소리와 함께 바스락거리는 소리가 들렸다. 그러더니 또 다른 발소리가 다가섰다. 발소리의 주인공이 길모의 안대 한쪽을 벗겨 내렸다. 건장한 중년이다.

레드 울프는 마스크 팩을 쓰고 있었다. 그 얼굴에서는 명궁과 눈, 입술밖에 보이지 않았다. 길모는 그 앞으로 다가섰다.

레드 울프의 눈은 용 눈이었다. 부를 좇으면 재벌이 되고 관직으로 나가면 그 분야에서 최고에 이를 상. 그렇기에 그는 국제 정보사회에서 최고의 명성을 누리는 것이다. 게다가 눈 속에 검은 사마귀가 비치니 총명함을 타고났다. 여자이기에 망정이지 남자였다면 북한 체제를 좌우하는 실력자로 군림할 수도 있는 눈이다.

길모는 거기서 손 국장을 떠올렸다.

레드 울프는 화형인, 손 국장은 금형인.

이들이 왜 오랫동안 교분을 유지할 수 있었는지의 단서 하나가 거기서 나왔다. 금형인과 화형인, 본시 금원석은 불에 녹여야 금으로써 추출이 가능하다. 그러니 눈이 맑은 화형인과의 교분은 서로에게 도움이 된다. 동반으로 빛나고 공명을 떨칠 사이였다.

다음으로 명궁을 확인했다.

레드 울프의 명궁은 맑았다. 천이궁의 느낌과 합쳐 해석하면 일신상에 큰 변화가 있을 조짐이다.

결론은 그녀의 입술로 말미암아 완성되었다.

앙월구(仰月口)!

그녀의 입술이다. 만져볼 때 알았지만 기색을 보니 더욱 마음이 놓였다. 앙월이란 입 끝이 하늘의 달을 향해 날듯이 올라간 입술을 말한다. 관상에서는 이런 입술을 귀격으로 삼으며 관운이 좋은 것으로 꼽는다. 색깔 또한 기대에 어긋나지 않게 순수한 붉은 빛이라 레드 울프의 귀격이 입술에서 완성되고 있었다.

'그녀의 운명이다.'

길모는 결론을 내렸다.

길모가 소천락을 만난 것.

그녀가 소천락을 알고 있는 것.

소천락이 그녀 조부와 교분이 있는 것.

그녀가 손 국장과 교분을 나눈 것.

레드 울프의 조부에게서 시작된 운명, 그게 지금 이 순간 그녀의 갈림길에서 답을 보여주고 있었다.

"레드 울프님."

길모는 상을 보는 척하며 그녀의 귀에 대고 계속 속삭였다.

"진실로 말하건대, 당신은 오늘 운명이 바뀔 상을 가지고 태어났습니다."

노련한 레드 울프, 길모의 말에 미동도 보이지 않았다.

"하지만 그전에 저 뒤의 두 사람을 제거해야 운명이 완성됩니다. 내가 본 관상은 그게 전부입니다."

순간, 레드 울프가 재빨리 몸을 틀더니 길모의 멱살을 거머쥐었다.

"컥!"

어찌나 빠르고 강력한지 길모는 쉰 비명조차 크게 지르지 못했다.

"간나 새끼가 어디서 개수작을!"

레드 울프의 눈에서 살광이 터져 나왔다.

레드 울프는 여자가 아니었다. 적어도 몸놀림은 그랬다. 파쿠르로 다져진 길모가 중심을 잡았지만 그는 한순간에 그 중심을 무너뜨렸다. 더는 저항도 할 수 없었다. 이미 두 개의 소음권총 총구가 길모를 겨누고 있었다.

"어디서 개소리야!"

레드 울프가 길모의 복부를 내질렀다. 흔들리는 길모를 중년인이 다가와 제압했다.

"이리 내!"

성큼 다가선 레드 울프가 청년의 소음권총을 넘겨받았다.

"어디 다시 한 번 이죽거려 보라우, 이 종간나 새끼!"

총구가 길모의 명궁을 겨누었다. 차가운 금속이 싸한 기운을 뿜었다. 표정이 없는 쇳덩이. 자비를 바라는 건 무리였다.

슝슝!

뭐라고 입을 열 사이도 없이 총구가 불꽃을 뿜었다.

퍼억!

피가 튀었다. 길모는 뜨끔함을 느꼈다.

혈취.

얼굴에 뒤집어쓴 피는 녹과 비슷한 냄새가 났다.

길모는 비로소 보았다. 완전히 드러난 레드 울프의 얼굴을. 그녀의 얼굴을 가리고 있던 마스크 팩이 소리 없이 떨어진 것이다.

팔랑!

마스크 팩은 그녀의 가슴을 지나 무릎, 그리고 신발 코에 내려앉았다. 그게 신호였을까? 길모를 제압하고 있던 중년인의 손이 풀리더니 두 물체가 좌우에서 무너졌다.

풀썩!

물체는 약간의 차이를 두고 거꾸러졌다. 건장한 중년인과 야리야리한 청년이다.

"닦아요!"

레드 울프가 손수건을 내밀었다. 길모는 그제야 알았다. 총을 맞은 사람은 중년인과 청년이라는 사실을. 길모의 얼굴을 덮은 피는 중년의 이마에서 터져 나온 핏덩이였다.

"놀랐죠? 하지만 저들을 속이려면 어쩔 수 없었어요. 대외연락부 최고의 요원들이거든요."

"괜찮습니다. 어쨌든 목숨은 붙어 있으니……."

"그게 관상 복채입니다."

"예?"

"저 친구들, 내 명령에 따라 당신을 데려왔지만 돌아갈 때는 내 말을 듣지 않을 가능성이 높거든요."

"나를 죽인다는 건가요?"

"아마……."

"당신은 알고 있었나요?"

"네."

"관상을 제대로 보지 못했다면 나를 해치는 걸 방치했겠군요?"

"아마도."

"그럼 우리 국정원에서도 그걸 알았을까요?"

"……."

'젠장!'

길모의 뇌리에 분노가 퍼뜩 스쳐 갔다.

"이제 어쩌실 겁니까?"

길모는 감정을 누르며 물었다.

"손 국장을 불러야죠. 당신 말이 그와 내가 궁합이 맞는다고 하지 않았던가요?"

"그러시죠."

길모는 추적 장치에 대해 말하지 않았다.

레드 울프의 전화가 끊긴 지 오래지 않아 벨 소리가 울렸다.

"나가죠. 남조선 정보팀이 가까운 곳에 도착했답니다."

레드 울프는 절제된 동작으로 소음권총 두 정을 집어 들었다. 그런 다음 가방을 챙겨 문으로 걸었다. 하지만 마지막 관문이 남아 있었다.

길모가 들어온 철창, 그게 열리지 않은 것이다.

"철저하네요. 그사이에 비밀번호를 바꾼 모양이에요. 만약의 사태에 대비했겠지요."

레드 울프가 말했다.

"혹시 번호를 착각하신 건 아닌지요?"

"절대!"

"제가 아까 들어올 때 본 것 같은데, 한번 해봐도 될까요?"

"소용없어요. 다시 안으로 들어가 창문을 타는 수밖에."

"딱 한 번만요."

길모는 레드 울프를 지나쳤다. 그런 다음, 안쪽에 달린 개폐 장치에 손을 대었다. 신호를 타고 감이 잡혀왔다. 어려울 리 없는 일이다.

"19940708!"

길모는 또렷이 말하며 번호를 눌렀다.

지잉!

철창이 바로 열렸다.

"김일성 동지의 사망일이에요. 아마 당에서 나를 제거하라고

명을 내린 모양이군요."

레드 울프의 표정이 굳어졌다.

"그럼 누가 또 오는 건가요?"

"아마……."

순간 정문 쪽에서 거칠게 멈추는 제동 소리가 들렸다.

"벌써 왔네요."

레드 울프가 소음총을 꺼내 들었다.

"다른 길은 없나요?"

"벽밖에. 보다시피 너무 높잖아요?"

벽!

정문을 따라 길게 이어지는 벽이 보였다. 높이는 약 2.5미터. 일반인이라면 고려할 수 없는 높이였다. 하지만 길모는 달랐다. 길모는 레드 울프의 말이 끝나기도 전에 뒤편의 벽으로 출격하고 있었다.

"이봐요! 거긴!"

레드 울프가 소리치는 순간, 길모는 벌써 벽을 차고 점프하고 있었다.

사뿐, 날렵.

길모는 두 개의 단어를 섞은 모습으로 담장 꼭대기를 잡았다. 그런 다음 자세를 안정시키고 레드 울프에게 손을 내밀었다.

"서둘러요!"

둘은 그렇게 문에서 먼 반대편 담을 넘었다.

"세상에나, 당신도 혹시 국정원 직원인가요?"

뒷길을 달리며 레드 울프가 물었다.

"아뇨."

"그런데 어떻게?"

"당신이 죽을 각오로 새 인생을 맞으려 하니 나도 죽을 각오로 뛴 거예요."

"저기예요!"

레드 울프가 작은 편의점을 가리켰다. 아기자기, 오밀조밀한 홍콩의 거리. 그 좁은 틈새의 도로에서 두 대의 차량이 튀어나왔다.

"타세요!"

뒤차의 조수석에서 강 팀장이 소리쳤다. 길모와 레드 울프는 재빨리 뒷좌석에 올랐다.

부릉!

차는 두 사람이 타자마자 지체 없이 달렸다. 공항 쪽이다. 몇 대의 이층버스가 길을 막았지만 교묘하게 뚫고 나갔다.

"다친 데는 없습니까?"

강 팀장이 물었다.

"보다시피."

대답은 길모가 대표로 했다. 다행히 추격은 보이지 않았다. 30여 분을 달리자 공항이 모습을 드러냈다. 그제야 안도가 되었다.

손 국장은 공항 주차장에 있었다. 선글라스를 쓴 그는 두 부하를 거느린 채 길모를 기다리고 있었다.

차가 멈추고 레드 울프가 내리자 국장은 말없이 손을 내밀었다. 레드 울프가 그 손을 잡았다. 오랫동안 교감을 나눠온 두 사람은 말이 없었다. 서로가 지척에서 손을 잡은 것만으로도 충분한 모양이다.

"홍 부장님!"

한참 동안 눈빛을 나눈 손 국장, 그제야 길모에게 다가왔다.

"수고 많았습니다. 당신이야말로 진정한 애국……."

말을 하는 손 국장의 얼굴에 불이 번쩍거렸다. 길모가 따귀를 날린 것이다.

"……?"

"왜 맞았는지 알겠지요?"

길모가 두 눈을 부릅뜬 채 물었다.

"이 일은 워낙 국익이 우선시되는 일이라……."

"그렇다고 해도 사람을 그렇게 사지로 보낼 수는 없지요."

"미안하게 되었습니다. 절대 본의는 아니니……."

"화가 나시면 복채는 거둬도 됩니다. 나도 돈 몇 억에 목숨을 걸고 싶지는 않은 사람이니까요."

"……."

"하지만 저분에게는 따귀 맞을 짓 하지 마시기 바랍니다."

길모는 레드 울프를 바라보며 말을 이었다.

"어때요? 나 국정원 직원 아닌 거 믿겠죠?"

길모가 묻자 레드 울프는 엷은 미소로 화답했다. 길모는 국정원 요원들을 지나 공항으로 향했다. 더는 가까이하고 싶지 않은 사람들이었다.

*   *   *

"드링크 주세요."

서울로 돌아온 길모는 만복약국에 들렀다.

"어, 홍 사장!"

마스크를 쓴 마 약사가 길모를 반가이 맞았다.

"마스크 안 필요해? 요즘 없어서 못 팔아."

"쓰고 싶긴 하지만 손님 접대상……."

길모가 말을 흐렸다. 홍콩의 일을 생각하면 온 국민이 마스크를 써야 할 판이지만 거리의 마스크는 거의 사라진 상황이었다.

"잠 못 잤어? 얼굴이 피곤해 보이네? 설마 메르스는 아닐 테고."

"아, 예. 그건 아니고, 홍콩에… 아니, 부산 친척이 상을 당해서요."

"어이쿠, 저런. 친한 친척이면 말을 하지."

"아닙니다. 그냥 거래 관계예요."

"나 요즘 관상 어때?"

마 약사가 얼굴을 들이밀었다.

"좋으신데요, 뭐."

"정말이지?"

"네, 명궁이 훤하십니다."

"흐음, 요즘 기부 좀 하면서 마음이 편해졌거든."

마 약사가 웃었다.

"류 약사님은 잘 있죠?"

"그럼. 걔는 사막에 갖다 놔도 자기 밥값은 할 아이니까. 자,

음료수 값은 복채로 쌤쌤!'

마 약사가 음료수를 내밀었다. 돈을 내고 싶었지만 어차피 받지 않을 것 같아 그만두었다.

[형!]

일찌감치 나와 차를 닦던 장호가 길모를 보더니 두 손을 펴며 반색했다.

"자식, 나 없을 때 푹 쉬지 뭣 하러 벌써 나왔어?"

[쳇, 형 없으니까 더 일찍 나와야죠. 누가 이 가게 업어 가면 어떡해요?]

"가게를 누가 업어 가나?"

[우리 사단 다 나왔어요. 형 없으니까 더 부지런 떠는 거 있죠?]

"어이구, 이거 장거리 출장 좀 다녀야겠네?"

길모가 너스레를 떨 때였다. 공사를 맡은 책임자가 다가왔다.

"나오셨군요?"

"아, 예. 공사는 잘되고 있나요?"

"마침 마감 공사가 끝났습니다. 보시겠습니까?"

책임자가 현장으로 안내했다. 그를 따라 1층에 들어선 길모는 훤하게 바뀐 룸을 보니 피로가 싹 가시는 것 같았다.

"말씀대로 하나하나 신경을 썼습니다. 보시고 부족한 게 있으면 말씀하세요."

책임자의 말이 끝나자 길모는 혜수에게 전화를 걸었다. 1번 룸에서 관상 공부를 하던 그녀가 바로 올라왔다.

"와아!"

혜수는 감탄부터 자아냈다. 격조 높으면서도 우아한 분위기가 압도적이다. 동시에 뭔가 신비감이 깃든 상학의 용어들과 태극, 팔괘의 문양을 배치한 룸은 관상 분위기를 한껏 살려주고 있었다.

"좋은데요?"

"그렇지?"

"안 피곤해요? 오자마자……."

혜수가 물었다.

"전혀. 오히려 힘이 나는걸."

길모는 혜수의 어깨를 당겼다. 그토록 꿈꾸던 관상 룸, 그리고 사랑하는 여자. 그 둘이 곁에 있으니 정말이지 하루 만에 일어난 엄청난 사건들로 인한 긴장과 피로가 단숨에 씻겨 내려가는 것 같았다.

"부산 일은 잘 본 거예요?"

"응? 그거야 뭐……."

"오늘 끝나면 여기서 파티 할까요? 조촐하게."

"나쁘지 않지."

길모는 혜수의 의견을 받아들였다.

"그런데 여기 첫 손님은 누굴 받을 거예요? 마구 궁금해지는데요?"

"첫 손님은 이미 들어와 있지."

"나요?"

"그럼. 혜수야말로 내 소중한 사람이니까."

아무도 없는 1층 관상 룸. 길모는 혜수를 당겨 딥 키스를 나누었다. 유복동향 유난동당을 읊조리면서. 그때였다. 시샘이라도 하듯 길모의 전화기가 울렸다.

"전화 왔잖아요?"

"놔둬. 지금은……."

"어서 받아요."

전화기가 거푸 울리자 혜수가 떨어졌다.

"아, 진짜 키스도 마음대로 못한다니까."

투덜거리며 전화를 꺼내 든 길모는 눈이 휘둥그레지고 말았다. 놀랍게도 TPT 송광용 회장 직통 전화였다.

"회장님!"

─홍 부장, 잘 계신가?

"아, 네, 덕분에……."

─바쁘신가? 아까부터 전화했는데 받지를 않아서…….

"아, 아닙니다. 실은 제가 홍콩, 아니, 부산에……."

길모는 버벅거리다 보니 전화를 못 받은 이유를 알게 되었다. 홍콩으로 가면서 로밍을 잊은 것이다.

─실은 긴히 부탁할 일이 있어서 말일세. 저녁에 룸 예약이 가능하겠나?

"오늘 말입니까?"

─그래, 오늘.

"아, 마침 잘됐군요. 그렇잖아도 제가 관상 룸을 따로 만들어서 회장님께 초대장을 보낼 참이었는데……."

길모는 재치 있게 둘러댔다.

─그럼 그 초대장을 지금 받은 걸로 해도 될까?

"물론이죠."

—몇 시에 가면 편하겠는가?

"10시경이면……."

—동행이 있을 거네.

"상관없습니다."

—사우디아라비야 왕자가 보낸 측근이라네.

"……?"

—미리 말하는데, 왕자께서 뭔가 긴밀한 부탁이 있는 모양이네.

'왕자의 긴밀한 부탁?'

—괜찮겠나?

"괜찮습니다."

—알았네. 그때 보도록 하지.

송 회장은 먼저 전화를 끊었다.

"TPT 자동차 송 회장님이세요?"

"응."

"사우디아라비야 건이 완전 성사된 건가요?"

"글쎄?"

길모는 그 정도에서 그쳤다. 왕자의 측근이 온다? 한 가지 짚이는 건 있다. 하지만 예감을 사실처럼 말할 수는 없었다.

"내려가요. 오빠 옆에 너무 오래 있으면 눈총 받을 거 뻔하니까."

"그렇게 하지."

"아, 그런데 왜 느닷없이 홍콩이 나와요?"

문을 열던 혜수가 물었다.

"아, 그게… 장례식장이 홍콩주점 앞에 있어서……."

"텐프로요?"

"아니, 그냥 주점."

길모는 대충 얼버무리며 엘리베이터 시승을 했다.

스릉!

엘리베이터는 소리도 없고 안쪽 장식도 담담해서 크게 거슬리지 않았다.

띠잉!

문이 열리자 장호가 보였다. 길모는 혜수를 내리게 하고 대신 장호 손을 잡아끌었다. 그런 다음 다시 1층으로 올라갔다. 그렇게 세 번을 했다.

[형…….]

"감격스럽지 않냐? 진상 처리반 홍길모와 최장호."

[에이씨, 그렇잖아도 눈물이 아른거리던 참인데…….]

"장호야."

[왜요?]

"우리 열심히 살자. 돈 많이 벌면 좋은 일도 많이 하고."

[형…….]

울먹이던 장호가 길모에게 기대왔다. 혜수를 안는 것과는 또 다른 감동이 길모에게 찾아들었다. 정이 든다는 것, 신뢰를 나눈다는 것, 이 순간만은 그게 관상보다 더 좋았다.

제2장
별실 룸의 첫 손님!

"잘 다녀왔어? 피곤할 텐데 좀 쉬었다가 나오지."

대기실 쪽으로 오자 서 부장과 강 부장이 물었다.

"오면서 좀 잤습니다."

길모가 대답했다.

"그나저나 1층 관상 별실은 이제 오픈인가?"

"네. 그렇잖아도 오늘 전야 치르고 내일부터 본격 영업에 들어가려고요."

"그럼 우리 손님도 이용할 수 있는 거야?"

강 부장이 길모를 바라보았다.

"그럼요. 다만 전략상 손님 선별은 필요할 것 같습니다."

"충성도 높은 고객에게 기회를 주자?"

판단력이 좋은 서 부장이 바로 길모의 말을 알아듣고 물었다.

"맞습니다. 동시에 관상을 좀 더 디테일하게 봐주면 그만한 가치가 있을 것으로 봅니다."

"오케이. 좋은 생각 같군."

강 부장도 흔쾌히 받아들였다.

"다들 안녕?"

길모는 대기실 문을 열고 아가씨들 안부를 체크했다. 홍 마담이 온 후로 대기실 분위기가 많이 변했다. 우선 대기실에서는 금연이 선포되었다. 아가씨들은 물론 반발했다. 하지만 홍 마담이 증거 하나를 들이대자 누구도 반대하지 못했다.

"맡아봐."

홍 마담이 출근하는 아가씨들에게 그녀들의 홀복을 던져 준 것이다.

멀쩡한 정신에 받아 든 홀복. 그걸 입으면 그녀들은 밤의 요정으로 변신하지만 냄새는 악취에 가까웠다. 찌든 담배 냄새와 술 냄새가 배어 코를 들 수조차 없었던 것.

"너희 같으면 이런 냄새 나는 여자들이랑 돈 쓰면서 술 마시고 싶겠니?"

그 한마디로 대기실 금연은 확정되고 말았다.

"부장님, 저 오늘 관상 어때요?"

아가씨들은 오늘도 비슷한 질문을 날려 왔다.

"복채부터."

길모가 손을 내밀면 아가씨들은 헤르프메 성금함에 만 원이고 이만 원이고 되는 대로 넣었다. 길모가 먹는 게 아니니 불만 같은 건 나오지 않았다.

"오늘 좋다. 12시쯤 팁 좀 세게 받겠는데?"

"에이, 그런 거 말고 돈 많은 왕자님이 업어 가는 운은 없어요?"

"업어다 하루만 자고 내다 버리면 어쩌려고?"

길모가 웃으며 응수했다. 아가씨들은 까르르 폭소를 터뜨리며 화장을 마무리했다.

"홍 부장."

복도로 나오자 홍 마담이 따라 나왔다.

"할 말 있으세요?"

"1번 룸 말이야. 1층 별실 오픈하면 거긴 혜수에게 맡긴다고?"

"네."

"이거야?"

눈치박사 홍마담이 바로 새끼손가락을 펴 들며 물었다. 네 애인이냐고 묻는 것이다.

"제자잖아요. 아시면서……."

순진하게 볼 길모가 아니었다. 길모는 홍 마담의 어깨를 토닥이고는 사무실로 들어갔다.

'오늘의 예약 손님…….'

스케줄에는 빈자리가 없었다. 하지만 이제는 걱정할 필요가 없었다. 1층 별실이 완성되었으니 그걸 활용하면 된다.

잠시 후에 혜수가 들어섰다.

"홍 부장님, 저 어때요?"

혜수는 오늘 예전과 다른 차림이었다. 단아한 롱 원피스에 굵은 웨이브의 헤어디자인. 언뜻 보면 판타지에서 걸어나온 엘프 같은 느낌이 들었다.

"독립 기념 의상인가?"

"어울려요?"

"그럼."

"연습해 볼까요?"

"그럴까?"

"부장님, 오늘 부산 간 거 아니죠? 얼굴을 보니 그보다 더 먼 곳을 다녀온 느낌이에요."

"……?"

"틀렸겠죠? 부산보다 멀면 제주도인데… 어쩐지 그보다도 더 먼 곳처럼 느껴지거든요."

"아니, 맞았어. 부산에서 관상 여행으로 멀리멀리 돌아왔거든. 대단한데?"

"진짜요?"

"그래. 1번 룸 맡을 자격 있다."

"아싸!"

혜수는 주먹을 불끈 쥐며 좋아했다. 물론 길모도 기뻤다. 사사로이 말할 일이 아니라 비밀에 붙이긴 했지만 혜수가 그걸 읽어낸 것이다. 홍콩으로의 원행을.

궁금한 마음에 텔레비전을 보지만 뉴스에는 망명 소식이 없었다. 홍콩에서의 총격 사망 건도 나오지 않았다. 하긴 남이든 북이든 대외비에 속한 일이었다.

복채!

그러고 보니 복채가 떠올랐다. 따귀를 한 대 맞고 간 국정원 국장. 속 좁은 인간이라면 복채를 주지 않을 수도 있었다. 물론 길모는 돈에 연연하지는 않았다.

'5억 원이 입금.'

ARS를 눌렀더니 뜻밖에도 5억이 들어와 있다. 물론 입금자는 국정원과 상관없는 이름. 그렇다고 해도 그 돈은 국정원에서 온 게 틀림없었다.

'그래도 양심은 있네.'

길모는 낮의 일을 잊고 깔끔한 마음으로 영업에 돌입했다. 언제나처럼.

여섯 군데 룸을 돌았다.

관상가로서의 관록이 쌓이면서 사람들이 뭘 궁금해하는지도 알게 되었다. 그런 날은 거꾸로 질문을 던진다. 손님이 아니라 길모가 묻는 것이다.

세 번째 들어간 룸이 그랬다. 이 부장의 고객이었다. 고객은 모두 네 명. 서른을 갓 넘긴 그들은 소위 재벌 3세에 속했다. 다들 이마가 훤했다. 길모가 들어갔을 때 그들끼리 역술에 대해 논쟁을 벌이고 있었다.

주역이 최고다.

사주가 최고다.

관상이 최고다.

손금이 최고다.

사주의 신으로 불리는 신 보살 탓은 아니었다. 그들 중 한 명이 역술인과 친한 눈치다.

"관상가는 관상만 보나요?"

첫 번째 고객이 물었다. 훤한 관골을 보니 중년까지 쭉쭉 전도양양하게 뻗어 나갈 도련님이었다.

"다른 것에도 관심이 많지만 한 가지만 공부하기도 벅차서요."

"내가 유명한 역술인을 아는데 그분이 그러더군요. 주역을 통달하면 사람의 운명을 현미경처럼 들여다볼 수 있다고. 어떻게 생각하십니까?"

"글쎄요 그런 것까지 답할 주제가 아니라서……."

길모는 겸손하게 대답했다.

"하긴 운명학 공부가 보통이 아니라죠? 그분도 나름 유명하지만 주역이라는 게 하면 할수록 어렵다고 하더라고요."

"네."

"에이, 오 사장. 거 관상왕 모셔놓고 웬 주역? 염장 그만 지르고 내기 건 거나 승부 보자고."

그 옆의 도련님이 재촉하고 나섰다.

네 도련님의 내기.

요즘 들어 이런 손님들이 늘었다. 나쁘지 않았다. 손님들 입장에서는 술자리에서 흥미진진한 여흥 하나가 늘어난 셈이다.

"어떤 관상을 봐드릴까요?"

길모도 그 장단을 맞춰주었다.

"우리가 사실 2박 3일로 해외 골프를 다녀왔어요. 그런데 그쪽 브로커란 인간이 숙소에 아가씨들을 들여놓았지 뭡니까? 뭐 그럴 생각은 없었지만 팔딱거리는 청춘에 싱싱한 아가씨, 이 배합이 그냥 넘어갈 수 있는 배합입니까? 그런데 다들 그냥 잤다고 우기니 내기를 걸었지요."

남자들의 호기.

그러나 아침이 오면 허망한 호기.

그건 상대가 애인이 아니기에 그랬다. 사랑하지 않으면 하룻밤의 정사는 모래성일 뿐.

"네."

뜻을 간파한 길모는 엷은 미소로 장단만 맞춰주었다.

"우리 이 부장님 말을 들으니 그런 것도 가능하다면서요?"

두 번째 도련님이 길모를 바라보았다.

지난밤에 아가씨와 동침한 사람을 찾아라!

그들이 내건 명제는 그것이었다.

"맞히면 보너스 있습니까?"

길모가 물었다.

"그럼요. 맞히면 거짓말한 사람이 최고급 코냑 각 한 병씩 돌리게 될 겁니다."

코냑 한 병씩이면 합이 네 병.

이 부장의 매상으로 잡히겠지만 일부는 길모의 몫. 솔깃한 제안이다.

"그럼……."

길모는 네 명의 간문을 단숨에 훑어나갔다.

첫 번째 도련님은 주역파였다. 그의 간문은 붉은 물이 묻어나올 정도로 붉었다. 두 번째는 살짝 홍색의 윤기만 돌았다. 세 번째 도련님 역시 그랬다. 마지막으로 네 번째, 맨 구석의 그는 아까부터 침묵을 지키고 있다. 간문은 어두웠다. 지난밤에 지나치게 여자에게 몰입했다는 증거이다.

"나왔습니까?"

두 번째 도련님이 답을 재촉했다. 그는 아가씨를 건드리지 않은 사람. 그 자신이 결백하므로 내기에 열을 올리고 있다.

"죄송하지만 이 사장님, 지난밤에 무리를 하셨습니다."

길모의 손이 마지막 도련님을 가리켰다.

"으아, 역시! 내가 그 방에서 묘한 소리 나는 거 들었다니까!"

두 번째 도련님이 손뼉을 치며 쾌재를 불렀다.

"하지만 술은 이분이 사시는 게 맞을 것 같습니다."

도련님들이 웅성거릴 때 길모의 손이 주역파에게로 옮겨갔다.

"에? 그 친구도 했어요? 본인 말로는 안 했다던데?"

세 번째 도련님이 물었다.

"저분은 몸으로 했고 이분은 마음으로 했습니다. 본시 관상에서는 심상을 더 높이 치므로 상법으로 보면 저분이 사시는 게 맞습니다."

"으아, 마음으로 한 것까지 아는 겁니까?"

주역파의 놀라는 소리를 들으며 길모는 룸을 나왔다. 길모의 관상에 감탄한 그는 흔쾌히 코냑을 돌렸다. 그는 딱히 관상이 아니더라도 자기들끼리 흥이 오르면 살 사람들이었다.

자정.

길모는 혜수를 슬쩍 지원한 후 밖으로 나왔다. 1층 별실의 주인공을 모실 시간이었다.

[형!]

함께 서 있던 장호가 도로를 가리켰다. 신호를 따라 세단 두 대가 들어서고 있다. 첫 번째 차에서 비서실장과 직원 둘이 내렸다. 그래도 문은 길모가 열었다. 그들도 딱히 관여하지 않았다.

"어서 오십시오."

먼저 송광용 회장이 내렸다. 그리고 반대편 문에서 또 한 사람이 내렸다.

"……?"

그는 알 야세르 왕자의 최측근이던 주술사였다.

별실 관상 룸.

스륵 하는 소리와 함께 첫 손님을 맞게 되었다. 룸 안에 들어선 사람은 송광용과 주술사, 그리고 통역이다. 통역 또한 그때 왕자를 수행하던 그 사람이었다. 다른 일행은 혜수의 1번 룸으로 모셨다. 길모와 혜수 커플이 위아래에서 귀빈을 맞은 셈이다.

"좋군. 우리 관상왕 콘셉트와 딱이야."

송광용은 별실에 대해 만족감을 드러냈다. 통역이 별실에 대해 설명하자 주술사도 엄지를 세워주었다.

"왕자님은 안녕하시죠?"

"네, 직접 오시고 싶어했는데 할 일이 많으셔서……."

길모는 통역을 통해 주술사와 인사를 주고받았다.

"아가씨는 어떻게 할까요?"

길모가 두 사람에게 물었다.

"좋으실 대로."

송광용과 주술사는 길모에게 아가씨를 일임했다.

별실 관상 룸.

이제 혜수가 올 수 없는 자리. 하지만 길모는 주저하지 않고 전화기를 들었다.

"홍 마담님, 숙희 왔죠? 승아하고 둘이 올려 보내세요."

숙희와 승아.

길모의 선택은 그 둘이었다.

아까노끼로 거듭나기 위해 피나는 노력을 경주하는 숙희. 피땀을 더해 에이스로 거듭나려는 그녀의 노력을 이 관상 룸에서 꽃피우게 하고 싶었다. 그건 다른 아가씨들에게도 좋은 본보기가 될 것이다.

숙희와 승아는 조용히 들어와 자리를 잡았다.

술이 한 잔씩 돌았다. 주술사가 수락했기 때문이다. 알고 보니 그는 원래 터키 출신이라고 했다. 왕자를 수행할 때는 술을 입에 대지 않지만 혼자 비즈니스를 볼 때는 큰 문제가 없다는 입장이었다.

"잠시 자리를 비켜드릴까요?"

양주로 목을 축인 송광용, 대기업 총수답게 촉이 좋았다.

"예, 잠시만."

주술사의 답이 떨어지자 송광용이 룸을 나갔다. 아가씨들도 자리를 비켰다. 수만 명을 호령하는 대기업의 총수. 그조차 예우를 다하는 사우디아라비야 왕자의 특사. TPT 그룹이 얼마나 그들과의 관계에 정성을 쏟고 있는지 알 것 같았다.

"홍 부장님!"

룸이 조용해지자 주술사의 시선이 길모에게 닿았다.

"예."

"왕자님이 건네시는 복채입니다."

주술사는 봉투부터 꺼내놓았다. 길모는 열어보지 않았다.

"왕자님은 지금 홍 부장님의 조언에 따라 주변 정리를 하고 계십니다. 그런데……."

주술사가 신호하자 통역이 노트북을 켰다. 그의 손길을 따라 화면에 아홉 명의 사우디아라비아 사람이 떠올랐다.

"왕자님을 도와줄 사람들입니다. 왕자님은 이분들과 손을 잡고 왕세제 이후의 사우디아라비아를 구상하실 계획입니다."

주술사의 목소리에는 힘이 넘쳤다. 그건 알 야세르 왕자가 신념을 가지고 진격하고 있다는 반증이다.

"워낙 중차대한 일이라 보안과 심성이 중요합니다. 그래서……."

뒷말은 듣지 않아도 알 것 같았다.

내 편과 적을 구분해 달라.

왕자의 오더는 그것이었다.

"다른 옵션은 없었는지요?"

길모가 물었다.

"없습니다. 왕자님은 신중에 신중을 기해 고르고 또 골랐지만 홍 부장님의 혜안에 미치지 못하기에 저를 극비리에……."

"알겠습니다."

길모는 화면을 앞으로 당겼다. 그런 다음 관상에 따라 화면에 순번을 매겼다. 1번부터 9번까지. 그건 신뢰도와 함께 앞으로의 운까지 망라한 종합 채점 결과였다.

"……?"

결과와 함께 설명을 들은 주술사의 눈이 뒤집힐 듯 휘둥그레졌다.

"죄송하지만 이 결과가 맞는 것입니까?"

주술사가 길모를 바라보았다. 그 이마에는 식은땀이 흥건해 보였다.

"예……."

"이럴 수가! 이분은 왕자님의 복안에 속하는 분이신데……."

주술사가 이마의 땀을 닦아냈다. 하필이면 왕자의 최고 신임을 받는 사람이 레드카드를 받은 모양이다.

"이분은 귀가 짧고 검붉은 색이 돌고 있습니다. 미간도 넓고 턱에도 고집이 가득합니다. 타협하지 않는다는 뜻이니 측근으로 쓰기는 무리라고 봅니다."

"하지만……."

"그리 걱정하지 않으셔도 됩니다. 이미 구설과 형옥을 받았을 상이니 왕자님께 말씀드리면 될 것입니다."

그 순간, 주술사의 전화기가 울었다. 화면을 보던 주술사가 얼른 일어나 전화를 받았다.

"네? 아, 네."

몇 마디 주고받은 주술사는 전화기를 내려놓더니 한 뼘 통화를 눌렀다. 그러자 전화기에서 왕자의 목소리가 흘러나왔다.

—홍 부장님.

"네, 안녕하세요, 왕자님?"

—과연, 과연이십니다! 전화로 들었지만 그 사람 나세르, 제가 낙점한 사람인데 방금 국가 재정 횡령 사건으로 체포되었다는 연락을 받은 참입니다. 그런데 그 먼 땅에서 그걸 알고 계시다니…….

통역의 목소리가 바빠졌다.

—뭐든 솔직하게 말씀해 주십시오. 홍 부장님의 의견이라면 무조건 수용할 것입니다.

왕자와의 통화가 끝났다. 주술사는 반쯤 벌어진 입으로 엄지를 세웠다. 길모에 대한 감탄이다.

볼일을 끝낸 주술사와 사우디아라비아 관계자들이 떠났다. 이제 별실에는 송광용 부자가 주술사를 대신하고 있다.

"왕자 측에서 방금 전화가 왔습니다. 앞으로 우리 그룹과의 모든 협력과 지원, 나아가 주변국의 진출까지 물심양면으로 돕겠다고. 덤으로 건설사에 발전소 수주까지 맡기겠다고 하는군요."

송욱의 목소리는 들떠 있었다.

송광용이 신뢰가 가득한 손길을 내밀며 말했다.

"홍 부장을 알게 된 건 정말 천운이었군. 앞으로도 잘 부탁하네."

"별말씀을……."

길모는 겸손하게 묵례로 인사를 대신했다.

[형, 얼마 받았어요?]

송 회장 부자까지 가자 장호가 물었다.

"궁금하냐?"

[그럼요. 다들 궁금해서 죽으려고 그래요.]

"그럼 네가 직접 까봐라."

[내가요?]

"그래. 너는 그럴 자격 있다."

[으아, 손 떨리네.]

장호가 두 개의 봉투를 열었다. 사우디아라비아 측의 봉투는 3억, 송광용 회장이 내민 건 1억이 들어 있다.

4억, 첫 한 방에 물경 4억을 거머쥔 셈이다.

[으아, 4억!]

"이리 와봐라."

길모가 장호를 손짓으로 불렀다. 그런 다음 수표에 침을 퉤하고 발라 장호 이마에 떡하니 붙여주었다.

"개시 돈은 이렇게 한다며?"

[끄어어, 4억…….]

장호는 거품을 뿜으며 그 자리에 쓰러져 버렸다. 행복한 기절이었다.

제3장

그곳의 요청

다음 날, 길모는 잠을 이루지 못했다.

전화 때문이다.

디로롱, 동동!

전화는 수시로 울려댔다. 대개는 모르는 번호였다. 잠이 필요한 길모는 부득불 배터리를 빼버렸다. 별실에서 간단한 축하 파티를 하고 겨우 잠든 참이라 비몽사몽간이다.

그런데 이번에는 장호의 전화가 울리기 시작했다.

[으아아! 어떤 똘아이 쉐리가…….]

장호는 미친 듯이 수화를 날려댔다. 그러다 결국 전화를 받았다.

[형, 서 부장님인데 난리 났다며 신문이나 뉴스 좀 보라는데요?]

"야, 나중에!"

길모는 이불을 뒤집어써 버렸다.

[급하대요.]

"아, 씨!"

길모는 짜증을 내며 일어섰다. 쏟아지는 잠 앞에서는 관상왕도 별수 없었다.

[어?]

노트북을 켠 장호의 눈이 토끼처럼 변했다.

"왜? 혹시 북한 고……."

하마터면 '북한 고위층 인사 망명이냐?' 고 물을 뻔했다. 길모는 입을 막고 장호를 바라보았다. 장호가 길모 앞에 화면을 들이밀었다.

[봐요!]

컴퓨터 위의 족집게 명인 홍길모 관상대가, 첨단시대에 역술의 가치를 높이다!

긴 제목 아래로 길모의 얼굴이 보였다. 무려 대문짝만 한 얼굴이다. 더구나 앵글이 죽여줬다. 집중하는 모습은 흡사 도사님의 그것과 같았다.

[으아! 형, 댓글 좀 봐요. 만 개도 넘어요.]

장호가 자지러지는 동안 길모는 기사를 읽고 있었다. 댓글 따위가 중요한 건 아니었다.

기사 타이틀이 끝내줬다.

믿을 수 없을 정도의 적중률!

세기의 관상대가!

그 앞에 서면 당신의 운명이 발가벗겨진다!

세 줄로 요약하면 이랬다. 인문학적 측면에서 출발한 기사는 역술의 오묘함을 강조하고 있었다. 역술인과 정재계의 지도층, 그 뗄 수 없는 공생 관계에 이르러서는 유추가 가능한 유명인사의 경우를 내세워 신비감을 증폭시켰다.

대통령도 언급되었다. 특히나 정치인들, 공천이나 출마 등을 앞두고 상당수가 역술인의 조언을 얻는다는 기사도 보였다.

그중에서도 기사는 관상을 강조했다. 주역이나 사주를 부각시키면서도 교묘하게 추켜세운 것이다.

첫인상이 중요한 사회!

그 한마디가 포인트였다. 그러면서 슬쩍 길모와 카날리아를 흘렸다. 실명과 가게 상호가 나온 건 아니지만 이 빛나는 SNS 시대에 그 정도 찾는 일은 누워 떡 먹기였다.

그래서 전화가 빗발치고 있었다. 사우디아라비아 왕자의 행차하고는 달랐다. 그야말로 언론의 힘, 공 부장의 힘이었다.

이 전화는 하루 종일 계속되었다. 오죽하면 길모는 출근길에도 전화를 켜지 못했다. 켜는 순간 전화가 빗발쳤기 때문이다.

[아, 이거 인기가 너무 좋아도 걱정이네요.]

핸들을 잡은 장호도 울상이다. 말하자면 행복한 고민이었으나 그래도 심각한 고민에 속했다. 그건 카날리아에서도 확인할 수 있었다.

세 부장은 일찌감치 출근해 있었다. 업소의 수화기는 내려져 있다. 세 부장의 전화도 불이 나서 켤 수가 없다고 했다.

"으아, 좋기는 한데 너무 심하니까 겁이 나더라."

이 부장이 너스레를 떨었다. 세 부장 역시 한숨도 자지 못했다고 한다. 뒤를 이어 출근한 홍 마담과 아가씨들도 다르지 않았다. 그녀들도 일부를 제외하고는 배터리를 뺀 채로 대기실에 들어섰다.

"오늘은 예약대로만 가죠?"

길모는 일단 쉬어가는 전략을 택했다. 예약은 수일이나 밀려 있어 영업에는 지장이 없었다.

"홍 부장님!"

그때 승만이가 헐레벌떡 계단을 뛰어내려 왔다.

"넌 또 웬 설레발?"

이 부장은 핀잔부터 주었다.

"설레발 아니거든요! 밖에서 누가 홍 부장님을 찾아요!"

"얌마, 없다 그래. 지금 분위기 보면 모르냐? 보나마나 관상 보려는 떨거지들이지."

"저도 그런 줄 알았는데 포스가……."

"포스? 뒈질래? 당장 가서 예약 꽉 찼다고 뺀찌 먹여."

"아, 그게 아니라니까요!"

승만이는 곤란한 기색이 역력했다.

"아닙니다. 기왕 여기까지 온 사람이면 제가 얼굴이라도 보고 양해를 구하겠습니다."

길모가 나섰다.

"그렇게 수고할 필요 있어?"

이 부장이 고개를 저었지만 길모는 그대로 계단을 올랐다. 사실 길모는 국정원을 걱정하고 있었다. 망명 뉴스는 없지만 그들이 올 수 있었다. 귀찮은 일이다. 그렇다면 길모가 따로 만나보는 게 좋았다.

그런데 손님은 국정원 직원들이 아니었다.

"제가 홍 부장입니다만······."

길모는 공손히 인사부터 했다.

"아, 이거 예약이 필요하다는데 불쑥 찾아와서 미안합니다. 사정이 좀 그래서······."

"괜찮습니다. 원하시면 예약을 잡아드리겠습니다."

"실은 출장 관상도 보신다고 들어서······."

손님은 조심스레 말을 꺼냈다.

"그렇긴 하지만 처음 보는 분들께는 출장을 나가지 않습니다."

"그럼 우리가 먼저 술을 마시면 되겠군요?"

"그게··· 오늘은 룸이 없어서······."

"그럼 여기서 마시겠습니다. 파라솔 같은 거 하나만 펴주시면······."

"하하, 그럴 수는······."

"농담 아닙니다. 사정 좀 봐주십시오. 저희는 오늘 날짜 받아가지 못하면 모가지입니다. 파라솔 없으면 돗자리라도 펴고 마실 테니······."

"······."

"뭐 그렇다고 술값 깎아달라는 말은 않겠습니다."

"……"

"매상도 제대로 올리겠습니다."

"아닙니다. 그럴 수는 없습니다."

"그럼 우리를 죽이세요. 그냥은 못 돌아갑니다."

두 남자는 그 자리에 퍼질러 앉았다. 길모가 난감해지는 순간
이다.

결국 두 남자는 주차장 귀퉁이에 돗자리를 폈다. 술은 양심상
기본만 내주었다. 그래도 격식은 다 갖추겠다며 아가씨도 요청
해 둘을 앉혔다. 두 남자는 양주 여섯 병을 비우고서야 돌아갔
다.

"으아, 내가 유흥업 십수 년 경력에 룸 없다고 돗자리 펴고 마
시는 인간들은 처음이다."

이 부장을 몸서리를 쳤다.

"좀 그렇긴 한데 그래도 눈물겹네요. 남자들 불쌍해. 직장 잘
릴까 봐 별짓을 다 해야 하니……."

홍 마담은 애처롭다는 반응을 보였다. 길모도 좀 그랬다. 고
집을 부리는 바람에 수락하긴 했지만 어쩐지 남의 주머니를 강
탈한 기분이 들었다.

'나중에 오면 신경 좀 써주어야겠어.'

길모는 두 남자를 마음에 새겨두었다. 물론 길모는 이때까지
그들이 누군지 몰랐다. 이틀 후에 경천동지할 소식을 가지고 올
지도.

비가 내렸다.

길모는 혜수의 집에 있었다.

첫새벽, 혜수의 1번 룸에서 엄청난 논쟁이 붙은 탓이다. 상대는 손금쟁이였다. 전문적인 사람은 아니었지만 관록이 대단했다. 대형 마트를 운영하고 있는 그는 혜수와 쿵짝이 맞았다. 논쟁을 하면서도 화기애애한 것.

결국 혜수는 길모에게 SOS를 쳤다. 관상의 심오함을 보여주고 싶었던 것이다. 길모는 세 번째로 모신 이 실장을 보내고 정든 1번 룸에 입성했다.

관상왕!

손금쟁이도 길모의 소문을 들어 알고 있었다. 그 아래에서 배운 혜수의 내공이 탄탄하자 길모에게 예우부터 갖추었다. 나이는 50대 후반. 초면의 웨이터에게 굽힌다는 건 쉬운 일이 아니었다.

"솔직히 손금을 최고로 알았습니다."

그는 자신의 심정을 솔직하게 피력했다. 어릴 때 동네 과부에게 손금을 배운 그는 사업에도 연애에도 쏠쏠한 재산이 되었다고 한다. 거기에 관록이 더해지면서 웬만한 길흉사는 볼 수 있게 된 그. 불행하게도 그가 만난 관상이나 사주전문가들은 죄다 구라쟁이였다. 단지 요령으로 점을 보고 있던 것.

그러던 차에 길모의 소문을 듣고 혜수에게 맛보기를 보다가 매료된 모양이다.

"딱 한 수만 지도 바랍니다."

그는 길모를 향해 공손하게 말했다.

"뭘 도와드릴까요?"

어차피 혜수를 지원하러 내려온 길모는 흔쾌히 요청을 수락
했다.

"실은 제가 재혼을 하려고 하는데…….."

남자가 내민 건 30대 중반의 여자였다. 이목구비가 또렷한 게
한눈에 쏙 들어왔다. 남자들이 반할 만한 얼굴이다.

"손금을 보니 이 여자나 나나 결혼선이 섬 문양이라 이혼의
상처가 남아 있는 공통점이 있습니다. 게다가 둘 다 감정선 윗
부분의 금성대가 선명해 현재도 그리 외로움은 느끼지 않는 형
편입니다. 수상에서는 금성대가 발달하면 주위의 인기를 끈다
고 하거든요."

남자가 먼저 손금의 내력을 일러주었다. 길모는 조용히 귀 기
울여 들었다.

"기타 생명선부터 운명선까지 기본 삼대선과 세로 삼대선도
함께 체크했습니다. 그 사람도 손금에 관심이 있거든요."

"……."

"재혼이라는 게 원래 초혼처럼 쉬운 게 아니라서 손금의 배
신선은 저 혼자 챙겨보았습니다. 이게 약지와 소지 중간에서 두
뇌선을 향해 내려오는 금인데 수상에서는 비애선이라고 합니
다. 이게 강하면 배신수가 있고 비애선이 두뇌선을 끊고 지나가
면 뇌질환도 올 수 있지요."

"여자 분은 어떠신데요?"

길모가 물었다.

"큰 문제가 없었습니다. 저도 물론 그렇고요."

"……."

"그런데 문제는 결혼선 상부의 자식선이었습니다. 그 여자는 이게 삐뚤고 구부러진 듯해서……."

"좋지 않은 거로군요?"

"예. 자식이 병치레를 하거나 성질이 고약해서 자식 때문에 풍파가 그치지 않을 상이지요."

"사장님은 그걸 확인하고 싶으시군요?"

"예. 가능할까요?"

"채 실장은 어떻게 봐드렸나요?"

길모는 손님 앞이라 혜수에게 실장 대우를 해주었다. 부장보다 실장, 박스팀의 호칭인 부장하고도 구분이 되니 그게 좋을 것 같았다.

"자식궁이 그리 나쁘지 않아 괜찮을 것 같다고 말해 드렸어요."

혜수가 웃으며 대답했다.

"사진이 더 있으면 제가 한번 볼 수 있을까요?"

"얼마든지요!"

남자가 사진 석 장을 꺼냈다. 관상에 대해 식견이 있는지 다양한 각도의 얼굴이다.

"……!"

사진을 보던 길모가 미간을 찡그렸다. 남자는 그걸 놓치지 않았다.

"좋지 않군요?"

"뭐 그렇다기보다는……."

길모는 사진을 내려놓았다. 이 정도 상을 보는 데는 시간이 많이 필요하지 않았다.

"부탁드립니다. 제게는 중요한 일입니다."

"이 여자 분 아이가 몇으로 알고 있습니까?"

"딸 하나입니다. 제가 몇 번 보기도 해서 잘 알고 있지요."

"둘입니다!"

"네?"

길모가 바로 응수하자 남자가 고개를 들었다.

"아들이 하나 더 있습니다."

"그럴 리가요? 제가 호적까지 확인했는데……."

"호적은 모르겠지만 둘인 건 확실합니다. 딸아이의 동생인데 그 남자 아이가 사장님이 말씀하신 운명입니다. 양자로 받아들이면 뻐꾸기 알처럼 사장님의 집안을 하나둘 거덜 낼 겁니다."

"……."

"믿기 어려울 수도 있습니다. 여자 분 관상을 보니 눈이 살짝 떠 있어 그 냉철함이 얼음에 모자라지 않습니다. 한 번 더 확인해 보고 결혼하시면 좋겠습니다."

길모가 말을 마치기가 무섭게 남자가 전화기를 집어 들었다. 남자는 그 새벽에 여자를 다그쳤다. 그리고 길모의 말을 확인했다. 남자는 바닥이 꺼져라 한숨을 내쉬었다.

그 한숨을 밟으며 길모는 혜수의 집으로 향했다. 이미 아침이 밝아온 시간, 너무 늦었기 때문에 장호까지 보낸 탓이다.

한잠 달게 자고 일어난 혜수가 커튼을 열었다. 창문에서 비가 흐르고 있다. 혜수는 노래를 틀며 커피를 내렸다.

기차는 8시에 떠나네~

테오도라키스의 노래다. 몇 번 들은 적이 있어 이제는 길모도 그 노래를 알고 있다. 비 오는 날에 잘 어울리는 노래. 동시에 마음을 가라앉히는 데 딱 좋았다.

"더 잘래요?"

커피를 따르던 혜수가 물었다.

"아니."

길모도 침대에서 일어났다.

"마셔요."

혜수가 커피를 내밀었다. 속옷 위에 긴 면티 하나를 걸친 혜수는 카날리아에서 보는 것과는 또 달랐다. 이제야 새록새록 느끼는 거지만 혜수는 팔색조였다. 옷에 따라, 분위기에 따라, 혹은 하는 일에 따라 느낌이 달랐다.

"좋은데?"

한 모금을 들이킨 길모는 전화기부터 체크했다. 잠 때문에 꺼둔 전화기에 수십 통의 전화가 들어와 있다. 물론 문자도 많았다. 길모는 두 번 이상 걸려온 전화번호에 전화를 걸어 용건을 확인했다. 죄다 예약 관련 전화였다. 그러다 한 문자에서 시선이 정지되었다.

—돗자리 깔고 술 마신 사람입니다. 또 그 자리라도 좋으니 오늘은 꼭 예약을 부탁드립니다.

똑같은 문자를 세 번이나 거푸 보내왔다.

길모는 이틀 전 그날을 떠올렸다. 시장통 술집도 아니고 텐프로에서, 그것도 주차장에서 아가씨들을 끼고 마시고 간 사람들.

이렇게까지 나오니 더는 모른 척할 수 없었다.

"혜수가 끼워 넣기 좀 해줘."

"흐음~ 업주로서 압박인가요?"

"아니, 사랑하는 사람으로서 부탁."

길모는 혜수를 안고 침대로 넘어갔다. 여자에게 부탁할 때는 이만한 비법도 없었다.

*　　*　　*

비는 그치지 않았다.

길모가 혜수와 함께 카날리아에 도착했을 때도 비는 한결같았다.

[형!]

장호가 뛰어나와 우산을 씌워주었다.

"왜 이렇게 일찍 나왔냐?"

계단을 내려온 길모가 말했다.

[울라? 빨리 와서 손님 받으라더니 무슨 헛소리예요?]

"웅?"

[손님들 기다리시니까 빨리 들어가세요. 나 오기 전부터 와서 기다리고 있더라고요.]

"혜수, 예약 있어?"

"왜 이래요? 나한테 떠넘길 때는 언제고."

"내가?"

"한 테이블 끼워 넣으라면서요? 오늘 스케줄상 넣을 데가 없어서 오픈 전으로 끼워 넣었어요."

"그럼 돗자리 손님?"

"네."

"그럼 나 때문에 일찍 나온 거야?"

"네."

"그래서 일찍 가자고 조른 거고?"

"네."

혜수는 그 말을 끝으로 길모의 등을 밀었다.

1번 룸.

그 안에 세 남자가 있다. 주차장에서 양주를 마시던 두 남자에 더해 또 한 남자. 짙은 선글라스를 쓴 그에게서 관록이 물씬 풍겨 나왔다.

"우리 수석님이십니다."

안면이 있는 남자가 새로 온 남자를 가리켰다.

'수석?'

낯선 직함이지만 길모는 혜수와 함께 묵례로 맞았다.

"죄송하지만 여자 분은 자리를 좀 비켜주시겠습니까?"

그리고 이어지는 묵직한 저음의 목소리. 심상치 않은 자리라는 걸 감지한 혜수가 바로 퇴장했다.

"미안합니다. 워낙 기밀을 요하는 일이라…….."

남자가 길모에게 말했다. 이어 선글라스의 남자에게 시선을 돌렸다. 새로 온 남자는 천천히 선글라스를 벗었다. 그런 다음 역시 저음으로 말했다.

"청와대 인사수석입니다!"

청와대!

처음에는 길모의 귀를 비켜갔다. 하지만 뭔가 이상하다는 느낌이 귓바퀴를 차고 들어왔다.

'청와대?'

한 박자 늦게 단어의 무게감을 잡아낸 길모가 파뜩 고개를 들었다. 길모의 눈이 수석과 마주쳤다.

청와대 인사수석 장광윤, 그리고 그를 수행한 비서관 오재명.

길모는 다시 한 번 귀를 의심했다. 청와대라니? 강남의 술집 청와대도 아니고 저 광화문 푸른 기와집의 청와대라니?

"우선 앉으시죠."

자리를 장 수석이 권했다. 1번 룸이 관상 룸이 된 후로 처음 일어난 일. 그만큼 길모는 정신이 없었다.

좋아서가 아니었다.

청와대라는 말을 듣는 순간, 대권에 대한 우려가 떠올랐기 때문이다.

대권으로 뜬 역술인.

대권으로 밥숟가락 놓은 역술인.

길모의 뇌리에 모상길의 조언이 바글거렸다. 그러니 어찌 반가울 것인가?

"어떤 일로 오셨는지……?"

마음을 다잡은 길모는 관상 룸의 창시자답게 수석을 바라보았다.

"앉으세요."

수석은 한 번 더 강조했다.

"술을 드시러 온 게 아니라면⋯⋯."

나가주셨으면 합니다.

길모의 입술에 그 말이 걸릴 때 비서관이 거들고 나섰다.

"오래 걸리지 않을 겁니다."

이제는 세 사람의 시선이 길모를 바라보고 있다. 별수 없이 끝자리에 엉덩이를 걸쳤다.

"제 명함입니다."

수석이 명함을 내밀었다. 양쪽 가장자리에 선명한 금박의 봉황이 길모의 눈을 차고 들어왔다.

"홍 선생의 유명을 듣고 왔는데 우리가 반갑지 않은 눈치군요."

수석이 웃었다.

길모는 대답 대신 옅은 미소를 머금었다. 정곡을 찔렸으나 그렇다고 맞장구를 칠 수는 없었다.

"한번 맞혀보시겠습니까? 그럼 우리가 엉덩이를 드는 시간도 빨라질 텐데⋯⋯."

수석이 길모와 눈높이를 맞추었다.

길모는 시선을 돌렸다. 수석의 얼굴에서 용건을 읽었기 때문이다.

중대 결정!

그들은 그걸 앞두고 있다. 하지만 그들 자신의 일은 아니었다.

"홍 선생, 한번 도와주세요."

갈등을 눈치챘는지 수석은 길모의 손을 잡았다.

"……."

"그저 확인 차원입니다."

"저는……."

"겸손하지 않으셔도 됩니다. 요로를 거쳐 홍 선생의 능력을 검증하고 왔으니까요."

'요로?'

"정태수 의원 아시죠?"

수석이 물었다.

정태수!

어찌 모를 것인가?

"천경대 회장은요? 나아가 송광용 회장은 어떻습니까? 그분들 추천이라면 되겠습니까?"

"……!"

"한 번만 도와주세요!"

수석은 길모의 손을 놓지 않았다.

천 회장과 송 회장의 이름까지 나온 상황. 눈치로 봐서는 다른 이름도 나올 것 같았다.

"일단은 용건이 뭔지……."

"어이쿠, 내 정신. 가장 중요한 걸 빼놓고 있었군요. 우리 홍 선생님 눈치 보느라 정신이 없어서……."

"……."

"내일 시간을 좀 내주시겠습니까?"

"언제 말이죠?"

"홍 선생님 라이프 사이클상 이른 오후가 좋겠죠? 오후 세 시쯤이면 어떨까요?"

"어떤 확인인지 말씀하지 않았습니다."

"물론 사람입니다. 관상을 보시는 거지요."

"그것뿐입니까?"

"예."

"설마 대통령상은 아니겠지요?"

"그건 아닙니다."

"그럼 여섯 시까지 돌아올 수 있도록 약속해 주십시오. 요즘 예약이 밀려서요."

"그건 어렵지 않습니다. 제가 보장해 드리죠."

"……."

"어이쿠, 이제야 한숨 돌리겠습니다. 아까까지만 해도 어찌나 불안하던지……."

"……."

"이건 복채입니다. 대신 술은 다음에 마시겠습니다."

수석이 봉투 하나를 밀어놓았다.

"복채는 관상을 본 후에 받겠습니다."

"아닙니다. 룸당 평균 매상이 장난이 아니던데 저희가 민폐를 끼칠 수는 없지요. 어르신께서 아시면 호통을 치실 테고……."

"……."

"요로에서 말을 들어 홍 선생 입이 무겁다는 건 알지만 노파심에 말씀드리자면… 저희 방문은 불문에 붙여주시기 바랍니다."

"그러죠."

"그럼 내일 뵙겠습니다."

수석이 일어나 단정하게 인사를 했다. 길모도 황급히 일어나 인사를 받았다.

부릉!

세단은 그렇게 멀어졌다.

"일찍 가네요?"

혜수가 계단을 올라와 말했다. 하지만 그것뿐이었다. 누구인지, 혹은 무슨 일이냐고 묻지 않았다.

"영업 준비해야죠?"

구구한 질문 대신 혜수는 찡긋 윙크를 날려 왔다. 길모는 그녀의 어깨를 두드리는 것으로 답을 대신했다.

몇 통 전화를 받은 길모는 별실에 앉아 생각에 잠겼다.

청와대!

돌아보면 길모를 부를 일이 없었다. 단선제 대권이니 재선을 위해 정적을 제거할 필요는 없었다. 그럼 뭘 확인해 달라는 걸까?

뉴스를 틀었다.

국정원 소식은 나오지 않았다. 채널을 돌려도 마찬가지였다. 이런저런 국정 행사와 사고가 나왔지만 일상다반사처럼 일어나는 일에 불과했다.

'설마하니 홀아비 대통령이 늦장가간다고 궁합을 봐달라는 것은 아닐 테고……'

구구한 생각이 스쳐 갔지만 그걸로 끝이었다. 특별한 손님 때문이었다.

하고명!

이름도 고명한 판사님.

처음 예약 신청을 받았을 때 길모는 귀를 의심했다. 이 우아하고 고명하신 분이 카날리아에 오겠다니. 그 옛날 길모를 그렇게 짓밟은 주제에 말이다.

하긴, 그는 길모를 잊었을 것이다. 본시 모욕을 준 사람은 금세 잊어버리게 마련. 하지만 길모는 달랐다. 그건 차마 잊을 수 없는 인간적인 멸시였기 때문이다.

그래서 감히 별실 예약에 끼워주었다. 딱히 옛날의 감정으로 살생부 실현을 하겠다는 것은 아니었다. 홀쩍 편한 감정으로 하판사를 만나면 어떨까, 그는 또 어떨까 싶었다.

하고명 판사!

예약보다 50분이나 지각했다. 혼자도 아니었다. 보아하니 출세의 끈에게 잘 보일 자리를 마련한 모양이다.

"어서 오십시오!"

길모는 왕의 위엄으로 그들을 맞았다. 하고명은 길모를 알아보지 못했다. 길모도 내색하지 않았다. 술을 그리 즐기지 않던 꽉 막힌 판사. 그런 그였으니 시간의 흐름에 따라 길모를 잊을 수도 있었다.

"여기가 관상왕의 팰리스인가?"

하고명을 따라온 법원장이 물었다.

"팰리스라니요? 그냥 편안하게 술 한잔하시는 자리로 생각해

주시면 감사하겠습니다."

인사를 하며 길모는 하고명을 바라보았다.

처음부터 오바이트가 쏠렸다. 그때는 오만의 극치를 떨던 인간이 법원장의 양복 깃에 묻은 먼지를 털고 있다.

"아가씨는 어떻게 할까요?"

다들 고상하신 분들. 그 입에서 천박한 단어가 나오기 전에 길모가 알아서 기었다.

"아가씨가 필요한가?"

법원장이 하고명을 바라보았다.

"뭐, 그냥 조용한 애들로 두 명……."

하고명은 헛기침과 함께 길모에게 오더를 넣었다.

[우워어어!]

복도로 나온 장호가 배를 잡고 웃었다.

"그렇게 웃기냐?"

[그럼 안 웃겨요? 다들 아가씨 기대하는 눈빛인데 체면상 아닌 척하는 꼴이라니…….]

"지체 높으신 판사님들 아니냐."

[지체는 무슨……. 형, 한 놈은 그때 그놈이죠? 이천 원 판사!]

"쉬잇!"

[뭐가 쉬잇이에요? 저 인간 안주에 침이라도 뱉을 거라고요.]

장호도 그날을 잊지 못하고 있었다.

진상처리반 길모와 장호.

둘은 하고명에게 두 번이나 거푸 모멸을 받았다.

처음엔 안주였다. 장호가 햄 접시를 내려놓다 하고명의 팔에 부딪치는 통에 일부를 흘린 것. 그때 하 판사는 그 안주를 주워 먹을 걸 요구했다. 먹을 걸 버리면 죄 받는다나?

두 번째는 생각도 하기 싫은 일이다.

계산서 때문이었다.

888,000원!

묘한 계산이 나왔다. 그러나 맹세코 계산서에 장난 따위는 하지 않았다. 이런 경우 보통 이천 원을 더해 89만 원을 계산하는 게 상례. 길모는 그 관습에 따랐다. 그러자,

"이런 사기꾼 놈들!"

하 판사가 길길이 날뛰기 시작했다. 돈 이천 원에 길모는 졸지에 사기죄를 뒤집어쓰게 되었다.

사기죄!

돈 이천 원에 사기죄라니?

"이 새끼들, 완전히 상습범이구만!"

하 판사는 그렇게 포문을 열었다.

"사기죄는 재물죄야. 영득죄의 일종이지만 상대방을 기망한 거라고. 알아?"

기망!

길모는 맹세코 그게 무슨 말인지 몰랐다. 게다가 보통 손님들은 기분 좋게 90만 원을 계산하는 게 통례였으며 기분이 좋은 손님들은 그냥 100만 원을 지불하기도 했다.

그런데 보아하니 접대 받으러 오신 하 판사, 상대에게 위엄을 세우려는 듯 길모에게 투철한 직업정신을 발현했다.

"기망, 기망이라고. 알아?"

"……."

"따라 해. 상대방을 기망하여 착호에 따른 의사에 의해 재물을 교부 받거나 재산상의 이익을 취하는 것! 10년 이하의 징역, 또는 이천만 원 이하의 벌금!"

그 말을 듣는 순간, 길모와 장호는 세트로 떨었다. 하루살이처럼 살아가는 주제에 10년 이하의 징역이나 이천만 원 이하의 벌금이라니? 둘 중 어느 하나도 감당할 능력이 없었다.

"기만… 차코……."

기겁하며 따라 하던 길모. 익숙하지 않은 말에 발음이 꼬였다. 그러자 판사님, 기어이 메뉴판으로 길모의 머리통을 갈겼다.

"무식한 놈들이 돈은 알아가지고. 여기 주인 오라고 해!"

결국 방 사장이 달려왔지만 그 역시 길모의 편은 아니었다. 이만한 일로 판사의 눈 밖에 나서 좋을 일이 없기 때문이다.

이날 길모와 장호는 지문이 몽땅 지워지도록 빌었다. 판사는 큰 인심이나 쓰듯 모멸감 가득한 비웃음을 남기고 떠났다. 술값은 당연히 면제 받으시고.

그때 길모는 맹세했다.

"내가 죽기 전에 저 새끼는 반드시 손보고 죽는다."

살생부의 시작이었다.

한 사람만 적으니 수첩이 허전했다. 그래서 그전에 당한 이영종과 채기영도 적어 넣었다. 그러다 호영을 만난 이후로 그 감정을 잊어버렸다. 그런데 제 발로 찾아왔다. 그것도 길모를 잘 기억하지 못한 채.

이천 원!

한 맺힌 이천 원의 모멸감. 그러나 서두르지 않았다. 상대는 모르는데 나는 알고 있다. 이 또한 굉장한 이점. 게다가 길모의 홈인 별실 룸. 길모가 마음만 먹으면 그는 독 안에 든 쥐와도 같은 신세였다.

초이스는 골치가 아팠다.

아가씨들을 세 번이나 뺀찌 놓은 것이다.

기회!

요게 하 판사의 판단력을 흐려놓았다. 예쁜 아가씨들이 들어오니 다음에는, 다음에는 하며 더 예쁜 아가씨를 기다린 모양이다. 그걸 모를 리 없는 길모, 네 번째는 카운터 연수와 홍 마담을 세워놓았다. 그제야 하 판사의 초이스가 떨어졌다.

"맨 처음에 들어온 아가씨 중에서 첫 번째 하고 끝."

사악한 늙은이. 겉으로는 성인군자인 척하면서 머릿속에서는 계산에 계산을 거듭하고 있었다.

은수연과 써니.

승아나 유나가 아니었지만 아가씨들에게 따로 별실 룸의 지침을 하달해 두었기에 길모는 걱정하지 않았다.

"자네가 관상왕인가?"

술을 받아둔 하 판사가 물었다.

"왕은 과찬이고 그냥 관상을 좀 봅니다."

대답하던 길모는 쾌재를 불렀다.

하 판사의 상이 고맙게도 죽상이었다. 중간에서 살짝 잘린 듯

한 법령과 검은빛이 도는 입술. 이는 고난과 낭패를 뜻하는 것이니 두말할 것도 없이 오늘이 제삿날이었다.

"조금 봐서는 안 되지. 우리 법원장님 미래가 걸린 일인데……"

"……"

"아무튼 소문 듣고 왔으니 잘 좀 부탁하네."

하 판사가 오만 원을 길모의 주머니에 쑤셔 넣었다.

오만 원.

"이런 건 받지 않습니다."

길모는 돈을 돌려주었다. 그런데 하 판사의 말이 걸작이다.

"하긴, 술값도 어마 무시한 술집에서 관상 복채 따로 받으면 위법이지. 모범 상인이구만."

"……!"

"아무튼 잘 부탁하네, 우리 법원장님 관상."

하 판사의 손이 길모의 뒤통수를 두어 번 토닥거렸다. 어깨도 아니고 뒤통수다.

푸헐!

황당했지만 여기까지는 참아 넘겼다. 고객이니까.

그런데 주문이 삐딱하게 나왔다.

밸런타인 21년산 한 병에 소주 한 병 추가.

소주는 입가심용으로 한 병 사다 달란다. 담배처럼.

"남는 건 킵 더 체인지!"

하 판사가 만 원을 던져 주었다.

이쯤 되니 아가씨들의 이목도 길모에게 쏠렸다. 다른 곳도 아닌 별실 룸. 기본에 불과한 밸런타인 21년산을 시키고 소주 심부름을 시키는 손님이 등장한 것이다.

"그러죠."

길모는 공손하게 말하고 장호 등을 밀었다. 고객의 니즈에 맞춘 세팅을 지시한 것이다.

"자, 그럼 우리 법원장님 관상 좀 부탁하네. 지금 양 당에서 러브콜을 받고 계시거든."

양주 한 잔을 들이켜고 서울이 무너져라 '캬아!' 를 연발한 하 판사가 길모에게 말했다. 그 말투 또한 법정에서 피의자에게 선고를 내리는 듯 불손하기 짝이 없었다.

"뭘 봐드릴까요?"

길모는 참을 인 자를 새기며 물었다.

"이번에 있을 보궐선거 말일세. 지역이 수도권이라 여야의 세력에 팽팽한 곳이라네. 그러니 당 선택이 아주 중요하거든. 뭐 우리 법원장님이 고작 그런 데 출마하기엔 좀 아깝지만……."

"그러자면 판사님이 자리를 좀 비켜주셔야 합니다."

"내가?"

하 판사가 고개를 들었다. 옆에 앉아 아부를 떨어야 하는데 그걸 못하게 되니 못마땅한 눈치다.

"관상이란 게 하늘의 뜻을 알아보는 것이니 곧 천기누설입니다. 천기란, 아무 앞에서나 함부로 누설하면 그 노여움을 감당할 수 없는데다 부정이 타는 일이라……."

"뭐야? 그럼 내가 아무란 말인가?"

"법원장님의 미래가 달린 일이라고 하지 않으셨습니까?"

길모는 담담한 시선을 하 판사에게 겨누었다. 그러자 법원장이 헛기침을 하며 길모를 지원했다.

"허어!"

하 판사는 괜한 기침을 남기고 나갔다. 아가씨들도 그 뒤를 이었다.

"번거롭게 해드려 죄송합니다."

법원장과 둘만 남자 길모가 고개를 숙였다.

"아닐세. 하 판사가 좀 예민했어."

법원장은 점잖았다. 하 판사를 따라오긴 했지만 딱히 아삼륙은 아닌 것으로 보였다.

"공천 문제를 봐드리면 되겠습니까?"

"뭐… 하 판사가 그렇게 말하긴 했지만 딱히 간절한 건 아니라네. 양쪽에서 추천 의사를 밝혀온 데다 나도 이제 법원에서 물러날 시기가 되어서 말이야. 그래서 기회가 적절하면 한번 생각해 볼까 하던 차에 하 판사가 여기 소문을 듣고 냉큼 예약을 했다 하지 뭔가?"

법원장이 말하는 동안 길모는 이미 그의 상을 읽었다. 결론 먼저 말하면 NO였다. 그는 학자 타입이지 정치꾼에 어울리지 않았다.

정치꾼이 되려면 이마가 좋아야 유리했다. 특히 이마가 넓으면 넓은 안목으로 사물을 관조한다. 눈꼬리가 닿을 듯한 것도 좋다. 야심이 있기 때문이다. 코가 크고 금갑이 평평해도 정치꾼 관상으로 본다. 투쟁심이 강하기 때문이다. 기타 네모 풍의 입술 또한 결단력을 상징하니 정치에 뛰어들기 좋은 관상이다.

그런데 법원장은 높은 코에 사각형의 관골을 가졌다. 게다가 눈꼬리가 두 줄이다.

이런 사람은 지식이 풍부하고 끈기는 있지만 온순하다. 여기에 인중까지 또렷하니 법관으로 남는 게 좋았다.

"준두를 보니 마흔여덟에 정치 입문을 제의받으셨지요?"

길모는 상대의 신용을 얻기 위한 전 단계 조치에 돌입했다. 산에 가야 범을 잡고 먹어봐야 맛을 안다는 말이 있다. 그러니 상대의 신뢰를 위해서는 일단 맛을 보여주어야 했다.

"그, 그걸 어떻게?"

예상대로 법원장은 소스라쳤다. 그건 그만 알고 있는 일이기 때문이다.

"그리고⋯ 4년 전에도 여당에서 제의가 왔고요."

"허어!"

"두 번을 거절하신 이유가 관상에 쓰여 있습니다. 법원장님은 법학자의 상으로 태어나셨습니다."

"그⋯ 런가?"

"무리하여 출마하셔도 작년부터 운세가 하강하고 있어 낙마하실 것 같습니다. 이마 중앙에서 시작된 검은 선이 아래로 향하고 있거든요."

"⋯⋯."

"최근에는 이혼 요구를 간신히 무마시키셨죠? 출마하시게 되면 그게 또 불거질 겁니다."

"허어⋯⋯."

"다행히 미간과 법령에 맑은 기운이 남아 있어 본분대로만 하시면 큰 화는 모두 비켜갈 것 같습니다."

"듣던 중 반가운 소리로군."

"다만……."

길모는 법원장의 신뢰를 확신하게 되자 복수의 칼날을 뽑아 들었다.

"주변에 트러블을 조장하는 부하가 있습니다. 그 사람을 제대로 징치하지 않으면 가까운 날에 함께 화를 입게 되실 것 같습니다."

"트러블?"

"예."

"누군가? 그것도 좀 알 수 있겠나?"

"그건 제 입으로 말씀드리기 곤란합니다."

"그럼 힌트라도……."

"그것도… 입을 여는 순간 바로 알아차릴 일이라서……."

"하 판사?"

"……."

"맞나?"

"……."

"하긴 말 안 해도 되네. 지나치게 강직하고 결벽성이 있어서 판결 때마다 온갖 트러블을 자초하는 사람이지. 80대 노인에게 일장 훈계를 하는가 하면 임산부 피의자가 자리에 앉아 있다고 법정 모독이라며 호통을 치는 꽉 막힌 사람이니……."

"……."

"뿐인가? 걸핏하면 자기 멋대로 SNS에 뭔가를 올려 평지풍파에 법원 내부 갈등 조장……. 그렇잖아도 징계위에 올릴 생각이었는데 어떻게 알았는지 내 기분 풀어주려고 여길 데려온 것이라네."

길모는 가만히 듣고만 있었다. 원하는 말을 법원장이 모두 하고 있기 때문이다.

법원장은 그길로 계산을 하고 나갔다.

"법원장님! 법원장님!"

놀란 하 판사가 똥구멍에 불이 난 듯 쫓아나갔지만 법원장은 그를 외면했다.

둘이 왔다 따로 가는 손님.

설명이 필요할까?

이제 그 뒤끝은 잘난 하 판사가 오롯이 감당할 일이다. 길모는 살생부에 적어놓은 이름 중에서 하고명을 지웠다. 시원했다. 길모는 이제 머리에 청와대를 그렸다.

가뜬하게.

제4장

충리 낙점 특명

청와대행 의상은 흰색으로 통일했다.

흰 양복에 흰 셔츠, 그리고 흰 넥타이. 마지막으로 흰 양말에 구두를 신으니 깔 맞춤은 완벽했다. 굳이 흰색으로 맞춘 것은 초심 때문이었다.

관상이란 어쩌면 순백의 인간을 들여다보는 일이기도 했다. 처음 보는 사람이라면 그게 누구든 백지 상태로 시작해야 하기 때문이다. 선입견은 버려야 한다. 오직 관상 그 자체를 보고 그 안에 숨겨진 신의 섭리를 알아내야 한다.

'대통령은 아닐 테고…….'

그건 이미 확인된 마당이다. 이미 청와대를 차지한 대통령이 대권 관상을 볼 리는 없었다. 그럼 무슨 관상을 보려는 걸까?

'퇴직 후의 사저 문제? 자녀 문제?'

생각이 깊어지니 공연한 노파심도 따라왔다. 대통령은 여당이다. 개인적으로는 다시 대권을 잡을 수 없는 단선제 대통령이지만 야당의 정권 탈환은 달가워하지 않을 일.

'유력 야당 후보를 묻는다면 골치 아플 수도…….'

만약 그런 일이 벌어진다면 판을 깨야 한다. 청와대까지 가서 판을 깨는 게 쉬울까? 자칫하면 보복도 우려되는 상황. 그렇게 생각하니 관상에 대해 확실하게 못 박지 못한 게 아쉬울 뿐이다. 그렇게 상상하는 사이 전화벨이 울렸다. 오재명 비서관이다.

"지금 갑니다."

길모는 전화를 끊었다.

옆에서 지켜보던 장호가 흰 손수건을 내밀었다.

"웬 거냐?"

[마지막 깔까지 맞춰야지요.]

장호는 어디 가느냐고 묻지 않았다. 그러고 보니 국정원의 오더 때부터 비밀이 되었다. 좋지는 않았지만 사정상 어쩔 수 없었다.

차는 길모가 몰았다. 광화문이 가까워지자 문자가 들어왔다.

L호텔 3033호.

목적지는 청와대가 아니었다. 길모는 핸들을 돌렸다.

호텔 로비에 들어서자 여직원이 다가왔다.

"홍 선생님이시죠?"

"예."

"제가 모시겠습니다."

여직원이 길모를 인도했다. 청와대에서 나온 여직원 같았다.

땡!

엘리베이터 문 열리는 소리는 컸다. 여직원은 맨 끝 방 앞에서 걸음을 멈추고 문을 가리켰다. 길모가 문을 밀고 들어갔다.

"어서 오시게!"

창가에 서 있던 장 수석이 말했다. 그 외에는 아무도 보이지 않았다.

"번거롭게 해드려 미안하네."

"아닙니다."

"곧 오실 걸세."

장 수석은 말을 하며 시계를 보았다.

오신다?

그 말에서 길모는 대통령을 상기했다. 인사수석이 깍듯이 공대하는 사람이라면 대통령이라야 옳았다. 짧은 침묵이 객실에 번져 갔다. 장 수석은 창밖을 보며 전화기에 시선을 고정했다. 오래지 않아 벨 소리가 객실의 고요를 깨뜨렸다.

"도착하셨다는군."

장 수석의 얼굴에 긴장감이 스쳐 갔다.

그리고 발소리가 다가와 문 앞에 멈췄다.

끼이!

문 여는 소리와 함께 그림자가 들어섰다. 문을 연 사람은 오재명 보좌관. 그 뒤로 또 하나의 그림자가 보인다.

"……?"

길모의 가슴에 쿵 하는 메아리가 번져 갔다. 검은 양복에 노

타이 차림으로 등장한 사람. 바로 텔레비전에서 보던 대통령이었다.

"이분이 관상왕?"

대통령이 장 수석을 바라보았다.

"예, 그렇습니다."

장 수석이 고개를 조아렸다.

"반가워요."

대통령이 손을 내밀었다. 길모는 잔뜩 경직된 채로 대통령의 손을 잡았다.

"편하게 있어요. 관상왕이면 왕이니 대통령보다 높은 거 아닌가요? 나야 고작 5년짜리 직함인데."

대통령이 조크가 날아와 길모의 굳은 척추를 어루만졌다. 길모를 배려하는 모양이다.

"앉으십시오."

장 수석은 대통령에게 자리를 권한 후 길모에게도 의자를 내주었다. 길모는 가볍게 묵례를 올리고 대통령의 왼편에 자리를 잡았다.

소파에 세 사람이 앉자 언제 들어왔는지 아까 본 여직원이 차를 내왔다. 그런 다음 그녀는 다시 시야에서 사라졌다.

"이거 청와대 차인가?"

대통령이 장 수석에게 물었다.

"아닙니다. 제가 따로 준비했습니다."

"잘됐군. 남의 집에 오면 남의 것을 맛봐야지. 듭시다."

대통령이 길모를 바라보았다.

'……!'

생각 없이 찻잔을 집어 든 길모는 목구멍이 짜릿해지는 걸 느꼈다. 너무 뜨거웠다. 하지만 뱉을 수도 없는 자리. 얼떨결에 삼켜 버리니 배 안에 불이 붙는 것만 같다.

"우리 홍 선생님은 텐프로를 운영하신다고?"

대통령의 시선이 길모에게 건너왔다.

"예."

"미안해요. 내가 거기 가서 매상 좀 올려줘야 하는데 자리가 이렇다 보니……."

"별말씀을……."

"우리 직원들이 실례를 한 건 아니겠지요?"

"예."

"뭐 좀 실수했더라도 이해해 주면 좋겠군요. 내가 하도 닦달을 했기 때문에 조금은 무리했을 겁니다."

"……."

"어때요? 요즘 술장사는 매상이 괜찮나요?"

"그럭저럭……."

"실은 걱정이에요. 다들 경기가 안 좋다고 하니 나도 마음이 편치 않고……."

"……."

"어때요? 그 업종은 뭐가 애로점인가요?"

"애로는……."

"괜찮아요. 내가 대통령이지만 뭐든지 들어줄 수는 없답니다. 하지만 그래도 말이라도 하면 좀 위로가 되지 않겠어요?"

대통령이 웃었다. 생각보다는 소탈한 사람이었다.

"다른 것보다 세금과 단속이… 양심적으로 운영하는 업주에게는 조금 완화해 주시면……."

"장 수석, 어떻게 생각해요?"

대통령이 수석을 바라보았다.

"관계 부처에 의견을 넣어보겠습니다."

"그거 가지고 되겠어요? 중요한 출장 나오신 분에게?"

"국세청에 연락해서 성실하게 세금을 납부한 유흥업소에는 인센티브를 주는 제도를 강구하라고 하겠습니다."

"하핫, 이 사람 말 믿지 말아요. 대통령인 나한테도 거짓말을 밥 먹듯 하는 사람이니까."

대통령이 웃었다.

"그렇게 말씀하시면……."

"왜? 섭섭하신가? 하지만 없는 말은 아니지 않나? 민의 파악을 제대로 못해서 나를 늘 곤경에 빠뜨리는 건 사실이잖나?"

"……."

장 수석의 입에서 신음이 새어 나왔다.

대통령과 인사수석!

두 사람의 대화를 지켜보는 것도 재미가 새로웠다. 그러면서 대통령에 대한 경계심도 풀렸다. 청와대에 살지만 그도 그냥 사람이었다. 눈, 코, 입, 귀가 달린 사람.

"그래, 나이는 아직 많지 않은 것 같은데, 관상은 어떻게 배운 건가요?"

대통령은 슬슬 관상 쪽으로 가닥을 잡기 시작했다.

"우연히 배웠습니다."

"우연이라… 그 우연이 필연이었던 게로군."

"……."

"개인적으로 궁금해서 그러는데 나는 대통령이 될 관상인가요?"

대통령이 고개를 들었다.

"이미 대통령이시니 의미 없는 질문 같습니다."

길모는 조용한 미소로 답을 비껴갔다.

"하핫, 명언이로군."

"……."

"아무튼 귀한 시간 내줘서 고마워요. 요즘 내가 인기가 없어서 좀 보자고 해도 다들 빼는 판인데……."

"……."

"장 수석, 용건은 말했나요?"

대통령이 장 수석에게 시선을 돌렸다.

"아직 못 했습니다."

"나보고 하라?"

"그래야 우리 홍 선생이 꼼짝 못 하고 제대로 봐줄 것 같아서요."

"허어, 결국 나한테 떠미는군."

"죄송합니다."

"아니야. 뭐 어차피 내가 책임질 일이니 처음부터 끝까지 관여하는 게 좋겠지."

"제 말이 바로 그 말입니다."

"그 양반들은?"

"아래층에 대기 중입니다."

"홍 선생."

대통령이 길모를 보며 말을 이었다.

"곧 두 명이 차례로 들어올 겁니다. 신임 총리 후보입니다."

'총리?'

길모의 머리에 또 한 번의 총성이 스쳐 갔다.

그 양반들 정체가 바로 총리 후보인 모양이다.

"아시겠지만 총리 인선이 아주 힘들어요. 야당의 저격수들은 대놓고 후보자의 목을 노리고 있지요. 우리로 물론 인사 검증 시스템을 풀가동시켜 검증하고 있지만 SNS 시대라 그런지 검증 단계와 청문회 단계의 정보에 차이가 나고 있어요. 이를테면 논문 대필이라든가, 부동산 다운계약서라든가, 나아가서는 당사자의 군복무나 자녀들의 군복무까지……."

"……."

"책임은 내가 집니다. 하지만 도움이 필요해요. 부탁합니다."

"대통령님……."

"믿을 만한 소식통으로부터 홍 선생의 실력을 알아봤어요. 그래서 나는 직접 검증은 하지 않습니다. 믿으려면 제대로 믿는 게 서로에게 좋을 테니까요."

"……!"

"도와줄 거죠?"

대통령의 눈빛이 길모에게서 떨어지지 않았다. 오만하게 누르거나 강요하는 눈이 아니었다. 소박하고 단정한 눈빛, 그러면서 내쏘는 듯 위엄과 무게감이 가득했다.

그가 왜 대통령인지는 그 눈빛만으로도 알 수 있었다.

"하자를 찾아내라는 말씀입니까?"

침묵하던 길모가 물었다.

"맞아요. 우리가 검증한 내용은 장 수석이 준비했을 겁니다."

"제가 능력이 될지……."

"미리 말했지만, 모든 책임은 내가 집니다. 홍 선생은 그냥 편안하게……."

"알겠습니다."

길모가 대답했다.

국무총리 후보의 관상!

최악보다는 훨씬 나았다. 사실 길모가 우려한 건 대권후보자들이었다. 대권을 위한 천기누설은 첨예한 문제이다. 혹시라도 야당의 후보군을 모아놓고 누가 유력한지를 묻는다면 낭패스러운 일이다.

"이쪽으로."

대답이 떨어지자 오재명이 다가와 길모를 안내했다. 객실의 안쪽이다. 장식장을 돌자 또 다른 공간이 나타났다. 또 하나의 밀실이다.

책상 위에 세 개의 모니터가 보인다. 밀실 안에서 밖을 볼 수도 있었다. 평범한 호텔 객실은 아닌 것 같았다.

'말로만 듣던 안가 같은 곳인가?'

길모가 긴장하는 사이에 오재명이 다가섰다.

"죄송하지만 지금부터 핸드폰은 제가 맡아두겠습니다."

"핸드폰을요?"

"보안상······."

오재명이 뒷말을 흐렸다. 대통령과 총리 후보가 관여된 일. 이해가 가는 일이기에 길모는 두말없이 전화기를 건네주었다. 그러자 오재명이 서류를 내려놓았다.

"우리가 걸러낸 후보자들 신상입니다. 빨간 글씨는 문제가 될 소지는 있지만 큰 영향이 없는 것들이고 파란 글씨는 청와대 차원에서 검토가 끝나 문제없는 것으로 종결될 이력입니다."

"여기 없는 걸 찾아야 하겠죠?"

서류를 집어 든 길모가 물었다.

"맞습니다. 청문회 보셨죠?"

"예, 가끔······."

"이건 역대 총리 후보자와 장관 후보자들이 청문회에서 문제가 되었던 사안입니다."

또 하나의 서류가 길모 앞에 포개졌다.

"그럼 부탁합니다."

오재명은 그 말을 남기고 나갔다. 길모는 서류를 넘겼다. 문제가 된 사안들이 잘 정리되어 있었다. 주로 도덕성과 청렴도, 부정 축재나 사생활, 자녀 문제 같은 일들······.

그것 외에도 청와대가 조사한 것은 많았다.

'이러다 나중에는 신호 위반과 무단 횡단, 노상 방뇨 횟수까지 다 나오겠네.'

이미 정보화가 깊어질 대로 깊어진 사회. 한 후보자의 출근 성적과 소속 기관의 근무 평점까지 나온 걸 보니 오싹한 생각까지 들었다.

마탁수, 어창길.

후보자의 이름이다.

한 사람은 교육자 출신으로 대학의 총장을 지낸 여자 과학자,

또 한 사람은 전직 국회의원 출신으로 세계적 중견 기업의 회장.

이력을 살펴보니 어마 무시했다. A4용지로 석 장을 쓰고도 모자라는 게 아닌가?

'스펙 한번…….'

길모는 혀를 내둘렀다.

그러는 사이에 스피커에서 음성이 흘러나왔다.

─첫 번째 후보 들어가십니다.

그 말을 따라 길모도 고개를 들었다. 먼저 들어선 사람은 마탁수였다. 세 개의 화면을 꼼꼼히 바라본 길모는 투명 유리 앞으로 다가갔다. 객실에서는 볼 수 없고 밀실에서만 내다볼 수 있는 구조. 그 앞에 포진한 길모의 눈이 반짝이기 시작했다.

마탁수.

그녀는 온화해 보였다. 동시에 후덕해 보였다. 인상만으로는 무조건 합격이다. 그 누구도 반감을 갖지 못할 얼굴이다.

대통령은 그녀와 화기애애하게 면접 시간을 가졌다. 그녀 역시 잔잔한 미소와 함께 소신을 피력했다.

─요즘 일이 잘 풀리시나 봅니다. 얼굴이 점점 좋아지세요.

─그럴 리가요? 요즘은 대학도 경쟁이라 죽을 지경이랍니다.

제발 대학교 줄 세우기식 평가는 그만 했으면 좋겠어요.

—그게 또 교육부장관 말을 들으면 필요한 측면도 있는 일이라…….

—관료들은 보수적이라 하던 업무를 잘 내려놓으려 하지 않아요.

두 사람이 나누는 대화도 길모에게 가감 없이 들려왔다.

길모는 이어 정석대로 상을 읽어 내려갔다.

상정으로 초년 운을 읽고 중정에서 그녀의 능력을 읽었다. 그런 다음 하정에서 아랫사람의 복과 노년의 운을 엿보았다.

국무총리.

대통령과 함께 있으니 그 지위가 낮아 보이지만 일국의 넘버투 자리다. 대통령에게 유고가 생기면 바로 대통령직을 대행하기도 한다. 나아가 각 부를 통괄하니 그 권력이란 말로 설명하기조차 어렵다. 우리나라의 총리는 대통령의 그늘에 가려 잘 부각되지 않는 특징이 있지만 그렇다고 해도 주어진 권한은 막강했다.

마탁수의 이마는 훤하다 못해 빛이 났다. 과거에도 그랬고 앞으로도 잘나갈 징조이다. 더구나 눈과 눈썹 간격이 멀어 품격이 높은 여자. 턱에도 살집이 넉넉하니 정도 많아 만인을 품을 푸근함을 타고난 여자였다.

그러나 신은 그녀에게도 오묘한 한 수를 두어 완벽한 인간이 되는 걸 막아버렸다. 그건 부부궁과 자녀궁이다. 그녀는 미혼, 동시에 자녀궁에도 아무런 흔적이 없었다. 무늬만 미혼이 아니라 사고 한 번 친 적이 없다는 반증이다.

질병궁도 색이 맑았다. 여자들이 흔히 걸리는 갱년기 장애도 무사히 넘긴 모양이다. 하긴 그녀는 열혈 총장으로 이름을 떨친 여걸. 총장이 되고 나서 대학에 혁신의 깃발을 들었고, 그 결과 국내 30위권으로 평가되던 대학을 10위권으로 올려놓았다.

'게다가 아시아 대학 평가에서는 38위로 국내 상류권 대학과 어깨를 나란히……'

길모는 청와대가 준비한 검증 서류로 눈을 돌렸다. 하긴 이런 성과가 없고서야 어찌 총리 물망에 올랐을까?

학자의 길을 걸어온 탓인지 재산궁도 티가 없었다. 전택궁이 튼실하니 부모로부터 재산은 좀 물려받았다. 그 외에 부정으로 끌어 모은 재산은 보이지 않았다.

'턱을 보니 부하궁은 볼 것도 없고……'

길모는 그녀의 유년운기부위로 시선을 돌렸다.

나이는 46세. 오른쪽 뺨 중앙에서 그녀의 오늘이 도드라지고 있었다. 한참 열중하고 있을 때 다시 대화 소리가 길모의 귀에 녹아들어 왔다.

─총장님은 평생 독신으로 사실 건가요?

대통령이다.

─그러는 대통령님은요? 돌아가신 영부인을 몹시 사랑하셨나 봐요?

─저야 뭐… 여러 가지 제약도 많고…….

─핑계시겠죠?

─하핫, 여자 분이라 섬세하시군요. 사실 청와대에 있으면 연애할 시간도, 사람도 없습니다. 늘 만나는 게 국정 업무 때문이

니…….

두 싱글 남자와 여자.

그 둘이 그런 주제로 대화를 하니 사돈 장에 오셨다는 말이 스쳐 갔다. 길모는 두 사람이 갑자기 측은하다는 생각이 들었다. 좋은 자리에 있지만 축하해 줄 가족이 없다는 것, 사랑하는 사람이 없다는 것, 용 그림에 여의주나 눈이 없는 것과 비슷한 느낌이다.

─중은 제 머리 못 깎는다니, 내친김에 제가 마 총장님 중신 한번 설까요?

대통령이 물었다.

─그건 오히려 제가 드릴 말씀인데요?

마 총장이 고개를 들며 말을 받았다.

순간 길모는 급히 미간을 찡그렸다.

그녀의 간문에 번져 가는 기색 때문이다.

'웅?

길모는 망원경을 집어 들었다. 그런 다음 그녀의 간문에 앵글을 고정시켰다.

"……!"

길모는 망원경을 내렸다. 하지만 다시 그녀의 얼굴에 집중했다. 역시 고개가 갸웃거려졌다.

'내가 왜 이러지?

길모는 고개를 저었다. 그녀의 간문에 미스터리가 서린 까닭이다.

─그럼 살펴 가시지요.

―네, 즐거운 시간이었어요.

인사를 나눈 마탁수가 일어섰다. 이제 망원경의 앵글에 들어온 건 그녀의 뒤통수이다.

―다음 분 들어가십니다.

스피커에서 보좌관의 목소리가 흘러나왔다.

"잠깐만요!"

길모가 뒤를 향해 소리쳤다. 그러자 뒷문이 열리며 오재명이 들어섰다.

"왜 그러죠?"

"마 총장님 나갔나요?"

"그런데요?"

"잠깐 실례하겠습니다."

길모는 오재명을 밀치고 뒷문으로 뛰었다.

"이봐요, 홍 선생!"

부르는 소리는 듣지 않았다. 복도로 나오니 저만치에 있는 엘리베이터 문이 닫히고 있다. 길모는 내친김에 계단으로 뛰었다.

파쿠르!

그건 단지 벽을 타고 장애물을 넘는 데만 쓰는 게 아니었다. 계단을 내려가는 데도 무엇보다 유용했다. 난간을 타면 KTX 급 속도가 나왔고, 코너에서는 볼트 기술이 빛을 발했다. 덕분에 오재명이 계단으로 나왔을 때 길모는 이미 1층에 닿아 있었다.

'주차장……'

길모는 그쪽으로 뛰었다. 마탁수는 거기 있다. 그녀가 총장의 세단으로 걸어가자 길모는 발길을 서둘렀다.

"앗!"

길모는 발을 헛딛는 척하며 마탁수의 옆구리에 부딪쳤다. 그리고 그녀가 기울자 그녀의 손을 잡아주었다.

"죄송합니다."

"괜찮아요."

그녀가 길모를 바라보았다. 햇빛이 화사하게 내리쬐는 그녀의 얼굴이 길모의 눈을 차고 들어왔다.

"다치신 데는……."

"괜찮다니까요."

마탁수는 엷은 미소를 남기고 세단에 올랐다.

"무슨 일입니까?"

세단이 멀어지자 오재명이 다가왔다.

"아무것도 아닙니다. 단지 자세히 확인할 게 있어서……."

"안 좋은 일입니까?"

"아닙니다. 돌발 행동을 해서 죄송합니다."

"들어가시죠. 어창길 회장님이 이미 대통령님과 독대 중입니다."

"알겠습니다."

땡!

길모는 오재명과 함께 엘리베이터에 올랐다.

"그런데……."

버튼을 누른 오재명이 길모를 돌아보았다.

"예?"

"발에 날개라도 달렸습니까? 어떻게 그렇게 빨리 내려간 겁니까?"

"그게… 워낙 급하다 보니……."

땡!

소리와 함께 엘리베이터 문이 열렸다. 복도 앞에서 다른 보좌관이 황급히 손짓해 왔다. 서두르라는 뜻이다.

길모는 밀실로 돌아와 숨을 골랐다.

돌발 상황.

그러나 그냥 넘길 수 없는 일이었다. 길모는 망원경을 들고 창 너머를 바라보았다. 대통령은 어창길과 함께 웃음을 터뜨리고 있다.

─그때 제가 사퇴 안 했으면 아마 여럿 다쳤을 겁니다.

어창길이 말했다. 그는 국회의원 때의 무용담을 얘기하고 있었다.

─그러게요. 그때 어 회장님 결단 덕분에 저도 이 자리에 있는 거지요.

─별말씀을요. 대통령께서야 아니지만 다른 분들은 제게 감사해야지요. 하지만 세상 인심 무섭기만 해서 막상 현직을 내려놓으니 발길 주는 사람 하나 없더군요.

─그건 저도 마찬가지였습니다.

─어이쿠, 왜 자꾸 그러십니까? 그때나 지금이나 저는 대통령님과 각별한 사이는 아니었습니다.

어창길이 손사래를 쳤다.

숨을 돌린 길모는 어창길의 관상을 꿰뚫었다.

그의 나이는 67세. 오른쪽 법령 끝에서 유년운기부위가 반짝 거렸다.

그 역시 이마가 좋았다. 거기에 더해 명궁이 밝으니 운은 상승세. 그걸 대변이라도 하듯 이마와 미간, 나아가 법령까지 맑은 색이 가득했다. 더구나 귀까지 윤기가 돈다. 상승운이 강력하다는 반증이다.

다만 그에게도 걸리는 점이 있었다.

관골에 감도는 적색 기운이 바로 그것이다.

얼핏 보면 좋은 기운 같지만 그렇지 않았다. 길모는 마음을 집중했다. 그런 다음 시선을 관골 주변으로 옮겼다. 부분에서 전체를 파악하려는 의도이다.

"……?"

길모의 짐작이 맞아떨어졌다. 적색 기운 안에 사기(死氣)가 엿보였다. 그것도 오래전부터 시작된 기색이다.

'20여 년 전…….'

길모는 어창길의 자료를 넘겼다. 20년 전 그에게 무슨 일이 있었을까? 청와대 검증 자료를 보니 별문제는 없었다. 그해부터 기업가로서 두각을 나타냈다는 것 외에는.

길모는 다시 47세의 유년운기부위를 짚어보았다. 어창길의 오른쪽 관골 부근이다. 이번에는 좀 더 집중력이 필요했다. 20년 이나 지난 일이 아닌가?

'후움…….'

천천히 기를 모은 길모는 허창길의 뼛속을 캐냈다. 동시에 그의 재물궁을 연결시켰다. 그의 두각은 무엇에 기반을 두었을까?

긴 집중 끝에 답에 이른 길모는 맥이 탁 풀렸다.

관골.

거기서 오래도록 머물고 있는 사기(死氣).

거기서 얻은 답은 착잡하기 그지없었다.

길모는 손에 든 검증 자료를 내려놓았다. 창 너머의 풍경도 더 보지 않았다. 길모의 관상이 끝난 것이다.

─그럼 살펴 가십시오.

─예, 건강하십시오.

대통령과 어창길이 악수를 나누고 헤어졌다.

탁!

문 닫히는 소리가 들리더니 곧이어 밀실의 문 열리는 소리가 들렸다. 길모는 누군지 확인하지 않았다.

"홍 선생."

오재명이 아니라 장 수석이다.

"……."

"대통령께서 기다리고 계십니다."

장 수석의 말에 따라 길모가 일어섰다. 그러자 밀실의 문이 소리 없이 열렸다.

"어서 와요."

대통령이 다시 자리를 권했다. 장 수석은 길모 옆에 자리를 잡았다.

"그래, 관상은 잘 봤습니까?"

대통령이 길모에게 물었다.

"예."

"듣자니 아까 마 총장 때문에 해프닝이 있었다던데?"

"별일 아닙니다."

"뭐 그렇다면 다행이고."

"홍 선생."

듣고 있던 장 수석이 끼어들었다.

"다시 말하지만 아주 중요한 일이라네. 사소한 거라도 가감 없이 말해주면 고맙겠네. 걸러질 일이 있으면 우리가 걸러야지 청문회장에서 돌출되면 곤란하다네."

"예."

"그래, 소감이 어떠신가요?"

등을 기댄 대통령이 다시 질문을 날려 왔다.

"그럼 저는 제가 본 대로만 말씀드리겠습니다."

"그래주세요."

대통령은 여전히 말을 높였다.

"우선… 대통령님의 심중에는 누가 있는지 궁금합니다."

"내 심중에다 맞추시겠다?"

"같은 값이면 그러면 좋겠지요. 그게 또한 역술의 역할이 아니겠습니까?"

"둘 다 똑같다고 하면요?"

"쌍둥이의 마음도 같을 수는 없으니 크나 작으나 차이가 날 것입니다."

"허헛, 그렇다면 솔직히 말해야겠군요. 어차피 우리는 이제 한 배를 탄 것이니……."

"……."

"나는 같은 값이면 마 총장을 원합니다. 여자라는 장점도 있고 해서 야당의 공격도 무마시키기 쉽거니와 내 국정 신념과도 일치하는 게 많아요."

"……."

"어떻습니까? 마 총장, 우리가 모르는 하자가 있나요?"

"……."

"괜찮네. 뭐든지 말씀드리시게."

길모가 뜸을 들이자 장 수석이 재촉해 왔다.

"제가 본 바로는……."

길모는 고개를 든 후 천천히 뒷말을 이었다.

"마 총장님은 무조건 불가합니다."

"불가라고? 게다가 무조건?"

대통령이 파득 고개를 들었다.

"무슨 뜻인가? 인품이 고매하신 분이고 우리 검증에서도 큰 하자가 없었는데 너무 막말을 하는 게 아닌가?"

장 수석이 길모를 쏘아보며 다그쳤다.

"그분의 인품은 고매합니다. 재산이나 논문 대필 같은 구설수도 없는 것으로 보입니다."

"그런데 무엇 때문에?"

"사랑하는 사람이 있기 때문입니다."

"사랑하는 사람?"

이번에는 대통령과 장 수석이 동시에 물었다.

"그게 무슨 대수란 말인가요? 마 총장은 독신이니 오히려 축하할 일이지."

대통령이 길모를 바라보았다. 길모는 길게 심호흡을 한 후 뒷말을 이었다.

"사랑하는 사람이 여자입니다."

여자!

여자와 여자의 사랑.

그녀의 간문에서 엿보인 난해한 설렘의 기색. 그 정체를 재확인하기 위해 무리수까지 둔 길모이다. 그러나 그녀는 레즈비언이 확실했다.

대통령과 장 수석은 벌어진 입을 다물지 못한 채 눈만 끔뻑거렸다.

커밍아웃!

길모는 그 단어를 머리에 그리고 있었다. 느닷없는 단어는 아니다. 동성애자들에게서 간간이 들은 말이다.

성소수자.

그들 역시 성을 선택할 권리가 있었다. 그러나 아직 한국 사회에서는 보편화되지 않았다. 국민적인 정서에 반발심이 남아 있는 탓이다.

국무총리가 레즈비언.

아무래도 국회 청문회를 통과할 수 있을 것 같지 않았다.

그러나 '무조건'이라는 단어는 실수 같았다. 그건 길모가 선택할 단어가 아니었다.

"틀림없나요?"

한참의 침묵 후에 대통령이 물었다.

"예."

"중요한 일이네. 다시 한 번 짚어보시게."

장 수석의 말도 다르지 않았다.

"틀림없습니다."

길모는 한 번 더 대답했다.

"레즈비언이라… 레즈비언……."

대통령이 이마를 짚었다. 느닷없는 장애물을 만난 표정이 역력했다.

"관상에 그렇게 나왔단 말이죠?"

대통령의 목소리가 잦아들었다.

"예. 못 믿겠으면 확인을 하셔도……."

"확인? 그걸 말이라고 하나? 어떻게 확인하란 말인가? '총장님, 레즈비언이시죠?' 하고?"

장 수석의 목소리가 높아졌다.

"슬쩍 돌려서 말씀하시면……."

"허어, 사람 환장하겠군. 믿을 수도 없고 안 믿을 수도 없으니……."

장 수석은 가슴팍을 쳐댔다.

"그만하시게."

보고 있던 대통령이 장 수석을 제지했다. 장 수석은 드센 한숨을 쉬고서야 탄식을 멈췄다.

"그럼 어 회장은 어떤가요?"

대통령이 물었다. 일국을 통치하는 사람답게 그는 그새 진정되어 있었다.

"어 회장님은 결자해지(結者解之)가 필요합니다."

"결자해지?"

"20년 전 사업가로서 기반을 잡을 때, 그때 만든 허물이 총리가 되시려고 하면 치명적 내상을 안길 것으로 봅니다."

"20년 전?"

"작은 허물은 잊어버려도 괜찮습니다. 그러나 커다란 허물은 그걸 고친 후에라도 망각해서는 안 됩니다. 다산이 말하기를, 뉘우침이 마음을 길러주는 건 똥이 싹을 북돋는 것과 같다고 했습니다. 똥은 더러운 것이지만 싹에게 양분이 되어 우람하게 만들죠. 뉘우침 또한 인격을 북돋는 바탕이 되는 것이기에……"

"20년 전에 무슨 허물이 있었다는 건가? 우리가 검증하기로는 사업을 확장한 것밖에 없는데."

장 수석이 끼어들었다.

"바로 그때 누군가의 피눈물을 자아냈습니다."

"피눈물?"

장 수석이 길모를 바라보았다.

"어 회장님은 까마득히 잊었지만 피해자의 한은 오롯이 남아 어 회장님의 상에 흔적으로 남았습니다. 그 원성은 끝나지 않았으나 사업가로서 일어날 수도 있는 일이니 결자해지하면 그대로 묻힐 수 있다고 봅니다."

"굉장하군요. 20년 전 일을 관상으로 알 수 있단 말입니까?"

대통령이 물었다.

"부탁이 각별하여 영감까지 총동원해 짚어본 것뿐입니다."

"허어!"

"두 분의 허물은 개인적이고 오래 묵은 것이나 밝혀지면 청문회에서 논란이 될 가능성이 높습니다. 그러니 숙고하셔서 낙점하시기 바랍니다."

길모는 이쯤에서 상학 설법을 끝냈다. 핵심을 알려줬으니 결단은 대통령의 몫이었다.

"으음……."

대통령은 뜻밖의 결과를 받아 들고 고뇌에 잠겼다. 한동안 숨소리조차 없던 대통령은 결국 침묵을 깨고 장 수석에게 지시를 내렸다.

"지금 이 자리에서 말입니까?"

확인 지시를 받은 장 수석이 물었다.

"그러시게. 실은 나도 개인적으로 궁금하다네. 여기 홍 선생의 관상 능력 말일세."

대통령은 농담이 아니었다.

별수 없이 장 수석은 핫라인을 연결했다.

"총장님, 청와대 장광윤입니다. 한 가지 확인할 일이 있어서요."

장 수석은 창가에 서서 조심스레 통화를 시도했다. 길모는 앉은 자리에서 다른 생각을 했다. 이미 들여다본 다른 사람의 운명, 그걸 확인하는 전화는 그리 마뜩치 않았다.

"죄송하지만… 총장님께서 세인들의 정서와 조금 다른 사랑을 한다는 제보가 들어와서……."

어렵사리 말을 꺼낸 장 수석의 귀가 한없이 쫑긋 서 있다.

"아, 예. 그렇게 전하겠습니다. 송구합니다."

장 수석이 전화를 끊었다. 그는 잠시 호흡을 고르더니 대통령을 향해 고개를 돌렸다.

"뭐라던가?"

"후보군에서 빼달랍니다."

"일언반구 해명도 없이?"

"예."

"어창길 회장에게 거시게."

"예."

신호가 가는 동안 대통령은 손을 만지작거렸다. 그 착잡함을 길모는 알 것 같았다.

"여보세요."

다시 장 수석의 통화가 시작되었다.

"예, 20년 전 말입니다. 이때 회장님이 사업체를 키울 때 피해를 봤다는 제보가…… . 아, 예."

장 수석의 목소리를 흘러들으며 길모는 엉덩이를 들썩거렸다. 자리가 편치 않았다.

"그러니까 그게 선행되지 않으면… 예, 알겠습니다."

자박자박!

통화를 끝낸 장 수석이 자리로 돌아와 앉았다.

뭐라던가?

대통령이 이번에는 눈으로 물었다.

"홍 선생의 말이 맞습니다."

"……?"

"20년 전 본격적인 사업을 위해 합병 전략을 편 적이 있답니다."

합병!

기업 간에는 흔하게 일어나는 일이다. 덩치를 키우거나 서로 시너지 효과를 낼 때는 아주 유용한 전략이다. 문제는 부작용이다. 더러는 발칙한 이유로 합병을 시도하기도 하고, 또 더러는 상대를 속여 이득을 취하기도 하기 때문이다.

"당시 그 회사와 전략적 합병을 위해 주식을 매집했는데 협력자들의 욕심이 커지면서 결국 어 회장이 뜻하지 않게 경영권을 맡게 되었답니다. 원한이라면 그때 경영권을 뺏긴 사람일 거라며 자신이 총리가 되면 그 사람에게 다시 경영을 맡겨 묵은 짐을 덜겠답니다."

"홍 선생."

대통령의 시선이 길모에게 건너왔다.

"멋진 결자해지가 되겠군요."

길모가 웃으며 대답했다. 그건 길모도 생각지 못한 해결책이었다.

"그렇게 되면 허물이 완전히 사라지는 건가요?"

한 번 더 확인하는 대통령이다.

"그분의 상으로 보아 상승운을 막을 액운은 그것뿐이니 더는 문제가 없을 것으로 생각합니다."

"허어, 듣던 중 반가운 소리로군."

대통령의 입에서 비로소 미소가 피어났다.

"그럼 저는 이만……."

길모는 기회는 이때인 것 같아 자리를 털고 일어났다.

"고맙습니다. 내 은혜는 잊지 않을게요."

대통령이 손을 내밀었다.

"이걸 은혜라고 생각하신다면⋯⋯."

길모는 웃으며 뒷말을 이었다.

"다시는 저를 부르지 말아주시기 바랍니다."

진심이다.

길모는 그 말을 남기고 L호텔을 나왔다. 시계를 보니 그새 여섯 시. 자그마치 국무총리를 결정한 하루였지만 개운치는 않았다.

"아저씨, 어머니께서 병원에 계시죠? 지금 먼 곳에서 돌아오셨으니 가보세요."

로비로 나온 길모는 나이 지긋한 도어맨을 보며 말했다.

"우리 어머니는 며칠 전에 뇌출혈로 쓰러져서 의식이 없는데⋯⋯?"

"가보시면 알아요."

길모는 그 말을 남기고 문을 나섰다. 그 순간 도어맨의 전화기가 울렸다.

"뭐야? 어머니가 정신을 차렸다고?"

놀란 그가 재빨리 돌아보았지만 길모는 저만치 멀리 있다.

"이봐요! 당신 누구요? 아무튼 고맙습니다!"

도어맨의 목소리가 길모를 따라왔다.

'고마울 거 없어요. 기분 전환용 무료 관상이니까.'

길모는 비로소 잔뜩 굳어 있던 긴장에서 해방되었다.

*   *   *

─장호야, 어디냐?

운전대를 잡은 길모는 문자로 물었다.

─가게요.

─아직 시간 있으니까 라이더 한번 해라.

─말씀만 하세요.

─천 회장님 집으로.

─지금 당장이요?

그 문자에는 답하지 않았다.

부우웅!

길모는 속도를 높였다. 시원한 바람을 따라 마탁수와 어창길이 떨어져 나갔다. 중간에 잠시 은행에 들른 길모는 수표 한 장을 찾았다.

천경대 회장.

그에게 진 빚을 갚으려는 것이다.

실탄은 마련되었다. 매상은 나날이 늘고 있고 관상 복채도 만만치 않게 들어오고 있다. 그러니 이번 기회에 부담을 털고 싶었다.

그렇다고 그와 선을 그으려는 것은 아니다. 카날리아를 인수하면서 빌린 급전. 천 회장은 그에 대해 생색은 내지 않았다. 그래도 어쨌든 빚이다. 누군가에게 신세를 지고 있다는 건 부담이 아닐 수 없었다.

[형!]

장호는 벌써 도착해 있었다. 오토바이에서 핸드폰에 엄지를 혹사시키고 있던 그가 두 손을 흔들었다.

"언제 왔냐?"

[딱 10분 만에 왔지요.]

"경찰은 안 따라오고?"

[에이, 내가 뭐 초짜 라이더인 줄 알아요?]

"농담이다."

[간 일은 잘됐어요?]

"나 대통령 만났다."

[예?]

길모가 커밍아웃을 하자 장호의 눈이 주먹만 하게 커졌다.

"커밍아웃하는 거야. 거기서 커밍아웃 때문에 한 사람 망가뜨리고 왔거든."

[예?]

"아무튼 그렇다고."

길모가 장호의 등을 토닥거렸다. 그렇게라도 말을 해야 장호에 대한 미안함을 덜 것 같았다.

[여긴 왜요?]

장호가 물었다.

"왜 온 거 같아?"

[설마 또 돈 빌리려는 건 아닐 테고…….]

"그 반대다."

[예? 그럼 돈 갚으려고요?]

"그래. 남의 돈 가지고 있으면 뭐 하나? 깔끔하게 치우고 가자."

[대찬성!]

장호가 주먹을 불끈 쥐어 보였다. 길모는 장호의 응원을 받으며 천 회장에게 향했다.

"어이쿠, 우리 홍 부장이 웬일이신가?"

혼자 바둑 복기를 하고 있던 천 회장은 길모가 들어서자 반색했다.

"불쑥 찾아와서 죄송합니다."

"무슨 말씀이신가? 요즘은 홍 부장이 내 손님 중에 갑일세. 24시간 언제든 방문 환영이니 염려 말게나."

"고맙습니다."

길모는 묵례를 하고 거실로 들어섰다.

"바둑 둘 줄 아시나?"

소파에 자리를 잡은 천 회장이 물었다.

"겨우 길만 아는 정도입니다."

"하긴 관상왕이 바둑왕까지 하면 곤란하지."

"회장님은 고수시군요."

"나도 겨우 초단이라네. 뭐, 체면치레나 할 정도랄까?"

"네."

"혹시 화풀이를 하러 온 거라면 얼마든지 하시게. 각오하고 있으니까."

"화풀이요?"

"홍 부장 찾는 사람이 많길래 내가 멋대로 홍보를 좀 했네. 자네가 원치 않는 일이었다면 불쾌할 수도 있을 테고. 다만 나는 자네의 재주가 아까워 더 많은 사람들에게 알려졌으면 하는 바람뿐이었으니 의도만은 의심하지 말게나."

"그 일은 그 일이 끝날 때 거기 두고 왔습니다."

"오라, 역시 홍 부장이로군."

"오늘은 이걸 드리려고요."

길모가 가방을 내밀었다.

"돈이로군."

"어떻게 아셨습니까?"

"자네가 관상왕이라면 나는 돈 냄새 왕쯤 된달까? 척 보면 알수 있지. 이 사람이 돈을 가지고 온 건지 돈을 빌리러 온 건지."

"그러시군요."

"카날리아 건물 대금인가?"

"예. 덕분에 자리를 잡게 되었습니다. 진심으로 고맙습니다."

길모는 다시 한 번 예를 갖췄다. 아무런 담보도 없이 흔쾌히 질러준 거액. 비록 그의 잇속에 따라 길모를 팔고 다녔다고 해도 고마운 건 고마운 거였다.

"이건 두말없이 받겠네. 대신 홍 부장도 이걸 가져가야겠어."

천 회장이 작은 가방을 내밀었다.

"뭐죠?"

"돈일세."

"예?"

"오해 말고 들으시게. 자네는 담보 없이 돈을 빌린 거 같지만 실은 자네의 재주가 담보였다네. 그리고 알다시피 나는 자네의 담보를 이용해서 비즈니스에 큰 덕을 보았네. 그러니 그 이자라고 생각하고 받으시게나."

"회장님……."

"다른 뜻은 아무것도 없네. 그건 내 관상을 보면 알겠지?"

천 회장이 고개를 빳빳이 들었다. 사심이 없다는 뜻이다.

"우린 지금까지 서로에게 이익이 되는 관계였네. 앞으로도
이 관계가 쭈욱 지속되길 바라네."

천 회장이 손을 내밀었다. 길모는 그 손을 잡았다. 그는 역시
화끈했다. 동시에 기발한 상재를 가지고 있었다. 길모의 작은
우려를 잠재우고 그 위에 신뢰를 쌓아올린 것이다. 생각지도 않
은 돈으로 말이다.

3억!

천 회장이 내준 가방에는 3억이 들어 있었다.

[우와, 돈을 빌린 건 우린데 이자를 받았단 말이죠?]

사연을 들은 장호가 입을 쩌억 벌렸다.

"그렇단다."

[으아, 돈이 돈을 번다더니 정말 그러네요. 이래서 부자들은
쓰고 또 써도 부자가 되나 봐요.]

"기분이나 내라."

길모는 3억이 가방을 장호 오토바이에 달아주었다.

[진짜 그래도 돼요?]

"그럼. 너는 내 동생이나 마찬가지니까."

[으아악, 내 오토바이가 졸지에 3억 짜리가 되었네? 오늘 앞에
서 외제차 깔짝거리면 다 죽었어!]

장호는 쾌재를 부르며 시동을 걸었다.

와당와당와다당!

미친 듯이 폭발하는 마후라 소리가 그 여느 때보다 힘차게 들렸다.

제5장

관상 위에 심상(心相)

오늘의 별실 룸 첫 손님은 선용주였다. 선용금고의 사장인 그는 일찌감치 별실을 예약했지만 오늘에야 배당되었다. 그는 이번에는 개발실장만을 대동하고 룸에 들어섰다.

"어서 오십시오!"

길모는 승아와 대화를 하던 중에 손님을 맞았다.

캄보디아 출신의 승아.

오늘은 그녀에게 반가운 소식이 있는 날이었다. 아프던 동생들이 마침내 완쾌 선언을 받은 것이다. 길모는 그녀의 관상에서 그걸 읽었다. 맑을 대로 맑아진 승아의 명궁과 관골. 그러니 어찌 좋은 소식이 오지 않을까?

[저는 나가볼게요.]

승아가 수화를 남기고 돌아설 때였다. 선 사장이 먼저 선수를 쳐 왔다.

"뭐 나갈 거 있나? 다른 지명 손님이 먼저 예약한 거 아니면 앉히시게. 저만한 아가씨도 없는 데다 아가씨랑 연애하러 온 것도 아니니까."

운이 좋은 날은 초이스도 이런 식으로 풀린다. 승아는 선 사장 옆에 자리를 잡았다.

"이거 아래층의 관상 룸보다도 편안하구만. 신경 많이 쓴 모양이야?"

선 사장이 벽을 보며 말했다.

"좋게 봐주시니 고맙습니다."

"천만에. 내가 워낙 마음에 없는 소리는 못하는 주제 아닌가?"

"술은 뭘 드릴까요?"

"관상 룸 위의 별실이라면 우리가 선택권이 있나? 홍 부장이 전권을 행사하시게나."

"그럼 드시던 코냑을 세팅해 드리겠습니다."

길모는 팔백만 원짜리 코냑으로 낙점했다.

"한잔 받으시게. 축하주이니 사양 마시고."

선 사장이 첫잔을 길모에게 권했다. 길모는 사양했지만 선 사장이 워낙 완강해 잔을 받아 들었다.

"홍 부장 손님 중에 정치인도 있나?"

한잔을 넘긴 선 사장이 길모를 바라보았다.

"있기는 합니다만……."

"그럼 정치판 이야기도 많이 알고 있겠군."

"그렇지는 않습니다."

"알았네. 곤란한 질문을 하려는 건 아니니 걱정하지 마시게. 자네가 손님들 비밀 지켜주는 건 나도 잘 알고 있으니까."

"……."

"듣자니 이번에 대폭 개각이 있을 모양이더라고. 그런 풍문이 돌면서 우리 회사 주식이 상한가를 치고 있다네. 뭐 총리 물망에 오르는 어창길 수혜주라나?"

어창길!

그 이름이 나오자 길모는 눈길을 돌렸다. 소문은 소리도 없이 빠르다. 그게 아니라면 입방정이 빠른 것이다.

"솔직히 나는 어창길 씨하고 골프 한 번 친 기억밖에 없네. 그런데 어창길 수혜주라니, 나 원."

"주식이 오르면 좋지 않습니까?"

길모가 웃으며 대답했다.

"아닐세. 주가라는 게 실적과 함께 올라야 좋은 거지. 공연한 장난질에 장단을 맞추면서 들썩거리면 우리만 원성을 사거든. 결국 돈은 세력들이 먹고 말이야."

"아, 네."

"어떤가? 그 일로 내가 손해를 볼 일은 없겠나?"

"걱정하지 않으셔도 될 것 같습니다."

길모가 웃으며 말을 받아넘겼다.

"에이, 이거야 원. 어창길 씨를 여기로 모셔와 홍 부장에게 관상을 보게 하든지 해야지."

어창길에 대한 이야기가 끝나자 대화는 새로운 금고 개발로 이어졌다. 좋지 않은 소식도 있었다. 금고의 신 박공팔이 중풍으로 쓰러져 병원 신세를 지고 있다는 얘기였다.

"가는 길에 자기 관상 좀 봐달라고 부탁하더군. 올해가 죽을 운세인지 아닌지……."

"별말씀을……."

"농담이 아니었네. 이렇게 복채까지 달려 보냈는걸."

선 사장이 봉투를 꺼내놓았다. 봉투는 꽤 두툼해 보였다. 그게 궁금해 안을 보니 때가 꼬질꼬질 묻은 천 원짜리가 가득하다.

"가장 어려울 때 꼬깃꼬깃 모아둔 돈이라더군. 액수로 생각지 말고 피땀으로 생각해 달라며 내미는데… 어쩐지 그 양반, 뭔가 예감을 한 것 같아서 사양하지 못하고 받아왔네."

"……."

"이건 내가 보태는 복채일세. 아까 관상도 부탁했고 나하고는 인연이 각별한 양반이니 바쁘겠지만 좀 봐주시겠나?"

"그럼 실은 그분 관상 때문에?"

길모가 묻자 선 사장은 고개를 끄덕거렸다. 길모는 선 사장이 내민 봉투를 슬쩍 밀었다.

"복채는 이걸로 충분합니다만 관상은 어떻게 봐달라는 건지……."

"오는 길에 병원에 들러 사진을 몇 장 찍어왔네. 유 실장!"

선 사장이 개발실장을 돌아보자 그가 PDA를 켰다.

"……!"

첫 사진을 본 길모의 얼굴에 아뜩함이 스쳐 갔다.

붉은 선이 눈동자를 지나가고 있는 얼굴, 거기에 눈 밑까지 검어 오래 살 기색이 아니었다.

"안 좋나?"

선 사장이 물었다.

"예."

"얼마나?"

"……."

"그렇게 안 좋나?"

"오늘 내일 넘기기 어려울 듯……."

"허어, 저런!"

선 사장의 탄식이 흘러나올 때 주머니의 전화기가 울었다.

"여보세요?"

전화기를 든 선 사장의 얼굴이 이내 굳었다.

"성질 급한 양반. 상을 알려줄 틈도 없이 방금 전에 운명했다는군."

선 사장이 고개를 떨구었다. 이야기를 꺼내기가 무섭게 사망 소식이 날아온 것이다.

[부장님.]

선 사장이 서둘러 돌아간 주차장에서 승아가 수화를 건넸다.

"응?"

[힘내세요.]

승아의 수화가 조용한 미소를 따라 부드럽게 이어졌다. 마음이 착한 이 아가씨. 길모의 마음을 죄다 꿰고 있는 모양이다. 길모는 그녀의 등을 두어 번 두드려 주었다.

난 괜찮아.

목소리를 대신한 답이다.

*　　　*　　　*

빵빵!

막 계단을 밟으려 할 때였다. 다급히 들어선 차량 한 대가 경적을 울려댔다.

[손님인가 봐요.]

승아가 수화를 그렸다. 길모는 차를 향해 눈길을 돌렸다. 그러자 커다란 잠자리 선글라스를 쓴 두 남자가 내리는 게 보인다. 얼굴 절반을 뒤덮는 왕 선글라스. 50대와 70대의 남자. 척 봐도 불협화음을 이루는 둘은 나란히 풍성한 감빛 개량한복 차림이다.

"어? 당신이 사기 관상쟁이 홍길모?"

50대가 먼저 도발해 왔다. 입에서는 술 냄새가 풍겨 나온다. 아무리 그렇기로 다짜고짜 사기 관상쟁이라니?

"어떻게 오셨는지요?"

길모는 내색하지 않고 용건을 물었다.

"척 보면 몰라? 어린 나이에 관상가 이름 팔아가며 사기나 일삼는 놈에게 관상 교육 좀 하러 왔지."

'관상 교육?'

"왜? 사기나 치다가 대가를 만나니 찔리나?"

남자는 계속 기세를 올렸다.

"취하신 모양인데 돌아가시지요."

길모는 남자를 상대하지 않았다.

"취한 건 너야, 이놈아! 어디서 새파란 놈이 관상 대가인 척 깝죽거려? 너 호남의 관상 전설 배익호라고 들어보기는 했냐?"

"못 들어봤는데요?"

"하긴 너 같은 피라미가 들어봤을 리가 없지. 내가 바로 그분이시다."

"……."

"허어, 이 싸가지 좀 보세. 그래도 목에 들어간 힘을 안 빼네."

"그래서요?"

"뭐가 그래서야, 이놈아! 하늘같은 선배님을 봤으면 당장 꿇을 일이지 어디서 눈알을 부라려? 그러니 네놈이 사기꾼이라는 거 아니야?"

"무슨 말씀을 하시는 건지……."

"내 시절이 하수상하여 낙향하여 관상으로 도를 이루던 참에 네놈의 방자한 사기 행각을 들었다. 뭐라? 사우디아라비아 왕자의 마음을 사로잡고 재벌 회장이 죽을 뻔한 걸 살려줘?"

"……."

"이놈아, 나이도 어린놈이 정치 관상쟁이냐? 어째 하는 짓이 심천술이랑 판박이야?"

"심천술이 누군데 그러십니까?"

"누구긴, 저 아래 지방에서 관상으로 사기 치다 객사한 놈이지. 보아하니 네놈 관상도 귀신을 뒤집어쓰고 호가호위하는 꼴이니 머잖아 그 꼴 나겠구나.”

"……?'

귀신?

그 말이 길모의 귀에 박혀왔다.

"안내하거라. 내 일찍이 관상의 일가를 이룬 몸으로 너 같은 인간의 작태를 지켜볼 수 없음이니 관상으로 너를 징치하겠노라.”

"…….”

"어허!'

"이리 드시지요!'

길모가 어쩔까 고민하고 있을 때 등 뒤에서 혜수의 목소리가 날아왔다.

"채 부장…….”

길모가 바라보자 혜수는 대답 대신 윙크를 건넸다. 자기가 알아서 하겠다는 의미다. 길모는 막지 않았다. 남자가 한 말 때문이다.

'귀신을 뒤집어쓰고 호가호위?'

그는 알고 있는 걸까, 길모의 관상 능력이 윤호영에게서 비롯된 걸?

"유복동향에 유난동당이라? 유난을 떨고 있구나. 저런 걸 걸어서 뭇사람들을 희롱하다니…….”

1번 룸에 들어선 배익호가 냉소를 뿜었다.

그때, 놀라운 일이 벌어졌다. 70대의 노인이 남자를 상석으로 모신 것이다.

"이리 앉으시지요, 배 선생님."

노인이 허리를 조아리며 자리를 가리켰다. 길모와 혜수는 영문을 모르고 서로를 바라보았다. 이제까지 그가 스승인 것으로 알고 있던 길모이다.

"길 선생도 앉으시오."

배익호는 먼저 자리를 잡고서야 노인을 바라보았다.

이상한 불협화음.

길모는 배익호의 꼬락서니를 계속 지켜보았다.

"이 양반은 내 제자이니라. 원래 손금을 보던 양반인데 내 관상 실력에 반해 60줄에 관상에 입문했지. 근자에 내 이야기를 듣더니 함께 분개하여 찾아왔으니 너 같은 사기꾼이 진정한 배움을 향한 심오한 뜻을 어찌 헤아리랴."

'푸헐!'

"그러니까, 선생님이 이분의 스승이시로군요?"

장단은 혜수가 맞춰주었다.

"오라, 간문을 보니 네 연놈이 오지게 붙어 처먹고 있구나. 그래, 빠구리는 몇 백 번이나 했느냐?"

"이분은 제 관상 스승이십니다. 저도 관상을 공부하고 있거든요."

"어디다 신성한 관상을 파는 것이냐? 네년 구멍을 파기 위해서 수작을 부린 거겠지."

안하무인 배익호.

길모의 눈매에 힘이 불끈 쏠렸다. 험한 말이지만 뼈가 있다.

혜수와의 관계도 알고 있다? 그렇다면 아까 말한 호가호위 운운도 우연은 아닌 것 같았다.

"어째 말씀에 독이 묻어 있네요. 그리 잘 아시면 차분하게 지도해 주셔도 될 것을요."

혜수는 느긋하게 받아넘겼다. 이제는 1번 룸의 주인인 그녀. 길모가 그렇듯 그녀도 간단히 그 자리를 포기할 생각은 없어 보였다.

"돈으로 맺은 인연, 몸으로 불타니 그게 사랑인 줄 착각하고 있구나. 진정한 사랑은 저 하늘에 출렁이는 별빛처럼 청아한 것이니……."

배익호의 광기가 서서히 불을 뿜기 시작했다.

광기!

그걸 지켜보던 길모의 뇌리에 다시 한 번 모상길이 스쳐 갔다. 그가 오래 전에 만났다는 광기 어린 신성. 그의 성씨는…….

'배가?'

생각이 거기까지 미치자 길모의 등골에 오싹 오한이 맺혔다.

그렇다면 이 사람이 바로?

"선배를 몰라 뵈어 죄송합니다. 술은 뭐로 세팅해 드릴까요?"

길모가 공손히 물었다. 이렇게 되었으니 복잡한 감정은 내려놓고 제대로 탐구해 보는 게 좋을 것 같았다.

"알아서 차리거라. 네놈 싸가지를 한번 보마."

배익호가 팔짱을 끼며 말했다.

술은 로열 살루트 38년으로 세팅했다. 아가씨는 그들이 거절했다. 신의 뜻을 빌려 사기꾼을 징치하러 온 마당에 아가씨는 부정 탄다는 게 이유였다.

"한잔 올리겠습니다."

길무술이 병을 들고 배익호에게 공손하게 말했다. 배익호는 목에 힘을 주고 잔을 받았다. 둘은 자기들끼리 따르고 붓고 하더니 건배까지 마쳤다. 그러더니 다시 길모를 향해 난폭한 목소리를 쏟아내기 시작했다.

"너!"

"……."

"사기 쳐서 얼마나 받아 처먹었느냐?"

"……."

"어허, 이놈이 스승께서 물으면 냉큼 답하지 않고!"

옆에 있던 길무술이 테이블을 내려치며 가세했다.

"아시겠지만 관상 복채야 정해진 금액이 있는 게 아니지 않습니까? 크고 작은 돈이 섞여 들어오니 일일이 기억하지 못합니다."

길모가 대답했다.

"그간 받은 돈에서 절반을 잘라오너라."

"예?"

"절반을 잘라오라니까!"

배익호가 버럭 호통 쳤다.

"왜 그래야 하는지요?"

길모가 웃으며 물었다.

"그러면 내가 너를 용서해 주겠다."

"……."

"그렇지 않으면 오늘 밤 내가 네놈의 관상 능력을 송두리째 가져갈 것이야. 그렇게 되면 불알만 두 쪽 달랑 남을 테니 네 옆의 계집이나 후리면서 살아야 할 판. 하지만 돈 없고 능력 날아간 수놈에게 누가 붙겠느냐?"

"말씀이 지나치십니다."

"기어이 맛을 봐야 정신을 차리겠다?"

"가르침을 주신다면 기꺼이 받겠습니다."

"어허, 이 어리석은 중생을 봤나? 우이독경(牛耳讀經)이라더니 딱 그 꼴이구나!"

"……."

"보아하니 네놈이 쥐꼬리만 한 관상 실력을 믿고 이리도 안하무인인 모양인데 오늘 임자를 제대로 만났구나. 네 아무리 기고 날아도 부처님 앞의 제천대성이라. 지금이라도 무릎을 꿇고 용서를 빈다면 저간의 사기는 모두 용서해 주겠다."

배익호는 점점 더 기염을 토했다.

"죄송하지만 사기는 친 적이 없습니다."

"오냐. 네 정녕 깨우치지 못한다면 내가 진정한 관상의 도로써 깨우침을 안겨주마."

"……."

"어떠냐? 한 판 붙어보겠느냐?"

"재주는 없지만 원하신다면……."

길모는 공손하게 제의를 받아들였다.

"나 같은 대가의 가르침을 받으려면 그만한 대가가 있어야 하는 건 알고 있겠지? 네 사기극을 일깨워 주는 답례로 무엇을 걸겠느냐?"

"제가 지면 오늘 밤이 새도록 술판을 벌여 드리면 되겠습니까?"

"거기에 저 여자를 내 제자로 내놓거라. 잘못된 길에 든 주제에 관상가를 자처하니 내가 데려가 관상의 심오한 세계를 처음부터 알려주겠다."

"예?"

길모의 눈썹이 동시에 올라갔다. 혜수를 걸라니? 이 무슨 황당한 제의란 말인가? 말이 제자이지 뻔한 수작에 다름 아니었다.

"왜? 자신이 없느냐?"

배익호의 입가에 냉소가 스쳐 갔다.

"자신이 아니라 예의의 문제가 아닙니까? 지금이 조선시대도 아니고 사람을 걸라니……."

길모가 말했다.

"어허, 사기꾼 놈이 예의를 찾다니… 우물에서 숭늉을 구할 놈이로구나. 옛날에는 이런 대결이 부지기수였느니라. 하지만 마땅치 않다면 돈으로 대신해도 될 것이다."

돈?

결국 노림수는 돈인가?

길모가 어이없다는 표정으로 혜수를 돌아보았다. 흥분한 길모와는 달리 혜수는 계속 웃고 있었다. 그만큼 길모를 믿고 있는 것이다.

"좋습니다. 그럼 두 분은 뭘 걸겠습니까?"

"우린 절대 지지 않는다. 너 따위는 상대로 생각하지도 않으니까."

"그렇군요. 그럼 두 분은 나란히 방울을 거십시오. 늙어서 쓸모없는 것이니 둘이 걸어도 젊은 여자 한몫도 되지 않겠지요. 다만 공평하게 저도 돈으로 대체하실 기회는 드리겠습니다."

"뭐라?"

"어차피 상대도 되지 않는다니 문제가 될 것도 없지 않습니까?"

길모도 슬쩍 배익호를 도발했다. 모상길에게 좌절을 안겨준 천재적 광기의 관상쟁이. 그렇기에 나름 예우를 해주려 했지만 이렇게 나오면 얘기가 달랐다.

"오냐, 원하는 대로 해주마."

"그럼 시작하시죠! 뭐든 원하는 방식대로 따르겠습니다!"

길모의 사자후가 터져 나왔다. 하지만 그 말이 화근이었다. 빙그레 입술 꼬리가 올라가던 배익호. 길모가 생각지 못한 제의를 해왔다.

"내가 몸소 너 따위와 대결할 수는 없으니 대리전으로 한다. 네 제자라는 그 여자와 여기 길 선생. 스승의 능력이 곧 제자요, 제자의 능력으로 말미암아 스승을 가늠할 수 있는 것이니 불만은 없겠지?"

대리전? 길모의 눈이 휘둥그레졌다.

혜수 VS 노인. 혜수 VS 두 남자의 쌍방울.

그건 정말 상상도 하지 못한 옵션이었다.

"출(出)!"

"신(身)!"

"혈(血)!"

"재(財)!"

배익호가 룰을 말했다.

출―출생에 대하여!

신―몸, 즉 질병에 대하여!

혈―가족에 대하여!

재―재물에 대하여!

"일단 저분은 선글라스를 벗어야 하지 않을까요?"

혜수가 배익호를 바라보았다.

"그건 문제가 되지 않아."

"나는 문제가 되는데요?"

"어째서?"

"관상 대가라는 분이 그런 말씀을 하시나요? 남자의 상은 눈에서 출발하잖아요? 그러니 상대의 눈을 보는 건 정당한 요구라고 생각합니다."

"푸웃!"

혜수가 따져 묻자 배익호가 냉소를 뿜어냈다.

"길 선생님, 그게 신경 쓰이는 모양이군요. 이들이 이렇게 천박하여 저희를 배려한 줄도 모르고 채근하니 벗어주셔야겠습니다."

배익호의 시선이 길무술에게 건너갔다. 그러자 길무술이 커다란 선글라스를 벗었다.

"……!"

지켜보던 길모의 눈매에 놀라움이 스쳐 갔다.

길무술.

얼굴에 이상이 있었다. 지독한 화상으로 얽어버린 얼굴. 이제 보니 멋으로 선글라스를 쓴 게 아니라 화상을 감추기 위한 것인 모양이다.

"……!"

혜수도 놀라기는 마찬가지였다. 홀랑 지워진 눈썹과 살점이 멋대로 엉겨 붙은 전택궁, 부부궁, 그리고 자녀궁, 나아가 명궁과 인당, 산근까지 화상으로 녹아버려 상조차 읽을 수 없는 얼굴이었다.

"설마 제자들 각자의 관상을 보자는 건 아니겠지요?"

길모가 넌지시 물었다. 그렇다면 혜수에게 불리할 일이었다.

"걱정할 것 없다. 오늘 겨루기의 관상은……."

배익호가 서늘한 안광을 뿜어내며 뒷말을 이어갔다.

"바로 네 관상이니까!"

콰앙!

길모의 뇌리에 충격파가 스쳐 갔다.

'나?'

어찌 놀라지 않을 것인가? 지금까지 이런 경우는 단 한 번도 없었다.

"왜? 찔리는 거라도 있나?"

배익호의 시선이 집요하게 따라왔다.

"그건 아니지만……."

"그리고 이 대결은 토너먼트야!"

배익호가 잘라 말했다.

토너먼트.

그렇다면 한 번 틀리면 끝장이라는 얘기다. 길모는 혜수를 바라보았다. 그녀의 눈동자는 흔들림이 없었다. 느닷없이 등장한 두 광기의 사내. 그들이 내건 희한한 대결 조건. 그런데도 동요하지 않는 그녀였다.

"그리고 이건 네가 쓰고 있어줘야겠어. 둘이만 아는 신호를 보내면 곤란하니까."

배익호가 길무술의 선글라스를 길모에게 건네주었다.

"이걸 쓰면 상을 보기 어려울 텐데요?"

"상관없어. 진짜 관상가라면 선글라스 너머까지 볼 수 있으니까."

그 말은 틀리지 않았다. 길모는 꼼짝없이 선글라스를 쓸 수밖에 없었다.

"밤이 깊어가는군. 그만 시작할까?"

배익호가 느긋하게 술잔을 들었다. 시작을 알리는 신호였다.

"장유유서라니 내가 양보할 테니 아가씨가 먼저 하지?"

길무술은 선공을 양보하는 여유까지 보였다.

첫 운은 출(出).

길모의 출생에 관한 상이다.

길모는 생각이 많던 탓인지 마른침이 넘어가다 후두에서 걸렸다. 혜수를 사랑하지만 가족관계에 대해서는 깊이 얘기한 적이 없었다. 그러니 오롯이 그녀의 힘으로 헤쳐 나가야만 한다.

다행스러운 건 초면이 아니라는 것. 그동안 길모를 많이 보아온 혜수이니 선글라스가 큰 장애가 될 것 같지는 않았다.

혜수의 눈이 길모의 얼굴에 고정되었다. 그녀는 기본에 충실하며 상을 읽어 내려갔다.

"홍 부장님은… 부친을 먼저 여의고… 3년 후에 모친을 잃었어요. 고한지상은 아니나 그 기세가 엿보이는 탓에 형제는 없으나 자손 대는 크게 성공할 상입니다."

탕!

혜수의 말이 떨어지기 무섭게 길무술이 테이블을 후려쳤다. 그렇잖아도 섬뜩한 화상의 얼굴. 그 얼굴의 미간 부분이 멋대로 일그러지니 괴물이 따로 없었다.

"귀신 붙은 놈에게 배우더니 겉핥기만 익혔구나! 네 정녕 본질은 모르고 주둥이로만 떠든 것을 알렷다?"

"……?"

"저 친구는 허당이오. 그러나 따로 자란 배다른 형제가 있었으니 그가 바로 귀신이 되어 저 눈에 들어앉았구나. 그리하여 저 친구 관상의 바탕이 되었음에랴. 이 간단한 것을 틀렸으니 시작이 곧 끝이로구나."

길무술이 후끈 기개를 토했다.

혜수는 고개를 들었다. 두 사람의 상이 나왔다. 남은 건 길모의 선택이다. 혜수의 눈에 두 사람의 대조적인 얼굴이 들어왔다.

선글라스와 함께 굳은 길모의 얼굴.

그리고 광기가 철철 흐르는 배익호의 얼굴.

"길 선생의 말에 승복하겠나?"

배익호가 길모에게 물었다.

"……."

길모는 몹시 주저했다. 혜수가 본 상은 정확했다. 길모의 부모님은 위암과 췌장암으로 앞서거니 뒤서거니 세상을 떠났다. 그걸 혜수가 적확하게 짚어내자 길모는 대견하기 이를 데 없었다. 그래서 넋이 반은 나가 있었다. 혜수가 이토록 성장한 것이다.

그런데 길무술의 말은 길모의 혼을 쥐고 흔들어 버렸다. 따로 자란 배다른 형제. 물론 당연히 없었다. 하지만 부정할 수도 없었다. 달리 말하면 그가 바로 윤호영이 아닌가? 게다가 선글라스까지 쓴 길모.

"홍 부장님!"

혜수가 길모를 바라보았다. 답을 아는 건 길모. 그러니 그 공개를 원하는 눈빛이다. 그럼에도 불구하고 길모는 입을 열 수 없었다. 한 사람은 호적상의 가족 관계를 맞혔다. 그러나 또 한 사람은 길모 가슴에 묻어진 사연을 맞혔다. 그러니 그 어느 쪽도 틀렸다고 할 수 없었다.

"귀신에게 혼을 저당 잡힌 놈이 인간이 가진 승복의 미덕을 알 리 없지. 길 선생님, 승부는 난 것 같지만 한 수만 더 훈육해 주시기 바랍니다."

배익호가 길무술에게 지시를 내렸다.

이번에는 신(身)이었다.

혜수의 눈매가 굳는 게 보였다. 그녀의 결의가 단단해졌다는 반증. 첫 화두에 최선을 다했지만 결정이 나지 않았다. 무슨 사연인지는 모르지만 이번에도 꿀리면 기회가 또 올 것 같지 않았다.

생각이 많아졌지만 다 잘라내 버렸다. 혜수는 오행, 삼정, 사독, 오악, 육요, 십이궁의 기본으로 돌아갔다. 난해한 상대. 결코 멋으로 맞설 대결이 아니라고 판단한 것이다.

그전에 먼저 할 일이 있었다. 그건 바로 상대가 되고 있는 길무술이었다. 다시 생각하니 이건 대결이다. 길모의 상을 정확하게 맞히느냐의 문제도 중요하지만 상대를 꿇리느냐 마느냐의 대결.

'오빠라면……'

혜수는 길무술의 흉상에 시선을 고정시켰다. 준두 위의 연상에서부터 멋대로 녹아버린 피부, 그리하여 도무지 읽어낼 수 없는 이마와 눈 부위의 관상.

'변지, 보각, 군문, 무고, 조정, 역마, 간문, 어미, 외음, 유군… 어느 것도 판독 불가.'

차근차근 기본을 짚어가던 혜수는 눈동자가 이글거리는 시점에서 마침내 입을 열었다.

"본시 당신은 토끼상입니다. 그 증거는 눈동자에 그나마 토끼 빛으로 남아 있어요. 그로 말미암으면 콧구멍이 들리고 입술이 붉어야 할 텐데 그렇지 않네요."

"무슨 헛소리를 하는 것이냐? 네가 봐야 할 상은 내가 아니라 저 친구야!"

발끈한 길무술이 길모를 가리켰다.

"알고 있어요. 하지만 이건 우리의 대결이니 당신을 짚고 넘어가지 않을 수 없군요."

혜수는 미동도 하지 않으며 말을 이어갔다.

"우선 짚고 넘어갈 건 우리 부장님이 아니라 당신들이 바로 사기꾼이라는 사실입니다."

"뭐라?"

혜수의 말이 배익호와 길무술이 동시에 반응했다.

"방금 말했잖아요. 당신은 역술판에서 사람 발길이나 기다려야 할 상이어야 합니다. 그런데 보이는 상이 다릅니다. 이유를 설명해 주시겠어요?"

"이유 같은 게 왜 필요하단 말이냐? 그런 식으로 말하자면 네 상 역시 사기가 아니더냐? 보아하니 딴따라 판에서 기웃거리며 남의 뒤치다꺼리나 할 상인데 관상가를 자처하다니, 그거야말로 사기가 아니더냐?"

길무술이 매섭게 쏘아붙였다. 혜수는 내심 회심의 미소를 지으며 그 말을 받아넘겼다.

"관상의 기본을 잊고 계시는군요. 상은 변한다고 합니다. 맞는 말인가요, 틀린 말인가요?"

"……!"

허를 찔린 길무술은 대답하지 못했다. 너무나 당연한 이론. 그건 신이라고 해도 공박할 여지가 없는 진리였다.

"제가 한때 연예기획사에 몸담고 있던 것은 맞습니다. 하지만 상은 변하는 것이니 그게 변해 직업을 바꾸었고, 관상까지 배우게 되었습니다. 그 예는 전설적인 화가의 일화에서도 보이고 있으니 아시는지요?"

혜수의 역공이 시작되었다.

"……?"

"어떤 명화가가 세상에서 가장 선한 얼굴을 그리고 싶어 모델을 찾았습니다. 그걸 완성한 그는 오랜 시간 후에 그 반대로 가장 악한 얼굴을 그리고 싶어졌습니다. 그런데 그때 찾아낸 가장 악한 모델이 누구인지 아십니까?"

"……!"

길무술은 대답하지 못했다. 가장 선한 자가 가장 악하게 변하는 것. 그건 상법에서도 더러 회자되는 일이기 때문이다.

"하니 제 상에 대해 공박하지 말고 답해주세요. 제가 어르신에게 사기라고 한 건 토끼상이 변하여 다른 상이 된 걸 이르는 게 아닙니다."

혜수는 잠시 쉬었다가 또렷하게 말을 이었다.

"어르신은 지금 현재 토끼상을 감추고 있다는 뜻입니다."

혜수의 눈매가 불을 뿜어냈다.

"이런 허무맹랑한!"

"아니라고요?"

"네 술집 밥을 먹으니 사람 얼굴을 가지고 놀리는 것이냐? 그렇잖아도 얼굴이 상하여 마음이 아프거늘 이리 싸가지가 없다니."

"두 분, 그럼 제가 증거를 보여드려도 되겠습니까?"

혜수가 배익호까지 포함하며 물었다.

"얼굴에 염산이라도 뿌려보겠다는 것이냐?"

잠자코 있던 배익호가 냉소를 뿜었다.

"미력하지만 상법을 배우는 제가 그럴 리가요. 저절로 알 수 있는 법이 있으니 안심하셔도 됩니다."

"저절로?"

"장호 씨!"

혜수가 문을 향해 소리쳤다. 이윽고 장호가 들어섰다. 혜수는 장호에게 룸의 난방 시설을 가리켰다. 장호가 나가자 혜수의 지시가 뭔지 밝혀졌다.

룸 안의 온도를 극단으로 올려 버린 것이다.

온도가 올라간다.

그럼 체온이 올라간다.

그렇게 되면 어떤 일이 벌어지게 될까?

답은 오래지 않아 나왔다. 룸이 후끈 더워지자 땀이 나기 시작한 것이다. 혜수는 독수리의 눈으로 두 남자를 주목했다. 길모도 마찬가지다.

혜수의 이마에서 땀이 흘러내렸다. 땀이 목을 타고 가슴으로 내려갔다. 등도 마찬가지였다. 등짝을 타고 내려온 땀이 허리까지 적셨다.

길모 역시 손수건으로 땀을 닦아냈다. 흰 정장을 입은 길모였으니 땀은 더 많이 났다.

물론 배익호와 길무술도 땀을 흘렸다. 목에서 흘러내린 땀이 가슴을 적시고 있으니 부정할 일이 아니었다.

그런데 두 사람, 얼굴은 말짱했다. 이마와 콧잔등, 심지어는 볼까지도 땀 한 방울 서리지 않았다.

"특이체질이시군요. 온도를 더 높여드릴까요?"

혜수가 빙그레 웃으며 물었다. 당혹한 두 사람은 끄응 신음을 삼켰다. 어떻게든 땀을 흘리지 않으려 기를 쓰는 모습은 가련하기까지 했다. 하지만 땀이라는 게 참는다고 나지 않는 게 아니었다.

"그만 가면을 벗으시지요."

지켜보던 길모가 슬쩍 혜수를 거들었다.

"끄응!"

"아니지. 아직 승부가 나지 않았으니 관상을 계속할까요?"

"끄응!"

거푸 이어진 길모의 질문마다 들리는 건 신음 소리뿐이었다.

"어르신이 양보한 것이니 제가 계속하지요. 홍 부장님의 명궁은 깔끔합니다. 기색이 홍조를 닮아 맑으니 앞으로 전도양양할 것이오, 질액궁에도 그 빛이 나란히 미치니 질병 걱정도 없습니다. 더러 흉액을 빙자해 해코지를 하려는 사람들이 있지만."

이번에는 혜수가 거기까지 말하고 테이블을 내려쳤다.

"……!"

배익호와 길무술이 찔리는 것이 있는지 거북이 목을 하며 움츠렸다.

"당할 상이 아닙니다!"

혜수가 상을 마무리했다.

"이제 길 선생님 차례군요."

길모는 물처럼 흘러내리는 땀을 닦으며 넌지시 채근했다. 잠시 동안 배익호를 바라보던 길무술이 이러지도 저러지도 못하고 울상이 되었다.

"보아하니 힘이 드신 거 같은데 텐프로 서비스 정신으로 도와드리겠습니다."

혜수는 그 말과 함께 두 남자에게 얼음이 담긴 찬물을 끼얹었다. 물을 흥건히 뒤집어쓴 두 남자, 그래도 화는 내지 못했다. 일이 거기에 이르자 길무술이 선글라스에 이어 가면을 벗었다. 배익호도 더는 버티지 못했다.

가면은 정교했다. 만져보지 않고는 알기 어려울 정도로 피부와 같은 것이었다. 두 사람이 고개를 들자 길모와 혜수는 놀라지 않을 수 없었다. 놀라운 반전이 거기 있었다.

길모는 눈을 의심했다. 정교한 가면을 벗어버린 두 사람. 두 사람의 입장이 뒤바뀌어 버렸다. 배익호가 70대 노인이고 길무술이 50대의 얼굴이 된 것이다. 얼굴 또한 아무 문제가 없었다.

"이거 미안하게 되었소이다."

가면을 내려놓은 배익호는 태도를 바꾸었다. 가면 속에 숨어 위세를 떨던 자세가 아니었다. 눈의 광기는 어디로 갔을까?

그 광기는 그들의 뺨에서 대롱거렸다. 광기를 만든 건 칼라 콘택트렌즈였다. 길모는 어이가 없었다.

허얼!

"대결은 포기하시는 겁니까?"

렌즈 하나를 손가락 위에 올려놓은 길모가 물었다.

"……."

두 사람은 대답하지 않았다.

"그럼 내 제자가 이긴 거로군요."

길모가 잘라 말했다.

"하지만……."

미련이 남은 걸까? 배익호가 미간을 찡그리며 고개를 들었다.

"할 말이 있으신가요?"

"가면은 나중 일이고 토너먼트였으니 우리가 이긴 거 아니오? 당신은 분명 내 제자의 말을 부정하지 않았소."

"따로 자란 배다른 형제가 있어 그가 귀신이 되어 내 눈에 들어앉았다는 말 말입니까?"

길모가 묵직하게 말했다.

"그, 그렇소. 부정하지 않은 건 맞았다는 게 아니겠소?"

"그야 하도 어이가 없어서 그런 겁니다."

"……."

"이제야 묻고 싶습니다. 대체 무슨 근거로 그런 말을 한 겁니까? 진짜 내 눈에 귀신이라도 있다는 겁니까? 그리고 당신들이 그걸 볼 능력이 있다는 겁니까?"

"……."

"원래 이런 술집에 양아치들이 많다는 말은 들어보셨겠지요?"

두 사람이 대답하지 않자 길모가 다른 방법을 꺼내 들었다.

"……."

"술값은 비싸고 먹은 다음에 오리발 내미는 사람이 많다 보니 자구책으로 그런 직원들을 데리고 있습니다. 아마 지금 당장이라도 부르기만 하면 두 분의 방울을 제대로 발라낼 걸요. 시퍼런 사시미 칼로 말입니다."

"히익!"

배익호가 먼저 신음을 쏟아냈다.

"그러니 사실대로 말해보시죠. 그런 다음 진상 전담 직원들을 부를지 말지 결정하겠습니다."

길모의 목소리에는 감정이 실려 있지 않았다. 옆에 있는 혜수 때문에도 더욱 그랬다.

"그, 그게……."

"장호야!"

길모가 슬쩍 룸 문을 향해 소리쳤다. 그러자 장호가 문을 열고 묵례로 화답했다.

"가서 칼 잘 쓰는 직원으로 둘만……."

"잠, 잠깐만요. 내가 말하겠습니다."

길모가 넌지시 협박 수위를 올리자 질겁한 길무술이 튀어나왔다.

"해보세요."

"그건 내가 짜낸 계획이라오. 스승님과 나는 미아리에서 조그만 관상집을 하고 있다오. 알다시피 요즘 역술인 찾는 사람이 드물어 월세도 밀리고 있는 형편이라오. 그런데 당신 혼자 잘나가니 당신과 맞장을 뜨면 덩달아 유명해질 것 아니오. 여기저기 알아보니 당신이 백홍우는 물론이오 모상길의 인정까지 받고 있다 하니 그냥 와서는 상대도 안 해줄 일. 그래서 부득……."

"이걸 쓰고 왔단 말입니까?"

길모가 가면을 흔들었다.

"마침 인피면구 수입하는 후배가 있는데 장난으로 불량품을 구경하다 그거다 싶어서 주문을……. 아무래도 맨얼굴로 찾아오면 당신이 우리 수준을 알아챌 것도 같고… 혼란도 시킬 겸……."

"흉측한 인조 가면을 쓰고 눈에는 광기 서린 렌즈를 끼고?"

"……."

"좋아요. 그렇다고 칩시다. 그럼 다시 질문으로 돌아가서, 따로 자란 형제니 내 눈에 귀신이니 하는 상이 어떻게 나왔는지 설명해 보시지요."

길모는 길무술에게 꽂힌 시선을 거두지 않았다.

"그건 옆집에 살던 보살이……."

'보살?'

"그 아줌마랑 막걸리 한잔하는데 귀신을 갖다 붙이면 통할 거라고 해서… 관상쟁이 신통력이나 점집 보살 신통력이나 따지고 보면 죄다 귀신이 쓰인 것이니 용한 관상쟁이라면 필경 그 눈과 입에 귀신이 붙었을 거라고… 눈에서 불을 뿜으며 막 호통을 치면 통할 거라며……."

"지금 그걸 말이라고 합니까?"

길모가 목청을 높였다.

"진, 진짜입니다. 못 믿겠으면 보살에게 확인을 해도……."

허얼!

황당했다. 하지만 길모 탓도 있었다. 도둑이 제 발 저린 것이랄까? 사실 길무술의 말에도 일리는 있었다. 점을 보러 가면 흔히 그런 말을 한다.

—귀신 붙었어.

—조상귀신이 한을 품었어.

—어이구, 이놈이 귀신을 등에 업고 있네.

'당했군.'

어쩌면 한 편의 에피소드 같은 해프닝. 길모는 혜수 몰래 고개를 저었다. 결국 이건 길모의 태생적인 문제였다. 호영이 아니었더라면 신경조차 쓰지 않았을 일. 주저한 까닭에 혜수를 어렵게 만든 일이었다.

하지만 길모는 아직도 궁금증을 가지고 있었다.

"듣기로 젊으실 때 모상길 어르신과 붙어서도 이겼다고 들었는데 그런 실력이라면 굳이 술수를 쓸 필요가 없지 않았을까요?"

"……"

배익호는 대답하지 않았다.

"혹시 그때 승리가 술수였나요?"

"그건 아니라오. 다만 그때 너무 방자한 탓에 상학 공부가 이어지질 않아서……."

배익호가 고개를 숙였다. 한때 잘나가던 관상가. 역설적으로 말하면 그게 그의 발목을 잡은 모양이다.

"그나저나 아가씨도 대단하네. 밤에 온 데다 조명이 휘황한 룸 안이라서 안 들킬 줄 알았는데……."

꼬리를 사리고 있던 길무술이 자라목을 하고 중얼거렸다.

"아마 내가 아저씨들 나이라면 그랬겠죠. 하지만 나는 노안이 아니거든요."

"……."

"그리고… 아저씨들의 체구와 가면이 너무 달랐어요. 아저씨는 체형으로 보면 뱀상이오, 골상을 따져도 머리통 옆이 볼록하고 턱이 날카로워야 하는데 가면과는 차이가 많았거든요. 그래도 관상을 하시는 분이라면 거기까지는 고려해서 써야 하지 않았을까요?"

혜수의 설명은 길모를 더 기쁘게 만들었다. 아주 정확하지는 않지만 어느 정도는 맞는 말이다. 그건 곧 그녀가 날로 발전을 거듭하고 있다는 반증이었다.

"나아가……."

혜수는 남은 말을 마저 이어갔다.

"두 분의 자세로 보아 관상 대가는 아닐 거라고 생각했습니다. 왜냐면 관상으로 도를 이루었다면 도가 저절로 우러나올 일인데 두 분은 사뭇 오만하고 방자했습니다. 관상의 첫째 도가 무엇입니까? 운명의 결정자로서가 아니라 운명의 개척자로서의 자세 아닙니까? 혹 누구에게 나쁜 상이 있더라도 돌려 말하고, 좋은 말을 하고, 심상으로 극복하라고 하는 게 바른 도라고 읽었습니다. 그런데 두 분은 처음부터 탐욕과 헛된 권위에 가득한 자세로 나왔으니 신묘한 관상의 도를 이루었으리라고 생각할 수 없었습니다."

혜수의 말은 두 남자의 입을 봉해 버렸다. 누구든 관상에 발을 들여놓은 사람이라면 부정할 수 없는 말이기 때문이다.

"아무튼 약속은 약속이니 지켜주셔야겠습니다."

혜수는 두 남자에게 방울을 내놓을 것을 통보했다.

"잘못했소. 늘그막에 입에 풀칠을 하려다 보니 헛된 생각을 한 것 같소이다. 그러니 부디 한 번만 용서해 주구려."

애걸은 배익호가 먼저 했다. 나이만큼이나 겁도 많이 쌓인 모양이다.

"용서해 주고 싶은데 아직 다 털어놓지 않은 게 있습니다."

듣고 있던 길모가 끼어들었다.

"……?"

그 말을 들은 배익호의 눈이 휘둥그레졌다.

"이제 제자끼리의 승부는 끝났기에 제가 따로 어르신 관상을 보았습니다. 그랬더니 이 일은 두 분만이 꾸민 일이 아니군요."

"……!"

"어르신을 제외하고 셋인데 여기 한 분이 계시니 아마 두 명……."

"……?"

"경찰을 부를까요, 아니면 가까운 곳에 있으면 여기로 부르시겠습니까?"

"그, 그 친구들 방울까지 따려는 건가?"

배익호가 사색이 되어 물었다.

"공범인데 그냥 넘길 수는 없지요."

길모가 담담하게 말했다.

"이보시게, 그러지 말고 제발……."

"연락하지 않으면 경찰을 부르겠습니다. 영업 방해와 무전취식, 그리고 사기죄로 말입니다."

길모는 되는 대로 가져다 붙이며 핸드폰을 꺼내 들었다.

"부, 부르겠네."

몸이 달아오른 배익호가 결국 전화를 걸었다.

두 공범은 10분도 지나지 않아 1번 룸에 들어섰다. 모두 40대의 중년 남자였다. 상황을 파악한 둘은 바로 고개를 떨구었다.

"자, 그럼 누가 먼저 방울을 떼겠습니까?"

길모가 물었다.

"……."

네 남자는 대답하지 않았다. 처음부터 방울을 뗄 생각은 없는 사람들이었다.

"일이 이렇게 된 것은 다 내 책임, 내가 책임을 질 테니 이 사람들은 돌려보내 주시구려."

한숨을 내쉬던 배익호가 나섰다. 스승 된 도리는 잊은 않은 모양이다.

"사시미 칼과 강철 가위, 그리고 손도끼 중에서 뭐로 떼어드릴까요?"

'히익!'

길모가 도구를 나열하자 세 남자가 경기를 했다.

"아무거나… 마음대로 하시구려."

체념했는지 배익호가 고개를 떨구었다.

"장호야, 승만이 데려와서 이분들 눈을 가려라!"

길모가 문밖을 향해 소리쳤다.

"우리 눈은 왜?"

길무술이 물었다.

"그럼 스승의 거시기를 따는 걸 보겠다는 말입니까?"

"……"

"거기 두 사람도 저쪽에 나란히 앉으세요."

길모는 갈팡질팡하는 두 사람을 길무술 옆에 앉혔다.

텅!

턱!

테이블이 소란스러워졌다. 소리가 한 번 날 때마다 길무술과 두 남자는 목을 움찔거렸다. 눈을 가린 채 벽에 기대선 배익호도 떨기는 마찬가지였다.

"아, 아직 멀었소?"

질문하는 배익호의 목소리는 한없이 떨리고 있었다.

"기다리세요. 피 받을 양동이하고 잘린 고추 감아줄 붕대는 준비해야 할 것 아닙니까?"

'이익!'

배익호의 숨소리가 얼어붙었다. 창백해진 얼굴을 확인한 길모는 가위를 들어 철컹철컹 소리를 냈다. 이번에는 공범들이 얼어붙는 게 보였다.

"끝났으니 안대를 벗겨 드려라."

길모의 말과 함께 네 남자의 눈이 자유를 되찾았다.

"……?"

순간 네 남자는 눈을 의심했다. 피를 흥건히 흘리며 아랫도리를 감싸 쥐고 있을 줄 알았던 배익호, 그 피로 인해 바닥이며 벽이 피로 얼룩졌을 줄 알았던 룸의 벽, 그러나 네 남자의 눈을 차고 들어온 건 그런 공포가 아니라 한 테이블 떡하니 차려진 술

상이었다.

"오늘 한바탕 꿈을 꾼 걸로 생각하고 마음껏 들고 가십시오. 다시 말하지만 여러분은 그저 꿈을 꾼 겁니다."

어리둥절해하는 사람들을 향해 길모가 말했다.

"다음 손님이 예약되어 있어 오래 계실 수는 없습니다. 그 점만 이해해 주세요."

다음으로 혜수의 말이 이어졌다.

"이, 이보시게."

지옥에서 돌아온 배익호의 그 늙은 눈가로 눈물이 주르륵 흘러내렸다.

"따지고 보면 다 제 선배님들입니다. 미리 알고 한 분 한 분 챙겼어야 하는데 이렇게 만났으니 인사라고 생각하고 드시기 바랍니다."

길모는 배익호를 향해 묵례를 했다.

"이, 이런 고마울 데가… 경찰에 넘겨도 시원찮을 우리를……."

"역술인이 다 어려운 세상입니다. 하지만 우리끼리라도 정을 주며 살아야죠. 그것뿐입니다."

길모는 그 말을 끝으로 룸을 나갔다. 그러자 혜수와 장호도 줄줄이 그 뒤를 따랐다.

"스승님……."

문이 닫히자 길무술이 배익호를 바라보았다.

"허어, 우리가 대호를 넘보았도다. 저런 친구를 한때나마 시기하고 술수일 거라고 폄하했다니……."

"……."

"내 속이 좁았구나. 관상계에 대호가 등장했으니 저절로 곁불을 쬘 수 있을 것을 이리 서둘러 못남을 드러내었으니……."

"스승님……."

세 제자가 배익호를 향해 고개를 조아렸다.

"부장님!"

사무실로 따라 들어온 혜수가 길모를 불렀다.

"왜?"

"투자예요?"

"아마?"

"그냥 따끔하게 혼내서 보내는 게 더 낫지 않았을까요?"

"그것도 좋았겠지만……."

길모는 은은한 미소를 머금은 채 말을 이어갔다.

"에뜨왈에서 인기스타들 많이 봐서 잘 알 거 아냐? 누군가 뜨면 대다수 사람들은 비난하고 폄하하기 마련이지. '지가 뭐가 잘나서? 걔 사실 나보다 잘난 거 없어', '어디서 스폰서 하나 물었나 보지' 하면서 말이야."

"그건……."

"관상도 마찬가지일 거야. 신문, 방송에 소개되면서 나 질투하는 사람이 한둘이겠어?"

"하지만 부장님은 넘사벽의 실력이잖아요?"

"내 생각은 다른데?"

"어떻게요?"

"관상쟁이들이 떼를 지어 나한테 몰려와 모함하고 사기를 치다 걸렸다고… 그게 방송을 타면 어떨까? 일반인들이 보면 인상을 찌푸릴 것 같은데?"

"……?"

"어디든 그렇잖아? 서로 같은 업을 하는 사람끼리 이전투구하는 건 결코 아름답지 않아. 잘못하면 나까지 도매금으로 비난받기 알맞지."

"아!"

"게다가 어려운 사람들이잖아? 실제로 관상집 하는 분들, 관상 본 수입으로 먹고살기도 힘들걸. 모 대인님만 해도 그렇지. 그러니 곁불 기부한 셈 치자고. 그거 우리 특기잖아?"

진심이다. 물론 처음에는 분노하기도 했다. 하지만 본색이 드러난 배익호의 추레한 모습을 보고는 마음이 바뀐 길모였다.

관상 위의 심상.

수도 없이 사람들에게 권하던 그것. 관상왕도 피해갈 수 없는 진리가 아닌가?

"듣고 보니 그러네요. 내가 대결에 몰두하다 보니 신경이 예민해졌나 봐요."

"하긴 길무술을 다그치던 머리가 어디 가겠어?"

"그건 사실 모험이었어요. 처음에는 승부에 얽매이느라 본질을 잊었거든요."

"아무튼 잘했어."

길모는 엄지를 불끈 세워주었다.

"질문 하나 있어요."

"뭔데?"

"아까 어땠어요? 나 믿었던 거예요?"

"그럼."

"나는 왜 흔쾌히 응했는지 아세요?"

"왜 그랬는데?"

"당신이 곁에 있으니까."

"믿는 구석?"

"아뇨. 그런 거 있잖아요. 학교 다닐 때 좋아하는 선생님 과목은 더 열심히 하는 거. 그래서 매번 수업 때마다 선생님이 내게 질문을 해줬으면 하는 거."

"오라, 실력 발휘 좀 해보려고?"

"네. 어린 학생처럼요."

"고마워."

"사랑해요."

혜수가 가만히 기대왔다. 1번 룸 안에서 대결 내내 신열을 앓아온 길모. 그녀의 체온이 전해오자 그 애절함과 긴박함이 천천히 녹아내렸다.

제6장

재계 거물, 육각방의 초대

이른 아침, 길모는 영안실에 들렀다.

금고 따기의 달인 박공팔을 조문하기 위해서다. 조화를 신청한 길모는 그가 준 복채로 국화꽃을 샀다. 꼬깃꼬깃한 천 원짜리 44,000원. 뜻밖에도 꽃은 딱 44송이였다.

"어머, 한 송이 더 드릴게요."

숫자에 놀란 여주인이 한 송이를 보탰다. 길모는 그걸 돌려주었다.

박공팔.

그가 44,000원을 보낸 건 우연이었을까? 아니, 어쩌면 그 돈으로 꽃을 사서 마지막 가는 길에 놓아달라는 의미 같기도 했다.

[조화 보내고 왜 또 꽃을 사요?]

옆에서 걷던 장호가 물었다.

"그럼 그 돈을 내가 가지랴?"

[그럼 부의금에 보태 내든지…….]

"그건 좀 그렇지 않냐? 그 양반이 준 돈을 그 양반 조의금으로 낸다는 거."

[뭐 좀 이상하기도 하네요.]

장호가 어깨를 으쓱해 보였다.

한때를 풍미한 박공팔.

그의 장례는 조촐하기 짝이 없었다. 지인도 많지 않은 탓인지 장례식장이 휑했다. 그나마 길모와 선 회장이 보낸 조화가 아니었으면 썰렁하기 그지없었을 것이다.

'호영…….'

길모는 영정 앞에서 호영을 생각했다. 그를 아는 사람이 별이 되어 지고 있다. 가만히 손을 들여다보았다. 호영을 통해 길모에게 건너온 박공팔의 비기.

그러고 보니 삶이란 불가사의한 연속성이 있었다. 누군가의 기술이, 학문이, 재주가 어떻게든 다음 세대로 전해지고 있는 것이다.

"……?"

상주와 절을 나눈 길모는 고개를 들다가 그의 얼굴에 드리워진 횡액과 마주치고 말았다.

'아뿔싸!'

길모는 조금 전의 풍경을 떠올렸다.

선용주가 상주에게 주었던 봉투, 적은 액수는 아닐 것이다.

"저어, 사장님."

길모는 구석자리에서 소주잔을 들고 있는 선용주에게 다가갔다.

"왜 그러시나?"

"잠깐 저 좀……."

길모는 선용주를 밖으로 불러냈다.

"……?"

길모의 설명을 들은 선용주가 눈을 동그랗게 떴다.

"그, 그렇단 말이지?"

"예. 그러니……."

"허어, 이거 난감하게 되었군."

"그러지 않으시면 엉뚱한 사람 배를……."

"이것 참, 관상왕의 말이니 듣지 않을 수도 없고."

선용주는 난색을 표하고 안으로 돌아갔다.

그로부터 얼마 후 장례식장이 뒤집어졌다. 난데없이 채권자가 찾아와 상주의 멱살을 휘어잡은 것이다.

"이놈아, 빚은 갚고 살아야지."

건장한 사내 둘을 데리고 온 채권자는 막무가내였다.

"부의금 좀 들어왔겠지? 그것으로라도 갚아야 하지 않겠어?"

"이봐요, 무슨 사정인지 모르지만 상가에서 너무하는 거 아닙니까?"

다시 내려온 길모가 끼어들었다.

"거 제삼자는 빠지셔. 이 인간이 내 돈 먹은 게 오천이라오. 나도 땅 파서 돈 나오는 거 아니니 이럴 때라도 받아야 하지 않겠소?"

채권자가 목청을 높였다. 그래도 상주는 말 한마디 대꾸하지 못했다. 박공팔의 아들은 이 채권자에게 세 번의 채권이 있었다. 약 일천만 원씩 세 번.

'나머지는 이자일 테고…….'

상주의 관상은 좋지 않았다. 하는 일마다 깨질 상. 다행히 재산궁의 액운이 바닥이라 이번만 넘기면 앞으로는 나아질 것 같았다.

"그래도 사람이 경우라는 게 있지, 상가에서 이 무슨 행패란 말입니까?"

길모는 채권자를 우두커니 바라보았다.

"그래서 나도 오늘만 털어 가면 끝낼 생각이라오. 그러니 끼어들지 마시오."

"정 그러면 저 사람이 쓴 차용증 같은 거라도 돌려줘야 마땅한 거 아닙니까?"

"차용증? 주지. 어차피 저 인간한테는 오늘이 아니면 돈 받기 글렀으니까."

채권자는 석 장의 종이를 던져 놓았다.

"야, 얼마 나왔어?"

채권자가 사내들에게 물었다.

"주머니 뒤지고, 상주 대기실 털고, 부의함까지 다 털었는데도 400만 원도 안 됩니다."

"아, 진짜 찌질하긴. 하는 수 없지. 그거라도 가지고 가자고."

채권자가 돌아섰다.

그때야 길모는 선용주를 돌아보았다. 선용주가 구석진 자리에서 찡긋 윙크를 날려 왔다.

일천만 원.

선용주가 가지고 온 액수다. 채권자가 들이닥치기 전에 괜한 핑계를 대고 봉투를 돌려받은 선용주. 거기에 좀 더 보태 상주에게 내밀었다.

"흑! 저는 그런 줄도 모르고… 야박하다고 원망을……."

선용주의 설명을 들은 상주는 기어이 눈물을 터뜨렸다.

"인사는 여기 홍 부장에게 하시게. 이 양반이 자네 관상을 보고 한 일이니까."

선용주가 옆에 선 길모를 가리켰다.

"고맙습니다."

상주가 고개를 조아렸다.

"아닙니다. 별일도 아닌데요, 뭐."

"그렇지 않습니다. 이 돈까지 빼앗겼더라면 아버님 화장도 못해드릴 뻔……."

"개인 사업을 하셨죠? 작은 점포나……."

"예. 장사는 안 되고 가게 세는 자꾸 밀리다 보니 그만 사채를……."

"접으셨나요?"

"예. 보증금까지 다 까먹어서……."

"앞으로는 사업하시지 말고 취직하세요."

"예?"

"선생님 상이 그렇습니다. 남이 시키는 일은 잘해 능력 발휘를 하겠지만 스스로 하는 사업은 헤쳐 나가기 어렵습니다. 그러니 사업의 꿈은 접으시고⋯⋯."

길모는 그 말을 끝으로 묵례를 남기고 돌아섰다.

그리고 나오는 길에 지갑을 탈탈 털어 부의함을 채웠다. 문앞에서 돌아보니 영정 속의 박공팔과 함께 그 앞에 쌓인 국화꽃이 활짝 웃는 것 같았다. 그제야 알았다. 박공팔의 44,000원. 이제 보니 그건 아들의 관상을 봐달라는 복채였던 모양이다. 죽을 자의 돈으로 산 자를 살려달라는 것. 길모는 속이 후련해지는 걸 느꼈다.

'부디 영면에 드시길⋯⋯.'

길모는 박공팔의 명복을 빌었다.

*   *   *

"장호야!"

집으로 돌아온 길모가 손을 내밀었다. 장호가 핸드폰을 건넸다.

처척!

몇 번 손을 놀리자 장호의 핸드폰 패턴이 해제되었다.

"다시."

[좋아요. 이번에는 어렵게⋯⋯.]

장호는 돌아앉은 채 열심히 머리를 굴렸다.

[이번 건 어려울 걸요?]

장호가 웃었지만 패턴은 3초도 되지 않아 풀렸다.

[그거 인터넷에 나오는 가장 어려운 패턴인데… 만든 놈도 잊어버려서 AS 받았다는 거 아니에요.]

"노트북에도 사용자 비번 걸어봐라."

길모는 이제 노트북으로 대상을 바꾸었다.

결과는 같았다. 열쇠는 없지만 손을 대면 패턴이, 비밀번호가 느껴졌다. 노트북 안으로 이어지는 비밀의 씨줄과 날줄이 고스란히 보인 것이다.

[아까 그 아저씨 때문이에요?]

안 하던 짓을 하자 장호가 물었다.

"그냥……."

딱히 그런 건 아니었다. 그래서 길모는 대충 둘러댔다.

"장호야."

[예?]

"얼굴 좀 보자."

[관상 보게요?]

장호가 반색하며 다가앉았다.

"문득 든 생각인데… 박공팔 어르신은 이제 영혼이 되었겠지?"

[그야…….]

"뼈도 없는 영혼 말이야. 그런 것도 관상이 있을까?"

[예?]

"책을 보다 보니 그런 말이 있더라고. 용한 관상가라면 영(靈)의 힘으로 정기를 파악할 수 있다고."

[형은 이미 그 경지 아닌가요?]

"아직 멀었지."

[으아, 난 형의 반의반만 해도 좋겠는데…….]

"그럼 노력해라. 혜수 봐라. 벌써 내 코밑까지 왔다."

[쳇, 혜수 누나는 형의 정기를 바로 받아서 그런 거 아닌가요?]

"뭐라고?"

[에헷, 농담요.]

"사람 얼굴에는 정기의 핵심이 배어 있거든. 그렇다면 분위기만으로도 관상 보는 게 가능할 수도 있다는 얘긴데…….'

[으악, 관상 얘기는 그만 해요. 형이 관상을 더 잘 보면 무서워질 거 같아요.]

"본심까지 꿰뚫어 볼까?'

[그러니까요. 사람이 살다 보면 가끔은 나쁜 생각도 하는데 그것조차 다 알 거 아니에요?]

"하긴…….'

[형은 이미 대한민국, 아니, 세계 최고 관상가예요. 더구나 매번 선행을 하니 관상보다 위대하다는 심상은 그보다 더 좋을 거 아니에요.]

"그럴까?'

[당연하죠. 그러니까 다 잘 풀리잖아요.]

"알았다. 눈이나 붙이자."

길모는 침대에 벌렁 누워버렸다.

[잘 생각했어요.]

장호도 반색하며 따라 누웠다.

심상(心相)!

그게 관상 위의 가치라는 건 백번 공감하는 길모이다. 관상이 아무리 좋으면 뭣 할까? 그 인간의 마음이 삐뚤어졌다면 관상이 아까울 뿐이다.

돌아보면 길모도 그랬다. 눈에 보이는 거라곤 요령밖에 없던 웨이터 시절. 그저 머리에 든 게 손님 주머니 후리기였다. 그 탓에 잘되는 일이 없었다. 어쩌다 하루 운이 좋았다고 해도 그 운은 일회성에 불과했다. 심지어는 나중에 재앙이 되어 돌아오기도 했다.

하지만 마음을 곱게 쓰면 달랐다. 우선 행복해진다. 보람도 빵빵해진다. 돈이 많아서 행복할 수도 있지만 마음은 베풀고 위할수록 돈보다 반짝거렸다. 그러니 심상이야말로 최고선이 아니면 무얼까?

막 잠의 파도에 휩쓸릴 무렵이다. 깜빡하고 그냥 둔 전화기가 울었다.

[그냥 자요.]

장호는 벌써 잠이 취해 돌아누웠다. 길모도 그럴 생각이었지만 발신인이 문제였다. TPT 송광용 회장 이름이 뜬 것이다.

"회장님!"

길모는 벌떡 일어나 전화를 받았다.

"아, 예. 괜찮습니다."

길모는 전화기를 들고 창가로 걸어갔다. 보이지는 않겠지만 누워서 받을 수는 없었다.

"예?"

몇 번 대답을 하던 길모의 목소리가 거기서 딱 끊겼다. 그리고 한참을 버벅거리다가 뒷말을 이었다.

"회장님이 이미 약속을 하신 자리라면……."

—그래주겠나? 뭐 자네에게도 나쁜 자리는 아닐 것 같아서…….

"술 종류를 말씀해 주시면 부족하나마 준비를 해보겠습니다."

—그냥 홍 부장 마음대로 하시게. 홍 부장을 보려는 거지 술이 주제는 아니니까.

"고맙습니다, 회장님."

—자세한 건 우리 실장이 따로 연락할 걸세. 그러니 날짜만 잊지 마시게나. 홍 부장이 안 오면 내 체면이 엉망이 될 테니까.

"예."

전화가 끊겼다. 그래도 길모는 한동안 움직이지 않았다.

[무슨 전화예요?]

장호가 하품을 하며 물었다.

"심상 말이야……."

[심상이요?]

"그게 복을 불러왔나 보다."

[그러니까 무슨 일인데요?]

"TPT 송 회장님이 출장 관상을 부탁한단다."

[예?]

"그것도 재계 최고의 멤버들이 모이는 자리에."

[정말요?]

놀란 장호가 발딱 일어섰다.

"그래. 너 재계 육각방이라고 들어봤냐?"

[아뇨.]

"검색해 봐라."

[알았어요.]

장호는 충실하게 지시에 따랐다.

[나오긴 했는데… 그냥 소문이라는데요? 우리나라 최고 재벌 여섯 명의 비정기적 모임. 뭐, 여기서 정부에 대한 건의나 우리나라 경제 정책, 기타 산업 동향 등이 결정된다고……]

"거기 실질 리더가 누구라고 나오냐?"

[광개토 전자 고학수 회장이 리더라고… 하지만 다른 자료에서는 송광용 TPT 회장님이 리더라고도……]

"거기서 우리가 필요하단다."

[에? 형이 거기에 초대받은 거예요?]

"내가 아니고 우리!"

[우리? 그게 무슨 말인데요?]

"별실이 통째로 출장 와달란다. 그러니까 이번 육각방 모임 연회를 우리에게 맡기고 싶다는 거야."

[으아, 정말요? 송광용 TPT 회장, 이성근 오성자동차 회장, 고학수 광개토전자 회장, 문병철 봉황화학 회장……. 하늘같은 재벌들의 모임인 육각방 연회를요?]

땅!

장호가 버벅거리자 길모는 테이블에 놓인 두툼한 관상 책으로 머리를 쳐 버렸다.

[아야, 왜요?]

"네가 비몽사몽인 거 같아서 꿈이 아니라는 거 보여주려고."

[형!]

장호의 눈에 눈물이 글썽거린다.

"하이파이브나 한번 할까?"

길모가 손바닥을 내밀었다. 장호가 펄쩍 날아오르며 손바닥이 터져라 마주쳤다.

육각방!

실체가 있다 없다 루머만 무성하던 대한민국 최고 재벌들의 사적 모임, 그들이 길모를 초빙했다. 관상왕 홍길모를.

*　　　*　　　*

파앗!

길모는 오후 들어 파쿠르로 몸을 풀었다.

파쿠르.

생각할수록 고마운 놈이다. 학창 시절에는 이것 때문에 왕따를 면하고 인기를 끌었고, 청년 시절에는 외로움에 의지가 되었다. 그런데 마침내는 목숨까지 구했다.

홍콩!

만약 담장을 넘지 못했더라면 어떻게 되었을까? 천하의 관상왕이라고 해도 총알을 막을 수는 없을 일. 그런 생각을 하니 새록새록 파쿠르에 정이 갔다.

"다들 집합!"

서너 명의 학생과 어울리던 길모가 전체를 불러 모았다.

"왜요?"

제일 나이 많은 스무 살 청년이 어슬렁거리며 다가왔다. 오롯한 근육질을 가진 녀석은 이 근방에서는 제일 좋은 솜씨를 자랑하고 있었다.

"밥 먹고 해야지."

"우와, 컵라면 쏘시게요?"

청년이 반색했다. 젊은이들은 순수하다. 또래끼리 모여 있을 때는 까칠한 아이들이 많지만 정서를 같이하다 보면 여전히 순수하다는 걸 알 수 있다.

"오늘은 기분이다! 자장면으로 쏜다!"

"우아아!"

공원은 대번에 환호로 뒤덮였다. 그리고 20여 분 후 요란한 딸배의 등장과 함께 자장면이 도착했다. 그냥 자장면이 아니다. 무려 삼선자장이다. 거기다 곱빼기였다.

"으아, 잘 먹겠습니다!"

아이들의 합창은 길모의 마음을 따뜻하게 만들어주었다. 누가 얘들을 싸가지 상실 세대라고 했던가? 조금만 이해해 주면 아이들은 여전히 맑고 밝았다.

"그런데 요즘 은규는 왜 안 보이냐?"

자장면을 가득 문 길모가 중학생에게 물었다.

"걔 이제 안 나올걸요?"

"왜?"

"아빠가 사기당해 충격으로 쓰러졌대요. 그래서 병간호하느라……."

"메르스는 아니겠지?"

"예."

"연락처 아냐?"

"병원은 아니까 전번 따올 수는 있어요."

"시간 날 때 좀 그래줄래?"

"좋아요, 왕 형님."

학생은 흔쾌히 수락했다.

툭 터진 공원에서 먹는 자장면은 기대 이상이었다. 그러고 보면 참 신기했다. 한국의 식당은 왜 전부 갑갑한 건물 안일까? 툭 터진 정원이나 노천에 비가림막을 치고 먹으면 더 맛날 텐데.

아쉽지만 현실은 현실. 길모에게도 출근이라는 현실이 기다리고 있었다.

─뉴스를 말씀드리겠습니다.

샤워를 마치고 흰 양복을 걸치고 있는데 뉴스가 흘러나왔다.

─정부는 오늘 전격 개각을 단행했습니다. 그동안 무수한 하마평이 돌던 국무총리에는 어창길…….

어창길!

낯익은 이름을 따라 길모의 시선이 옮겨갔다.

─기타 보건복지, 교육, 기재, 안행부 등 네 개 부처의 장관을 전격 경질하고…….

[개각이네요?]

길모에 이어 샤워를 마친 장호가 수화를 그렸다.

"그러게."

길모는 소파에 앉아 볼륨을 높였다.

—신임 국무총리 서리(署理)는 2선 의원 출신으로 현재 중견기업의 수장을 맡고 있으며 한미일 민간기업협회를 이끄는 등 원만한 성품과 경륜으로 정권 후반기의 공백을 잘 메울 적임자로 평가되고 있으며…….

[이렇게 되면 몽몽 주식 초대박 나는 거 아니에요?]

"천만에, 오늘부터 지하실이다."

[왜요? 소문만 돌다 진짜 총리가 되었는데……. 몽몽 회장님이 그쪽 라인이라고 소문났다면서요?]

"그러니까 바닥이야."

[진짜요?]

장호가 되물었지만 길모의 태도는 한결같았다.

주식!

주식의 신으로 불리는 박길제에게 주워들은 소리가 있기 때문이다. 주식은 소문에 사고 뉴스에 팔아야 한다. 그건 그냥 하나의 법칙이라고 했다. 박길제쯤 되는 대물이 허튼소리를 했을리 없었다.

실제로 주식 상황을 검색하니 몽몽의 주가는 7%나 곤두박질치고 있었다. 올라간 것에 비하면 큰 낙폭은 아니지만 눈치 빠른 세력들이 빠져나간 건 확실해 보였다.

[으아, 성말이네?]

"왜? 너도 투자했냐?"

[해볼까 했죠.]

"아서라. 너 천안 타짜 흰곰이라고 들어봤지?"

[예. 눈 감고도 화투 48장을 자기 몸처럼 다룬다는…….]

"그 사람이랑 화투치면 이길 수 있냐?"

[절대로 못 이기죠.]

"혹시 모르지. 운이 트이면……."

길모가 넌지시 떡밥을 던졌다.

[아뇨. 그런 사람은 나 같은 거 백 명이 덤벼도 절대 못 이겨요.]

"그럼 주식도 마찬가지야."

[예?]

"주식판에도 박길제 같은 귀신들이 널리고 널렸다. 그러니 그 사람들하고 맞장을 떠도 될 정도로 공부하지 않은 다음에야 절대 끼어들지 마라."

[그래도 따는 사람이 있잖아요?]

"두 가지라고 하더라."

[뭐가요?]

"보통 사람이 주식에서 돈을 따는 경우 말이야. 하나는 판을 키우기 위해 던져 놓은 떡밥을 주운 거고, 또 하나는 우연히 세력이나 큰 손들의 사이클과 맞은 경우."

[그러니까 매번 그런 경우가 걸리면…….]

"시동이나 걸으시지!"

길모는 꿈에 취한 청춘에게 키를 던져주었다. 장호에게도 현실이 필요한 시간이었다.

[형!]

도로에 올라서자 장호가 물었다.

"왜?"

[육각방 연회 말이에요. 아가씨들은 어떻게 할 거예요?]

"아가씨?"

[몇 명은 데려가야 하잖아요. 룸처럼 찰싹 붙지는 않더라고 시중도 들고 심부름도 하고……]

"그렇지?"

[육각방이면 회장님이 여섯 명인데 그럼 최소한 여섯 명……]

"추천해 봐라."

[내, 내가요?]

"놀라긴, 카날리아 아가씨라면 너도 빠꼼이잖아?"

[하지만 에이스들 안 넣으면 에이스들이 난리칠 테고, 에이스만 뽑으면 다른 아가씨들이……]

"명단은 오늘 안으로!"

[에? 진짜 나보고 하라고요?]

"조심해라. 신호 바뀌었다."

끼아악!

장호가 급정거를 했다. 돌아보느라 신호를 보지 못한 탓이다. 길모는 시치미를 떼고 오늘 예약 상황에 시선을 고정했다.

장호가 할 수 있을까?

하지만 그 또한 그가 넘어야 할 산이다. 그래야 작은 가게라도 차려서 독립할 수 있을 것이다. 아가씨 보는 눈이 없다면 아가씨를 내세우는 장사는 포기하는 게 나았다.

자정이 되기 전까지 장호는 똥 마려운 강아지처럼 조바심을 내고 다녔다. 아가씨 대기실을 얼마나 드나들었을까? 마침내 장호가 여섯 아가씨의 리스트를 내밀었다. 첫 손님이 다녀간 별실 룸 안이다.

창해, 숙희, 윤미, 수연, 승아, 그리고 유나.

여섯 명의 이름을 본 길모가 고개를 들었다. 장호는 자신이 없는지 오히려 고개를 떨어뜨렸다.

"기준이 뭐냐?"

[그게······.]

"기준이 있을 거 아냐? 설마 너하고 친한 순서는 아니겠지?"

[그건 아니에요.]

"그럼 말해봐."

[접대 받는 분들이 재벌이잖아요. 그럼 나이를 먹었겠죠? 게다가 비밀 친목 회동이니 자기들끼리 할 말이 많을 거 아니에요. 그래서 너무 튀지 않으면서도 분위기 잘 맞추는 애들 중심으로······.]

'이놈 봐라?'

길모는 내심 흐뭇했다. 장호가 본질을 제대로 꿰뚫어 본 것이다.

"그럼 나머지 애들이 나중에 알면 뭐라고 말할래?"

[그거야 그쪽에서 아가씨들 사진 보고 사전 지명했다고 하면······.]

"오케이, 콜!"

길모는 그쯤에서 흔쾌히 결재해 주었다.

[예?]

"네가 뽑은 리스트대로 간다고."

[정말요?]

"그래. 아가씨들에게 미리 슬쩍 통보하고 혹 누가 반발하면 네 말대로 수습해."

[홍 마담하고 부장님들은요?]

"그건 내가 맡을게."

[알았어요. 형, 고마워요!]

"뭐가?

[나를 인정해 줘서.]

"너 아직 모르냐?"

[뭘요?]

"너 내 동생이나 마찬가지라는 거."

[형…….]

"어이구, 그만 징징거리고 나가봐라. 괜히 김샌다."

[알았어요.]

장호는 뜨거워진 눈시울을 비비며 별실 룸을 나갔다.

'자식…….'

보고 또 봐도 괜찮은 멤버들이다. 굳이 따지면 한둘 정도는 교체하는 게 좋을 것 같지만 이대로 가기로 했다. 사람이란 인정을 받아야 크는 동물. 관상을 보게 되면서 그걸 뼈저리게 느낀 길모였다.

무엇보다 숙희가 있는 게 좋았다. 고난을 넘어서 자의적으로 변하고 있는 숙희. 길모는 그녀를 별실 룸의 퀸으로 점찍고 있었다. 스스로 노력한다면 그걸 넘어설 사람은 없다고 믿는 길모였다.

길모는 연회의 풍경을 머리에 그렸다.

메인 접대는 홍길모, 연회 총 진행은 혜수, 보조는 장호의 책임 하에 승만이와 윤표를 붙일 생각이다. 윤표를 투입하는 건 이유가 있었다. 병태와 영운의 외모 때문이다. 둘은 성격에 비해 너무 얄팍한 외모를 가지고 있다. 그러니 회장들에게 거부감을 살 확률이 높았다.

하나 윤표는 그렇지 않았다. 더구나 길모는 이번 일을 기회로 윤표를 들여앉힐 작정이다. 그러니 윤표로서는 최고의 자리에서 데뷔전을 갖게 되는 셈이다.

'그놈이라면 그만한 자격이 있지.'

길모는 혼자 흐뭇하게 웃었다.

"재벌 모임 출장 연회?"

첫새벽, 영업이 끝난 후 길모의 말을 들은 이 부장이 입을 쩍 벌렸다. 재벌 한 명의 초대라고 해도 놀랄 판에 재벌 모임이라니?

"뭐 별거 있겠어요? 재미로 관상이나 봐달라는 거겠죠."

길모는 겸손하게 웃었다.

"누구누구 오는데?"

강 부장도 호기심 만땅이다.

"아직은 잘 모릅니다. 그냥 몇 분이 간단히 술 한잔하면서 친목 도모하는 자리인 것도 같고……."

"으아, 이제 우리 홍 부장은 만렙이구나. 시시한 인사들은 범접도 못 하겠어."

"별말씀을. 형님들도 함께 가서야 하는데 그쪽에서 오더를……."

"괜찮아. 그거야 홍 부장이 잘나서 불려가는 건데 우리가 왜?"

서 부장은 소탈하게 받아넘겼다.

"기왕이면 한 100억 올리라고. 최고급 와인과 코냑 수배해 가서 말이야."

이 부장은 자기 일처럼 목소리를 높였다.

"아, 나도 십 년만 젊었으면 픽업되는 건데……."

제일 아쉬워하는 건 홍 마담이었다.

"그럼 그렇게들 알고 휴일 잘 쉬시기 바랍니다."

길모는 통보를 마감했다. 그런데 다 나가는데 서 부장이 움직이지 않았다.

"하실 말씀 있으세요?"

감을 잡은 길모가 물었다.

"응. 실은 나도 휴일에 룸 좀 열려고……."

"예약 받으셨어요?"

"요즘 홍 부장 덕분에 예약이 밀렸잖아? 한 세 분 초대해서 진도 좀 빼야겠어."

"그럼 제가 와야겠군요?"

"혹시 힘들면 내가 알아서 하고."

"아닙니다. 잠깐 들르죠, 뭐."

"고마워."

"우리 사이에 무슨 그런 말씀을…… . 술은 뭐 채워놓을 거 없어요?"

"손님 중의 한 분이 맥켈란 라리끄 위스키를 찾으시네. 두어 세트 가능할까?"

'맥켈란 라리끄?'

길모가 미간을 찡그렸다. 한 세트에 무려 삼천만 원 가까운 고가의 위스키다. 카날리아에서라면 오천만 원을 받아도 문제가 없는 술이다.

"방 사장님 바지 끈을 잡아서라도 구해와야죠. 형님이 필요하다는데…… ."

"보답으로 주제넘은 팁 하나 줘도 될까?"

서 부장이 길모를 바라보았다.

"말씀하세요."

"재벌 모임 말이야. 물론 굉장하신 분들이 오겠지. 그냥 내 경험인데… 소주하고 막걸리도 두어 통 준비해 가."

"소주하고 막걸리요?"

"응, 재벌 회장이라도 황금에 다이아몬드만 먹고사는 거 아니잖아? 의외로 그런 거 찾는 분이 있던데, 한잔 드리면 분위기도 살고."

"생각지 못한 일이네요. 고맙습니다."

"고마운 거야 나지. 그럼 잘 다녀와."

서 부장은 길모의 손을 잡아주고 별실을 나갔다.

늘 푸른 소나무.

서 부장은 언제 봐도 한결같았다. 게다가 팁도 아주 유용했다. 고급스럽게만 생각한 테이블 세팅. 서 부장의 말대로 비상용 소주와 막걸리도 필요할 것 같았다.

마지막으로 혜수에게 설명하면서 준비는 끝이 났다. 이제 재벌들의 비밀 모임 육각방으로 갈 차례였다.

'육각방······.'

그건 또 어떤 세계일까?

한 명의 재벌이 아니라 재벌들끼리 모이는 특별한 모임. 그 은밀하고 비밀스러움을 인해 세인들의 촉각마저 곤두서게 한 회동.

새로운 세상을 코앞에 둔 길모는 후끈 달아오르기 시작했다.

육각방의 비밀 모임.

장소는 공개되지 않았다. 그저 서울에서 멀지 않다는 말만 전해 들었을 뿐이다.

길모는 혜수와 아가씨들, 보조들을 이끌고 카날리아에서 차량을 기다렸다. 차량도 그들이 제공하는 조건이었다.

"아우, 긴장되네."

몸서리를 친 건 뜻밖에도 에이스 창해였다. 엄살인가 싶어 슬쩍 보니 얼굴이 좋았다. 최근 들어 말썽조차 없는 창해. 그래서 그런지 인당과 관골이 맑은 샘처럼 청아해 보인다.

'좋은 일이 있나?'

길모는 빙그레 웃음을 넘겼다.

"야, 네가 긴장하면 우리는?"

창해 옆에 있던 윤미가 당장 볼멘소리를 했다.

"왜 그래? 나 보기보다 새가슴이야."

"기집애, 그게 새가슴이면 우린 껌딱지냐?"

유나가 가슴을 내밀자 아가씨들이 웃었다. 창해는 에이스답게 가슴도 착했던 것.

"향수 좀 뿌렸는데 회장님들은 싫어하려나?"

이번에는 수연이 코를 킁킁거렸다. 대한민국 0.1%에 속하는 텐프로 아가씨들. 그들에게도 대한민국 최고의 재벌을 모시는 일은 긴장되는 일이 분명했다.

"마치 조지아 주 지킬 섬에 불려가는 기분인데요?"

길모 옆에 있던 혜수가 웃었다.

"지킬 섬?"

"그런 섬이 있대요. 지구의 부가 완전하게 집중된 사냥 클럽이라고 들었어요."

"한 나라도 아니고 지구의 부라⋯⋯."

"거기 모인 사람들이 세계 경제를 좌우한다는데 거기도 완전 비밀이래요. 그러니 비슷하지 않나요?"

"흐음, 역시 혜수는 차원이 다르다니까."

"뭘 그래요. 음모론 보면 다 나오는 건데⋯⋯."

혜수는 별것 아니라는 듯 웃어넘겼다.

"서 부장님, 술은 구하셨어요?"

"오픈 시간에 맞춰서 가져온다고 했어. 당장은 내가 부탁한 거 먼저 처리하느라고⋯⋯."

"오늘의 주력 주종은 뭐죠?"

"잠깐만, 이름이 좀 어렵던데……."

길모는 주류상이 보내준 문자 리스트를 열었다.

"로마네 꽁띠로 구했어."

로마네 꽁띠, 2010년산으로 약 사천만 원짜리다. 두 병만 비워도 매상이 1억을 넘는 고가의 와인이다.

오래지 않아 네 대의 고급 밴이 도착했다. 인솔자는 TPT의 비서실장과 직원들이었다.

"타시죠."

길모는 선두 차량으로 안내를 받았다. 하지만 먼저 타지 않았다. 물건과 아가씨들, 그리고 윤표까지 타는 걸 확인하고서야 차에 올랐다.

부릉!

차량은 거의 소음 없이 출발했다.

"가는 데 한 시간 남짓 걸립니다. 그리고 회장님들은 각자 골프 회동이나 스케줄을 마치고 오후 네 시경에 도착할 겁니다."

실장이 시간표를 일러주었다. 길모는 장소를 묻지 않았다. 그게 예의라고 생각했다.

차량이 멈춘 건 강변의 별장이었다. 아래쪽으로 도도한 강물이 시퍼런 가슴을 벌떡이며 흐르고 있다. 마당은 운동장을 방불케 할 만큼 넓었고 잔디와 수영장은 최상급이었다. 가장 눈길을 끈 건 정원 옆으로 펼쳐진 산책로였다. 작은 정자 두 개로 이어지는 길은 고풍스러우면서도 자연미가 가득했다.

"테이블은 저쪽에 있습니다. 요리사도 대기 중이니 조리가 필요한 건 지시하시면 됩니다. 테이블 배치나 술 세팅은 홍 부장님 재량에 맡기라고 회장님께서 말씀하셨습니다."

실장은 딱 거기까지만 설명하고 차량 쪽으로 물러났다.

"풍광 한번 죽이네요."

강물을 내려다보던 혜수가 말했다.

"우리도 나중에 이런 데 와서 살까?"

"정말요?"

"그럼. 돈 많이 벌어서."

길모는 '돈 많이 벌면'이라고 가정하지 않았다. 방금 한 말에는 의지가 깃들어 있었다.

"늙어서 은퇴하면요?"

"천만에. 늙어서 돈 많으면 뭐 하게?"

"예?"

"난 한 10년만 죽도록 일할 거야. 그렇게 열심히 해서 돈이 모이면 내가 하고 싶은 걸 할 거라고. 늙기 전에 말이야."

"그건 완전 내 취향인데요?"

혜수가 찡긋 윙크를 날리며 웃었다.

"부장님, 채 실장님, 너무 친한 척 말고 지시를 하셔야죠! 세팅 어떻게 해요?"

술병을 꺼내던 유나가 은근 눈치를 날려 왔다.

"아이고, 내 정신! 자자, 테이블당 와인 한 병에 코냑 한 병을 기본 세팅하고 테이블 장식은 채 실장 지시에 따라서……."

길모는 목청을 높이며 현장 지시에 돌입했다.

오후 다섯 시.

마침내 첫 번째 재벌이 도착했다. 오늘의 주최자 송광용과 이성근 회장이었다. 차는 흔한 세단이었지만 내리는 포스는 달랐다.

"오, 이분이 바로 관상도사 홍 부장님?"

이성근이 길모를 반가이 맞았다. 옆의 송광용도 마찬가지다.

"굉장한 관상 내공이지요. 아마 이 회장님도 겪어봐야만 믿을 겁니다."

송 회장이 길모를 높여주었다.

"아닙니다. 송 회장님이 그렇다면 그런 거지요. 여간해서는 사람 칭찬하는 분이 아니지 않습니까? 아무튼 반갑습니다."

이성근이 손을 내밀었다.

길모는 그 손을 잡았다. 투박하면서도 억센 손. 온몸에서 우러나는 위엄만큼이나 손의 느낌도 남달랐다.

멤버들은 그 뒤로 줄줄이 이어졌다. 약간의 차이를 두고 고학수 회장이 도착하더니 나머지 세 회장은 앞서거니 뒤서거니 하며 정원으로 들어섰다.

문병철 회장!

박태우 회장!

그 명궁과 관골은 차라리 눈부셨다 널찍한 이마에서 우러나는 빛은 잔잔하면서도 맑았다. 흡사 봄날의 양지에 내리쬐는 다사로운 햇살처럼.

길모는 뒤에 선 혜수에게 눈짓했다.

부자들의 상!

그 상이 거기 있었다. 그것도 그저 그런 부자들이 아니었다.

누구 한 사람을 내세워도 대한민국을 들었다 놨다 할 어마어마한 거부들.

뿐인가? 그들은 그저 돈만 많은 갑부가 아니었다. 사람까지도 거느리고 있었다. 그건 부자 이상의 관상을 가지고 있어야만 가능한 일이다.

'재복이 가득한 코……'

길모는 재물궁으로 불리는 코를 상기했다.

쓸개코, 소코, 용코, 절통코, 주머니코…….

주로 재복을 상징하는 코다. 이어 부하 운을 상기했다. 부하 운은 주로 인중과 턱으로 기준을 삼는다. 인중이 길고 대나무를 쪼갠 듯 선명하면 포용성이 강하다. 턱 또한 큰 것이 좋다. 그래야 부하 운이 좋다.

기타 큰 귀와 가지런한 이마의 주름살, 수려한 눈썹, 주먹만 한 큰 입, 길게 이어지는 법령 등도 남달랐다. 말하자면 관상에서 이르는 부자의 상은 죄다 갖추고 있었다.

'할아버지에게 감사하세요.'

길모는 속으로 중얼거렸다. 부자가 되는 관상은 최소한 할아버지 대부터의 노력이 필요하다. 그러니 이들의 관상은 전부 할아버지로부터 왔다고 해도 과언이 아니었다.

그러나 회장들 중에도 예외는 있었다. 바로 정만욱 고구려철강 회장이다.

'원숭이상.'

길모는 고개를 갸웃거렸다. 이마가 널찍해 보이지만 기색이 검붉었다. 언뜻 보면 길상 같지만 좋지 않았다. 초년 운이 박해 일찌감치 부모를 잃었을 상이다.

그 때문에 중년까지 버벅거렸을 상.

그러나 길모는 미릉골에서 그가 대재벌이 된 답을 찾아냈다. 그 부분은 차라리 하나의 작품이었다. 어쩌면 그렇게 기가 막힐까? 지붕의 처마처럼 널찍하게 팔을 뻗었는데 눈썹도 여덟 팔자에 다름 아니었다. 그리고 튼실하게 발달된 코와 입. 그렇다고 해도 이렇게 큰 재벌이 되기에는 살짝 불협화음이 느껴지지만 아무튼 기막힌 신의 한 수였다.

"자, 그럼 자리를 옮기실까요?"

송광용이 저만치 세팅된 테이블을 가리켰다. 회장들이 각자 자연스럽게 테이블 앞에 서자 길모가 신호를 보냈다. 잠시 자리를 비켜 있던 아가씨들이 그제야 뒤뜰에서 걸어나왔다.

의상은 클래식했다. 길모가 지나친 노출을 삼가도록 권유한 때문이다. 나아가 합석도 자연스럽게 유도했다. 잔을 건네며 술을 따르면서 각 회장들 옆에 선 것이다.

그때였다.

박태우 회장이 겸연쩍은 목소리로 입을 열었다.

"어, 나는 일단 막걸리로 목을 축이면 좋겠는데……."

막걸리.

서 부장의 조언이 기가 막히게 적중하는 순간이다.

"혹시나 해서 몇 병 준비했습니다. 어떤 걸로 드릴까요?"

길모가 물었다.

"종류도 여러 가지인가?"

"예. 주로 소비되는 대여섯 가지를……."

"그럼 나는 서울 쪽에서 나온 걸로 주시게. 기왕이면 K양조장이면 더 좋고."

K양조장!

같은 회사의 막걸리나 소주가 맛이 다를까?

다르다.

길모가 들은 바로는 분명히 그랬다. 그건 나이트나 싸구려 주점의 웨이터로 있을 때부터 겪은 일이다.

소주는 어디어디 공장 게 최고.

막걸리는 어느 양조장에서 나온 게 최고.

주당들에 의하면 미세한 맛의 차이가 있단다.

"여기 있습니다."

길모는 박태우가 원하는 K양조장 막걸리를 꺼내주었다.

"어이쿠, 이거 관상만 잘 보시는 게 아니라 늙은이들 술 성향까지도 다 꿰고 계신 모양이군."

박 회장은 기꺼이 막걸리 한 병을 따라 원샷했다. 시작도 하기 전부터 실력을 과시하는 박 회장이었다.

"이거 박 회장님 발동 걸리는 걸 보니 오늘 자칫 장야지음(長夜之飮)을 할 수도 있겠습니다그려."

주최자 송 회장이 웃으며 말했다.

"그 양반 주도야 소문난 장주(長酒)라……. 자그마치 5단의 주도 삼매에 든 사람이니 누가 말리겠습니까?"

옆에 있던 고학수 회장도 한마디 거들었다.

"와하하핫!"

술이 한 순배 돌았다. 웃음소리도 높아졌다. 그렇다고 폭음은

하지 않았다. 그저 술을 즐기는 것이다. 아가씨들 중에서도 술을 받아 마시는 사람이 늘어났다. 회장들이 술이 알딸딸해지자 술 인심을 쓰기 시작한 것이다.

더불어 회장들의 구수한 입담도 걸쭉하게 쏟아져 나왔다.

"프랑스하고 거래를 틀 때는 덕수궁 대한문 앞에서 찍은 사진을 내밀었지요. 이게 우리 집이다 하고. 그 친구들 문화적 소양이 높다 보니 바로 빽 가지 뭡니까? 물론 옛날이라 가능한 일이었지요."

"프랑스가 뭐 문화적입니까? 내가 젊을 때 만난 경영자는 회의장에 한복을 입고 나온 우리 여직원에게서 눈을 떼지 못합디다. 눈치를 보아하니 하룻밤 정사를 꿈꾼 모양인데 내가 끝까지 시치미를 뗐더니 결국 거래를 파기하고 말았지요."

"그러니까 문화적이라는 거지요. 그 친구는 아마 여직원이 아니라 여직원이 입고 있는 아름다운 한복에 반했을 겁니다."

"그거야 잘 모르지만 프랑스 애들이 자유분방하기는 하지요. 아, 대통령이 여자 친구를 데리고 다니고, 일단 살아보고 결혼하는 나라가 바로 프랑스 아닙니까? 더구나 유럽 수컷들은 동양 여자와의 원나잇이 로망이라니……."

"그거야 요즘은 우리 젊은이들도 크게 다르지 않지요. 이거 늙은 우리만 괜히 손해 보는 느낌입니다."

"어이쿠, 그거 녹음해서 사모님께 제공하면 상금 좀 나오겠는데요?"

"아이고, 그건 안 될 말이지요. 나이 먹으니 호환마마보다 무서운 게 마누라입니다. 내가 나중에 한잔 살 테니 그것만은……."

"아하하핫!"

"거 말 나온 김에 관상박사님, 실례지만 우리 중에 누가 제일 공처가일 것 같습니까? 다들 마누라 누르고 산다고 말은 그렇게 하는데 믿을 수가 있어야지요."

대화를 주도하던 문학수가 물었다. 길모는 가벼운 웃음으로 관상을 대신했다. 여섯 회장들, 재복과는 달리 간문이 어두운 사람도 있었다.

그 또한 하늘이 한 인간에게 모든 행복을 허락하지 않은 것. 더구나 웃자고 한 말에 장단을 맞춰 판을 깰 이유는 없었다.

"그건 그렇고, 송 회장님, 혹시 홍 부장이 숨겨둔 아들이 아니오? 듣자니 그 가게가 예약하기도 하늘에서 별 따기라던데 이렇게 통째로 모셔왔으니……. 아, 막말로 늙은 워렌 버핏하고 점심 한 끼 먹는데 22억이라던데 이런 신성이라면 회사 하나를 떼어줘야 하는 거 아니오?"

유쾌한 농담은 이성근의 입에서 나왔다.

"아이고, 저도 실은 홍 부장이 숨겨둔 아들이면 소원이 없겠습니다. 그럼 옆에 두고 이런저런 자문을 받으며 편안하게 회사 운영할 텐데……."

송광용은 손사래를 치며 고개를 저었다. 분위기는 그렇게 무르익어 갔다.

"자, 그럼 우리도 오늘의 테마인 관상왕과의 산책을 시작해 볼까요?"

분위기가 좋아지자 송광용이 앞으로 나왔다.

관상왕과의 산책.

관상을 보겠다는 신호다.

그런데,

"자, 우리 홍 부장, 솔직히 돈만 좇는 워런 버핏보다 한 수 위라고 생각합니다. 그러니 우리도 차례를 입찰로 정할까 합니다."

송광용이 재미난 방식을 꺼내 들었다.

"여기 한 장 시작합니다."

제일 먼저 손을 든 건 고학수였다.

"그럼 나는 두 장을 써야 우선권이 있겠군요."

두 번째 손을 든 건 이성근.

"나는 석 장입니다."

이어 정만욱이 판을 키워놓았다.

"나는 다섯 장 가겠소. 체면 좀 살게 양보해 주시기 바랍니다."

읍소를 하고 나선 건 문병철 회장이다.

"다른 사람 없나요?"

송광용이 회장들을 돌아보았다. 그사이에 아가씨와 장호 등의 보조들은 턱이 빠질 정도로 입을 벌리고 있었다. 다섯 장. 무려 5억을 가리키는 액수다.

"없으면 문병철 회장께서 첫 산책권을 획득한 것으로 하겠습니다만, 박 회장님은 배팅을 하지 않았습니다."

송광용이 침묵하는 박태우를 찍어 말했다.

"그럼 나도 다섯 장으로 하지요. 하지만 문 회장님이 우선권을 가졌으니 나는 맨 마지막에 널널하게 산책을 하렵니다."

똑같은 다섯 장 배팅. 하지만 그는 마지막을 택했다.

특별한 이유가 있는 걸까?

재벌. 그 동경의 대상들과 함께 걷게 되었다.

자박!

부드러운 황토 위에 올라선 잔디는 길모와 문 회장의 발을 익숙하게 받아들였다. 풋풋한 풀 내음도 좋았다. 바람이 불면 강변의 음이온이 우르르 날아오는 것 같았다.

숲!

불현듯 그런 생각이 들었다. 숲의 한가운데, 혹은 아름다운 계곡으로 별실 룸을 옮기고 싶다는 충동. 그래서일까? 옛날 양반들의 정자가 야외에 많았던 것, 여흥이 오르면 하인과 기생을 대동해 강으로 산으로 풍류를 즐기러 간 것 등이 떠올랐다.

'어쩌면……'

길모는 생각했다. 조상들의 풍류가 더 인간적이었다고. 그때의 풍류는 개방적이었다. 은밀한 곳이 아니라 자연의 중심으로 들어갔던 것. 하지만 현대 사회의 풍류는 폐쇄적이고 은밀하게 변했다. 사람들의 인권과 자유의식은 한없이 높아졌는데 왜 남의 눈을 의식하는 걸까? 그런 면에서 보면 텐프로도 변해야 할 것 같았다.

"홍 부장."

숲길의 가운데까지 걸어간 후에야 문 회장이 입을 열었다.

"예."

길모는 정중히 답했다. 이제 별장과의 거리는 꽤 떨어졌다.

큰 소리로 말하지 않는 한 들리지 않을 거리였다.

"존경스럽네."

"예?"

"홍 부장 말일세. 나는 그 나이에 아무것도 이루지 못했거
든."

"……."

길모는 미소로 넘겼다. 문 회장의 말뜻을 알고 있기 때문만은
아니다. 길모 역시 어쩌면 망나니 진상 처리 웨이터로 문 회장
을 만났을 수도 있었다. 그렇게 보면 길모는 운이 좋은 편이었
다.

"세월은 무심하지. 젊을 때에는 하루가 긴데 나이를 먹으면
총알 같거든."

"……."

"그래서 홍 부장이 존경스럽다는 얘기라네. 이미 관상으로
일가를 이루었으니 앞으로 뻗어 나갈 일이 좀 많은가?"

"예……."

"송 회장에게 얘기 들었네. 그 나이에 어울리지 않게 기부 단
체에서도 활약하고 있다고."

"그저 성의껏 하고 있습니다."

"나는 한 가지만 묻겠네. 내가 몇 살까지 살겠나?"

"아!"

길모는 자신도 모르게 탄식을 쏟아냈다. 그건 문 회장의 동물
적인 본능 때문이다.

문병철 회장. 세계 최고를 다투는 봉황화학 그룹의 총수이다.

화학과 관련된 분야에서는 미국이나 일본의 글로벌 기업들과 당당하게 경쟁하는 기업. 그렇기에 제아무리 관상이 좋다고 해도 고민이 없을 리 없었다.

그런데 그중에서도 딱 자기 목숨을 화두로 내걸었다. 바로 그 목숨이 경각에 달렸다는 걸 알고 있다는 뜻이다.

"솔직히 말하면 반반일세. 홍 부장이 영험하다는 말은 들었지만 어디까지일까? 나도 한때는 점쟁이나 스님들을 가까이했지만 그분들은 역시 자문 역할에 불과했네."

"……."

"초면이라 나쁜 상이 나오면 말하기 곤란할 것도 아네. 하지만 보다시피 이미 늙은 딱따구리 아닌가? 길가에서 만났다면 영락없이 박스나 줍는 초라한 노인네."

"……."

"얼굴을 이렇게 보여주어야 하나?"

문 회장이 길모를 향해 고개를 들었다.

"아닙니다. 그냥 편한 대로 하시면 됩니다."

길모가 웃었다. 관상은 이미 처음 볼 때 다 읽었다.

"그럼 이미 다 알고 있다는 얘기로군?"

문 회장도 길모를 따라 웃었다. 길모는 길가에 핀 꽃 한 송이를 꺾어 들었다.

"와잠을 보니 아드님과 따님이 계시군요."

길모가 꽃을 만지작거리며 입을 열었다.

"그렇다네."

"따님이 좋을 것 같습니다."

길모는 선문답을 날렸다. 다른 사람이 들었다면 틀림없이 그랬다. 나란히 걷던 문 회장은 그 말에 발길을 멈추고 길모를 우두커니 바라보았다.

"그게 좋을 것 같습니다."

길모는 한 번 강조했다.

"자네……."

"2년 전 회장님은 이미 죽음을 경험했습니다. 정확히 4월이군요. 그렇죠?"

"……!"

"그리고 두 달 전에 비슷한 느낌을 받았습니다. 수술이 잘되었음에도 불구하고 말입니다. 그래서 회장님께서는 알고 싶으신 거지요. 몇 년을 더 사느냐가 아니라 회사를 누구에게 물려줘야 할까."

"……!"

"와잠에 걸린 두 분의 자녀, 그러나 그 시작이 살짝 파이고 귓바퀴가 평평하기 그지없어 두 분이 다 잘되기는 어렵습니다. 그러니 나중에 낳은 딸을 중심으로 삼으시는 게……."

"……!"

"마지막으로 송구하지만……."

길모는 꽃잎을 따 들었다. 그런 다음 천천히 뒷말을 붙였다.

"회장님의 목숨은 2년 안에……."

길모는 손에 든 꽃잎을 놓았다. 꽃잎이 살랑 바람에 날려가 문 회장의 발밑에 떨어졌다.

"결례가 되었다면 용서하십시오."

"틀림… 없나?"

문 회장에게선 뜻밖에도 담담한 목소리가 새어 나왔다.

"예."

"결국 병든……."

"심장이 아니고 뇌입니다."

길모가 말을 막아섰다.

"……?"

"심장은 약해졌지만 그건 원인에 불과합니다. 아마 2년 전 4월, 그때 심장에 문제가 생겼을 때 뇌에도 영향을 주었을 겁니다. 그게 결국 회장님을……."

"맙소사!"

문 회장은 귀신같은 길모의 적중력에 기어이 움찔 흔들리고 말았다. 그건 의사의 진단과도 같았다. 2년 전, 심혈관 질환으로 사경을 헤매던 문 회장. 그때 뇌에 산소 공급이 막히면서 문제가 일어났던 것이다. 불행하게도 의료진이 그걸 깔끔하게 정리하지 못한 것.

"자네……."

"……."

"과연 관상왕이로군. 의심의 여지가 없네."

문 회장은 박수를 아끼지 않았다.

"하하핫!"

그로부터 정원까지 가는 길은 웃음꽃이 피었다. 문 회장은 그새 충격을 벗어나 본래의 중후함과 위엄을 풍겼다. 대그룹을 다스리는 사람다웠다.

"이보시오, 회장님들!"

다시 정원으로 돌아온 문 회장이 회장들을 향해 소리쳤다.

"거 회장님, 내가 우리 홍 부장과 한 바퀴만 더 돌면 안 되겠소?"

"그 무슨 섭섭한 말씀입니까? 여태껏 학수고대하고 기다린 사람은 어쩌라고."

바로 태클을 건 건 정만욱이었다.

"어이쿠, 그럼 하는 수 없지요. 아쉽지만 차례를 넘기는 수밖에."

문 회장이 너스레를 떨며 물러났다.

"잘 부탁합니다!"

두 번째의 정만욱은 악수부터 청해왔다.

"별말씀을……."

길모는 공손히 손을 잡은 후 정 회장과 반걸음 정도 뒤에서 걸었다.

"내 관상 어때요?"

정 회장은 괄괄할 스타일이었다. 묻는 것에도 거침이 없었다.

"인당에 은은한 자색이 무지개처럼 떠 있습니다. 대운이 열렸으니 사업을 확장하셔도 백전백승하실 것 같습니다."

"하핫, 그럼 올 초 베트남 진출과 남미 진출도 제대로 된 모양이군."

숲이 고요한 탓일까? 정 회장의 목소리가 숲을 찌렁찌렁 울렸다.

"그런데 말이야, 나한테도 고민이 있다 이겁니다. 뭔지 아시겠소?"

정 회장이 걸음을 멈추고 물었다. 딱 아까 문 회장이 말을 꺼낸 그 자리다. 아무리 큰 소리로 떠들어도 다른 회장들에게는 들리지 않을 그곳.

길모는 거기서 정 회장과 눈을 맞추었다. 상을 보려는 게 아니라 성의(?)를 표하는 것이다.

"제가 맞혀도 되겠습니까?"

길모가 겸손하게 물었다.

"맞힐 수 있단 말입니까?"

정 회장이 한 걸음 다가섰다.

"사모님이 두 분이시죠?"

"……?"

길모의 말에 정 회장이 주춤 물러섰다.

"사모님이라는 표현이 적절치 않다면 용서 바랍니다. 부부궁을 보니 두 여자가 들어앉아 있어서……."

"계속하세요."

정 회장이 굳은 얼굴로 길모를 재촉했다.

"오래전이군요. 하지만 아직 그 기색이 완전히 끊기지 않았습니다."

"……."

"첫사랑……."

"……?"

길모가 운을 떼자 정 회장의 눈매가 왈칵 주저앉았다. 황소처럼 저돌적인 상의 정 회장. 그런 사람이 단 한 마디에 흔들린 것이다.

"끊기지 않았다는 건 무슨 뜻이오? 내 오래전에 이미 그 사람이 죽었다는 말을 들었는데…….."

"살아 계십니다."

"말도 안 되는…….."

정 회장이 정색하며 물러섰다.

"그 기세가 희미하지만 죽은 건 아닙니다. 다만 죽을 날이 가까운 건 확실합니다."

"됐소. 용하다기에 장단을 맞춰주었더니 너무 소설을 쓰시는군. 나는 이쯤에서 산책을 끝내려오."

정 회장이 그 자리에서 돌아섰다.

"이봐요, 이 회장님! 난 갑자기 다리가 아파서 더 못하겠으니 준비하세요!"

정 회장의 목소리가 정원을 향해 날아갔다.

"정 회장님!"

길모의 목소리가 그를 붙잡았다.

"됐어요. 그냥 가도 복채는 드릴 테니 다른 분들이나 제대로 봐주시오."

정 회장은 반쯤 고개를 돌린 채 손을 들어 보였다.

"만약 제가 틀렸다면 회장님이 곧 겪게 될 난관을 헤쳐 갈 방도를 알려드리겠습니다."

"난관?"

"예!"

길모의 목소리에 힘이 들어갔다.

"내가 곧 난관을 겪는다? 대운이 열렸다면서?"

"그건 사업 운입니다."

"감을 못 잡겠소만?"

"오늘 조직 개편을 하셨죠? 부하궁이 분주해 보이니 틀림없을 겁니다."

"……!"

정 회장의 눈빛이 살짝 일렁거렸다. 그건 맞는 말이다. 하지만 그건 절대 기밀이었다. 그런데 이 관상쟁이가 그걸 적시하고 있다.

"아쉽게도 한 자리를 그냥 두셨군요. 그 자리를 바꾸지 않으면 전체 사업 운에 금이 갈 수도 있습니다."

"미안하지만 절반은 맞았고 절반은 틀렸소. 내가 오늘 그룹 인사를 낙점하고 오는 길인 건 맞지만 개편을 하지 않은 건 주력 사업 조직이 아니기 때문이었소. 그러니 당신 말은 틀린 거라오."

"알고 있습니다. 하지만 결국 거기서 틈이 생길 겁니다."

"어떻게든 실수를 만회해 볼 생각인 모양인데, 그 조직은 산하 병원이라오. 그룹 사업과 하등 상관이 없는 곳이니 그쯤 하시오."

"맞습니다. 하지만 그 병원장을 바꾸지 않음으로 해서 커다란 사건에 직면하게 될 겁니다. 굴지의 철강그룹 고구려철강의 직영 병원에서 전염병의 확산 역할을 하게 된다면 어떻게 될까요? 사람들의 원성은 어디로 향할까요?"

"……!"

"보너스로 미리 드렸습니다. 그러니 제가 봐드린 관상을 확인해 주시기 바랍니다."

"죽은 사람이오. 무덤이라도 찾아서 데려다 드릴까?"

"회장님이 직접 확인하셨습니까?"

"그러고 싶긴 했소만……."

정 회장이 담담하게 대답했다. 아랫사람을 시켰다는 뜻이다.

"그분에게 물어봐 주세요. 다른 건 제가 관여할 문제가 아니지만 그분은 분명 살아 계십니다."

길모는 정 회장에게 시선을 고정시켰다. 단단한 시선에 부담을 느낀 정 회장이 신음을 토했다. 그래도 길모의 눈빛은 꺾이지 않았다. 결국 정 회장은 전화기를 꺼내 들었다. 번호를 누르면서도 그는 연실 고개를 갸웃거렸다. 그럴 리가 없다는 표정이다.

"나 정만욱이오!"

정 회장이 통화하는 동안에도 길모는 시선을 흩트리지 않았다. 사실을 확인하는 데는 오랜 시간이 필요하지 않았다.

"솔직히 말씀하시게. 그 사람을 봤다는 사람이 내 앞에 있네."

정 회장이 상대방을 다그쳤다. 그리고 잠시 후에 정 회장의 눈빛이 주저앉았다.

"그, 그런……."

당혹스러운 눈 속에 아찔함이 거푸 스쳐 가는 게 보였다. 길모는 통화 중인 정 회장을 향해 가볍게 묵례를 올렸다. 그런 다음 남은 산책길을 마저 걸었다.

통화를 끝낸 정 회장이 파르르 떠는 모습은 보지 않았다. 그가 뭐라고 말하려는 것도 듣지 않았다. 그는 그저 관상왕으로서 남은 길을 갈 뿐이었다.

─그때 그분을 찾았지만 그분께서 간절히 비밀로 해달라고 당부하시는 바람에… 저도 그룹과 회장님을 위해서 그렇게 하는 게 좋을 것 같다고 판단되어……

정 회장의 뇌리에 맴돌던 통화 내용이 바람을 타고 날아갔다.
길모에게는 강에서 올라온 그 바람이 몹시도 상쾌했다.
몹시도.

세 번째 주자 이성근은 아들의 관상을 요청했다. 늦둥이로 낳아 이제 외국 유학길에 오른 아들. 그런데 유학을 보낼 때 의견 차이가 컸다. 이 회장은 경영이나 경제, 혹은 IT를 전공하길 바랐지만 아들은 독특하게도 고고학을 전공하러 떠난 것.
"그냥 두시는 게 좋겠습니다."
길모는 한마디로 말했다. 아들의 관상에 그렇게 쓰인 까닭이다.
아들은 곰상이었다. 눈동자가 유난히 검고 커다란 얼굴. 마음이 숭고하나 고집 있는 얼굴이었다. 거기다 눈이 작았다. 눈썹 사이도 좁고 살집도 얇았다. 대인관계가 원만하지 못할 상. 여자를 사귀는 것도 서투를 테니 결혼도 늦장가를 갈 판이다.
이런 사람에게 그룹의 미래를 기대하는 건 바람직하지 않았다. 둘 다 망한다. 자식은 자기 성향에 맞지 않은 일이라 망할 테고, 이 회장 역시 아들을 지켜보다 복장이 터질 일이다.

"그렇단 말이지."

이 회장의 눈가에 실망이 스쳐 갔다. 아쉬운 것도 없고 부러운 것도 없을 것 같던 회장님들. 그러나 가까이서 들여다보니 그들 역시 희로애락애오욕을 지니고 있었다. 마냥 행복한 인간은 지상에 없었다.

"그리고 보면 내가 져 주길 잘한 거로군."

이 회장이 쓸쓸히 웃었다.

"대신 학자로서는 최고의 반열에 오를 상입니다."

길모는 이 회장의 빈 마음을 채워주었다. 우직한 곰상, 거기에 더해 고집을 가진 사람, 나아가 빵빵한 집안의 뒷받침까지 더한다면 학계의 별이 되는 건 그리 어려운 일이 아니었다.

"하긴 나도 우리 어머니께서 장사하지 말라는 걸 뿌리치고 사업에 뛰어들었으니……."

이 회장의 눈을 스쳐 가는 건 회한이었다.

"고맙네. 진작 홍 부장을 만났으면 좋았을 것을."

이 회장은 직통 전화번호가 적힌 명함을 내밀었다. 길모는 공손히 받아 지갑에 끼웠다.

이번에는 광개토전자 고학수 회장과 짝이 되었다. 그전에 혜수가 생수를 한 잔 내밀었다. 길모는 그 물을 받아 달게 마셨다.

"괜찮아요?"

혜수가 물었다.

"당연히."

"그런데 왜 지켜보는 내가 애가 타죠?"

"혜수가 저기 있었으면 내가 그랬을 거야."

길모가 웃으며 대답했다.

사랑하는 사람이 어려운 일을 행할 때 지켜보는 것, 그것도 쉬운 일은 아니다.

"자, 홍 박사님, 어서 오십시오!"

먼저 산책로에 들어선 고 회장이 손짓했다. 길모는 찡긋 윙크를 남기고 고 회장에게 다가섰다.

"홍 박사."

"예, 말씀하십시오."

"혹시 별 보나?"

"예?"

"별 말일세. 저 하늘의 별."

고 회장은 해가 넘어가려는 서산 하늘을 가리켰다.

"죄송하지만 저희가 주로 밤에 일하는 직업이라……."

"그렇군. 하지만 어릴 때는 봤겠지?"

"예."

"내가 알기로 역학 중에는 점성술도 있다고 하던데 맞나?"

"예."

"어떤 게 더 정확한가? 최고의 점성술사와 최고의 관상가가 만난다면……."

"오늘은 제가 회장님께 최고가 되길 바랄 뿐입니다."

길모는 에둘러 답했다.

"허어, 명답이군. 기막힌 답이야."

고 회장은 너털웃음을 터뜨리며 좋아했다.

"나는 지구 근처의 별 중에서 목성을 좋아한다네. 자넨 어떤 별을 좋아하나?"

"저는 금성을……."

금성.

사실 길모는 잘 모른다. 다만 어릴 때부터 많이 듣던 별이라 찍은 것뿐이다.

"목성은 지구의 보디가드라네. 알고 있겠지?"

"아닙니다. 처음 듣는 말입니다."

길모는 솔직하게 대답했다.

"그런가? 그럼 늙은이가 잠깐 설명해 주겠네."

고 회장은 길모에게 빙그레 미소를 던지고는 말을 이어갔다.

"목성은 말이야, 지구보다 강력한 인력으로 혜성과 운석을 끌어당기거나 태양계 밖으로 튕겨낸다네. 목성이 없다면 혜성이나 운석이 지구와 충돌할 확률이 천 배까지 높아진다고 하더군. 그러니 지구의 보디가드가 아니면 뭐겠나."

"아, 네."

"사람도 말이야, 보디가드가 많으면 좋지. 여자에게는 백기사, 남자에게는 후원자. 안 그런가?"

"맞는 말씀입니다."

"자넨 그런 목성이 있나?"

"……"

"없으면 만들게나. 세상은 혼자서는 못 사는 법이니……."

"예."

"이쯤 되었으면 내가 뭘 바라는지 우리 관상박사가 알 수 있으려나?"

고 회장이 길모를 바라보았다. 목성을 통해 그가 원하는 화두를 던진 모양이다.

이번에는 길모가 빗나갔다.

길모는 고 회장의 관심이 집안에 있는 줄 알았다. 부인과 세 아들에 대한 기색이 줄줄이 좋지 않았다. 하지만 그는 기업의 수장답게 가족보다 기업을 우선시하고 있었다.

"회장님은 가족보다 기업이 우선이군요."

길모가 엷은 미소를 머금으며 말했다.

"당연하지 않겠나? 가족은 네 명에 불과하지만 기업이 잘못되면 수십만 명이 어려움에 처하지."

고 회장의 말에 길모는 박수를 치고 싶었다.

가족.

물론 중요하다. 하지만 큰 책임을 맡은 사람은 큰일에 총력을 기울이는 게 옳았다. 한 나라의 왕이, 대통령이 개인사에 몰두한다면 그보다 더 큰 비극도 없었다.

"고민이 끝물에 다다랐군요."

길모는 넌지시 화두를 물고 들어갔다.

"역시 관상박사는 다르시군."

"엎치락뒤치락 그 마지막은……."

길모는 고 회장을 바라보며 남은 말을 들려주었다.

"회장님 쪽이 패하십니다."

"……?"

잔뜩 기대하던 고 회장이 흠칫 몸을 움직였다.

"그 양반이… 진다고?"

"예."

"그럴 리가? 2년 넘도록 선방했고 대법원에서도 판단이 어려워 13명 합의체로 넘어가기 때문에 긍정적이라고 했는데……."

"아마 8 대 5로 나올 것 같습니다."

"……."

고 회장은 일그러진 미간을 수습하지 못했다.

"확신하는 건가?"

"예."

길모는 나지막이, 그러나 주저 없이 대답했다.

고 회장이 묻는 건 '보디가드'에 대한 재판이었다. 고 회장은 거물 정치인을 후원하고 있었다. 그는 총리까지 지낸 거물 중의 거물. 그러나 불법 정치자금 수수설이 제기되면서 초야로 돌아갔다.

이후 2년여 동안 길고 긴 공방이 이어졌다. 1심에서는 유죄가 선고되었지만 운 좋게 법정 구속은 피했다. 그리고 고법에서는 무죄가 나왔다. 결국 재판은 대법원까지 올라간 상태.

재판이 오락가락하는 동안 고 회장은 숨을 죽였다. 거물의 정치자금에서 그 자신도 자유롭지 못했기 때문이다. 따라서 일체의 후원도 중단되었다.

그러나 그 보디가드는 정치권에 영향력이 막강한 사람. 지금이라도 무죄가 확정되면 대선후보로까지 거론될 인물이다.

그 사이에 물밑 접촉은 있었다. 거물은 대법원의 무죄 판결을 낙관하고 있었다. 대법관의 포진도 그에게 유리해 보였다. 그래서 고 회장 나름 그 거물에 대한 지원 루트를 확보하고 있었다. 이제 선고만 떨어지면 바로 그걸 재개할 생각이었다. 기업이 무조건 정치권을 끼어야 성장하는 건 옛날 말이지만 그렇다고 정치권과 담을 쌓고 성장하는 건 어려운 일이기 때문이다.

길모의 조언은 고 회장의 명궁 끝에 걸린 낮빛에 기인하고 있었다. 그의 명궁을 밝히는 찬란한 기색, 그중 하나가 댕강 잘려나가기 일보 직전이었다. 게다가 그 줄은 다른 기색에 비해 강한 느낌이 났다. 그러니 고 회장의 입장에서는 가장 빛나는 보디가드를 잃는 것에 다름 아니었다.

"허어!"

"신주신장(新酒新裝)이니 제구포신(除舊布新)하시기 바랍니다."

신주신장이니 제구포신.

이는 곧 새 술은 새 부대에 담고 묵은 것을 버리고 새로운 뜻을 펼치라는 의미다.

"홍 박사가 그리도 확신하니 다른 대비책도 세워두겠네. 아무튼 고마우이."

고 회장의 목소리는 평정심을 되찾고 있었다. 길모는 그를 향해 가만히 묵례를 올렸다.

마지막.

노을빛이 홍조를 드러낼 때 마침내 박태우 회장 차례가 되었다. 네 명의 회장과 산책길을 돈 길모는 피곤할 만도 하련만 전혀 그런 기색이 없었다.

"자, 다들 쉬고 계십시오. 오래 걸리지는 않을 것이니."

박 회장은 일행을 향해 여유 있게 손을 들어 보였다.

"홍 박사."

그리고는 걸음을 옮기기 무섭게 입을 열었다.

"예, 회장님."

"사우디아라비아 왕자랑 만났을 때 기분이 어땠나?"

"처음엔 긴장했습니다."

"관상을 보는 건 괜찮던가? 우리나라 사람이 아닌데."

"재주가 부족해 성심껏 봐드렸는데 다행히 왕자님 마음에 들었던 모양입니다."

"대단하군. 그 개척 정신."

"……."

"우리가 말이야, 중국까지는 진출했는데 아직 중동은 넘보지 못하고 있다네. 그놈의 메르스가 무서워서 말이야."

"농담도 잘하십니다."

"그래, 농담이지. 메르스가 대순가? 진짜 기업가라면 포탄이 떨어지는 곳이라고 해도 마땅히 달려가야지. 그깟 독감이 뭐가 대수겠어."

"회장님이 새로운 전쟁터에 뛰어드셨군요?"

"얼굴에 그게 보이나?"

"예."

"어때? 성공하겠나? 내 딴에는 블루 오션이라고 판단되어 역량을 총동원 중인데⋯⋯."

"⋯⋯."

"잘 좀 보시게나. 나는 다른 건 필요 없네. 지금 거기 올인할
생각이라⋯⋯."

박 회장의 입에서 막걸리 냄새가 풍겼다. 재벌답지 않게 소탈
한 일면을 간직한 사람. 뚝심에 더해 이런 소박함이 심상으로
작용해 원래의 관상을 뛰어넘는 재벌로 만들었을까?

하지만 신은 박 회장에게도 흠을 남겨놓았다. 미릉골과 눈썹,
코와 입의 기세는 좋지만 눈이 꿈틀거리고 있었다. 게다가 턱
선에 가득한 고집. 스스로 옳다고 믿으면 뒤도 돌아보지 않을
타입이다.

나아가 자손 운도 박했다. 그래도 아들은 하나 건졌다. 그 또
한 길모의 고개를 갸웃거리게 만들었다. 상(相)대로라면 박 회
장은 자손이 없는 게 옳았다.

아무튼 고집으로 뭉친 박 회장. 그렇기에 그 자신을 겨눈 창
을 보지 못하고 있었다. 명궁에 드리운 그늘은 그리 커 보이지
않았지만 그렇다고 무시할 정도는 아니었다. 자칫하면 박 회장
의 복덩어리인 미릉골을 덮어버릴 수도 있었다.

"송구하지만⋯⋯."

길모는 다소 들뜬 박 회장을 향해 아픈 말을 건넸다.

"지금은 수성(守成)이 우선인 때입니다."

"무슨 말인가? 해외 진출 사업 운을 봐달라니까."

"알고 있지만 회장님의 주력 사업에 액운이 끼었습니다."

"뭐라?"

"요 며칠 사이에 위협이 될 수 있을 정도로 진해졌습니다. 혹시… 모르십니까?"

"뭐가 위협이란 말인가? 주력 사업체 간의 합병은 일사천리로 진행되고 있거늘."

"죄송하지만 한 번만 확인을 부탁드립니다."

"확인?"

박 회장이 미간이 확 일그러졌다.

"제가 보기엔 분명……."

"어허, 그런 건 걱정 말고 해외 진출 운이나 짚어달라니까!"

박 회장은 역정 내기 직전까지 치달았다.

"그사이에 회장님 주력 곳간이 털려도 말입니까?"

"……?"

"송구합니다. 확인만 해주시면… 그래서 제가 틀렸다면 회장님이 바라는 대로 해외 진출 쪽만 짚어드리겠습니다."

길모는 물러서지 않았다. 상에도 흐름이 있는 법. 그러니 가장 중요한 걸 빼고 주변의 것을 본들 소용이 없었다.

"그 사람 고집하곤……. 에잉!"

박 회장은 입맛을 다시며 전화기를 들었다. 물경 5억을 배팅한 관상박사와의 미팅. 그냥 무시하기에는 배팅 액수가 너무 컸다.

"나야!"

박 회장의 통화는 한마디로 시작되었다.

"이번 합병에 문제가 있는 것 같다는 소문이 있는데, 실장은 알고 계신가?"

거침없이 묻는 박 회장.

"그럼 그렇지."

몇 마디 나누더니 바로 전화를 끊었다.

"우리 전략실장이라네. 홍 박사께서 우려하는 일 같은 건 기미도 없다니 해외 진출 건으로 가세나."

"그럴 리가 없는데……."

"어허, 이 사람이 그래도!"

박태수 회장은 불쾌감 때문인지 길모에 대한 예우가 뚝 떨어져 있다. 바로 그 순간, 회장의 전화기가 울렸다.

"왜?"

박 회장은 이번에도 한마디로 통화를 시작했다. 그리고 마지막도 한마디로 통화를 끝냈다.

"정황부터 파악하도록 해!"

'적중!'

길모는 소리 없는 쾌재를 불렀다. 참담해진 박 회장의 얼굴이 그걸 대변하고 있다. 그걸 확인이라도 시키려는 듯 박 회장이 담담한 한마디를 토해냈다.

"홍 박사 말이 맞았네. 알아보니 외국 헤지펀드 자본이 주식을 야금야금 매집하고선 법원에 합병 결의 금지 가처분 신청을 해놓았다는군."

"……."

"미안하게 되었네. 홍 박사 능력을 간과해서."

"아닙니다. 원래 관상이라는 게 늘 이런 측면이 있어서……."

"허어, 이거 홍 박사 말대로 해외 진출이 문제가 아니라 수성부터 해야 할 판이로군. 헤지펀드라면 쉽게 물러날 일도 아니고."

"그럼 이제 그쪽으로 포커스를 맞춰도 되겠습니까?"

길모는 기다렸다는 듯이 박 회장에게 물었다.

"말씀하시게. 내 고집이 앞서 혜안을 묻을 뻔했으니 입이 열 개인들 할 말이 있겠나?"

"회장님 슬하에 외아들이 계시지요? 혹시 사진이 있습니까?"

길모가 묻자 박 회장은 바로 고개를 저었다.

"아들이 있긴 하지만 기대할 게 없는 놈이라네."

"저는 그렇게 생각하지 않습니다."

"그것도 관상에 나오나?"

"아드님… 아주 어렵게 얻으셨죠?"

"그건 그러네. 우리 마누라가 용한 의원부터 전국의 점쟁이, 기도가 통하는 명승지까지 안 다닌 곳이 없었지."

"아드님은 사모님의 정성 때문이 아니라 회장님 덕분에 세상에 나온 것입니다."

"나?"

"아니, 정확히 말하면 회장님의 거시기 때문일 것 같습니다."

"거시기라고?"

놀란 박태수가 사타구니를 내려다보았다. 다른 회장에 비해 두툼한 바지 섶. 길모의 손은 그걸 정확하게 가리키고 있었다.

"홍 박사, 설마하니 이 늙은이의 거시기를?"

"저는 보지 않아도 되니 회장님이 확인하시지요. 그래야 제 말을 한층 더 신뢰할 것 같습니다."

"허어!"

"회장님은 본래 이리 큰 부자가 될 상은 아니었습니다. 아드님을 얻은 경우도 마찬가지지요."

"그것과 거시기가 무슨 상관이란 말인가?"

"상관이 있지요. 모르긴 해도 나이와 달리 남근이 실할 것입니다. 기둥은 대들보 같고 귀두 또한 매끈하면서 선홍빛이 돌겠지요. 아닙니까?"

"뭐 그거야……."

"거시기 덕분에 그나마 아드님을 얻으신 겁니다. 그 물건…늘 회장님의 자랑이셨죠? 그런데 기대할 게 없다니요?"

"허어, 이거야 원. 관상이 아니고 물건 상이라니 뭐라 할 말도 마땅치 않고……."

"아드님 사진을 보여주시지요."

"그만두게. 우리 아들 보고 눈살 찌푸린 사람이 한둘이 아니야."

"보여주시죠."

길모는 잔잔하게 재촉했다. 그 눈빛이 차마 별빛과 다르지 않으니 박 회장은 더 버티지 못하고 핸드폰을 내밀었다. 핸드폰에는 가족사진이 여럿 담겨 있었다. 사진을 본 길모는 자신도 모르게 긴장하고 말았다.

'천하 악상!'

지금까지 한 번도 보지 못한 천하의 악상이 거기 있었다.

어쩌면 이토록 제멋대로 생겼을까? 눈, 코, 입, 귀 등의 오관이 죄다 드러나고 뒤집어졌다. 제 부모의 나쁜 것만 골라 나온 얼굴이다.

관상에서는 노출되지 말아야 할 부위가 드러나면 흉상으로 친다. 힘줄이나 핏줄이 도드라지게 보이는 것, 지나치게 야위어 뼈가 들여다보이는 것 등이 그것이다. 그러니 이런 관점에서 본다면 박 회장의 아들은 타고난 복을 지키기에도 바쁠 악상이다. 그렇기에 박 회장조차 아들에 대한 평가가 인색한 것이다.

그러나 모든 일에는 예외가 있는 법.

관상에 있어 오관(五官)이 모두 노출된 상은 천하의 길상으로 쳐준다. 관상의 포인트는 전체의 조화. 그러니 나쁜 것일지라도 조화를 이루었으니 그 또한 극상의 상으로 흉이 변하여 복으로 바뀌는 상으로 보는 까닭이다. 다만 오관 중에서 어느 한 곳이라도 드러나지 않는다면 그대로 흉상으로 보아 고난의 삶을 살아갈 확률이 높았다.

"어떤가? 괜히 보았지 싶지?"

박 회장이 지레짐작하며 물었다.

"아닙니다. 제 말대로 회장님의 그늘을 씻어낼 사람은 바로 아드님이십니다."

길모는 자신 있게 대답했다.

"내 아들?"

"예."

"사진을 보고도 하는 말인가? 그놈은 얼굴도 그렇지만 부장 노릇도 겨우 해내는 판이라네."

"그렇지 않습니다. 보아하니 회장님을 닮아 미릉골이 반짝이는데 코가 사자코를 닮아 제갈공명을 찜 쪄 먹을 지혜를 가졌습니다. 다만 코끝이 살짝 볼록한 듯하니 괜한 논쟁은 싫어할 것 같군요. 그런 까닭에 회장님께 좋은 점수를 따지 못했겠지요."

"그거야……."

"아드님의 인당과 천이궁을 보니 전성기가 이제 막 시작되었습니다. 또한 괜한 논쟁을 싫어하는 것이지 안에는 승부욕이 가득해 이것이다 싶으면 목숨을 다해 돌진할 것이니 액운의 방패로 이만한 인물은 없을 것입니다."

"헤지펀드의 그린 메일 문제를 내 아들에게 맡겨라?"

"예!"

"허어, 말이야 좋지만 그놈 성향은 내가 잘 알아요. 뭐 마음이 동하는 일에는 밤새워 임하는 것도 보긴 했지만 아마 보나마나 못하겠다고 줄행랑을 놓을 걸세."

박 회장은 고개를 저었다.

"만약 그렇게 되면 회장님이 제게 배팅한 5억에다 저기 회장님들께서 제게 주실 돈을 전부 얹어드리겠습니다."

"……?"

길모의 화끈한 배팅에 박태수의 숨소리가 멈췄다. 그 자신이 재벌인 탓에 몇 억 정도에 놀랄 일은 아니었다. 문제는 길모의 태도였다. 방금 전까지 공손하던 길모가 어느새 태산 같은 무게 감으로 박 회장을 바라보고 있다.

한번 해보자는 거냐?

길모의 눈은 그렇게 말하고 있었다.

"끄응!"

"회장님, 성심으로 드리는 말씀이니 한 번만 수고를 해주십시오. 회장님은 손해나는 일이 아니지 않습니까?"

길모는 박 회장을 재촉했다. 박 회장은 핸드폰을 바라보더니 결국 전화를 들었다.

결과는 길모가 바라는 대로 나왔다. 아들이 기꺼이 수락한 것이다.

"허어!"

통화를 마친 박 회장이 한숨을 내쉬었다.

"고맙습니다."

"뭐가 말인가? 이놈이 마치 내가 전화를 기다렸다는 듯이 수락했는데."

"보잘것없는 관상쟁이의 의견을 받아주셔서 말입니다."

길모는 조용한 미소로 박 회장을 바라보았다. 그 눈동자에는 오만이나 과시 같은 건 들어 있지 않았다. 박 회장은 그런 길모가 마음에 들었다. 그의 입장에서는 두 개의 선물을 안겨준 길모이다.

헤지펀드의 그린 메일, 그리고 아들의 재발견.

"귀인을 모르고 멋대로 대했으니 그 벌로 홍 박사가 배팅한 금액을 더 내놓겠네."

박 회장이 말했다.

"아닙니다. 회장님은 아무것도 걸지 않으셨으니 그럴 필요 없습니다. 또한 본 대로 상을 말하는 것은 제 기쁨이기도 합니다."

"그럼 내가 너무 미안하잖나?"

"정 그러시면 이 단체에 성금을 조금 기부해 주시면 고맙겠습니다. 제가 주제넘게 후원하는 곳인데 도와줘야 할 사람이 너무 많거든요."

길모는 헤르프메 명함을 내밀었다.

"허어, 인생이란 살아도 살아도 배울 것투성이라더니 오늘 또 그 진리를 깨닫는군."

"……."

"고맙네, 정말."

박 회장은 넘어가는 황혼을 등지고 길모의 두 손을 잡았다. 해를 등진 거인의 미소는 진심으로 가득 차 있었다.

해가 지자 육각방 모임은 끝이 났다. 회장들은 저마다 세단에 올라 별장을 떠났다.

"홍 부장!"

마지막으로 세단 앞에 선 박 회장이 길모에게 다가왔다.

"혹시 말이야……."

박 회장이 길모의 귀에 대고 속삭였다.

"우리 아들놈 거시기 상은 안 봐도 되겠나? 필요하면 내가 슬쩍 보고 전해주겠네만."

"아드님은 진기를 타고난 분입니다. 게다가 회장님의 혜안 덕분에 여태껏 그걸 농축하고 살았으니 앞으로는 세상을 휘저을 겁니다."

"내 덕분이라고?"

"그렇지 않습니까? 만약 일찌감치 그분의 능력을 빼먹었다면 이번 일을 대처하기에 에너지가 모자랐을 것입니다. 하지만 그냥 두셨기 때문에 충분히 충전된 거지요."

"호오, 이 사람, 말본새도 참하군."

"일이 마무리되시면 저희 가게에 한번 들러 주시기 바랍니다."

"그렇잖아도 그 말을 하려던 참일세. 나중에 전화하면 예약은 책임지게나."

"그렇게 하지요."

길모는 정중하게 묵례로 대화를 마쳤다. 세단에 오른 박 회장은 세단이 멀어지는 동안 계속 손을 흔들어주었다.

"뭐예요? 부장님에게 삑 간 눈치신데?"

옆에 있던 혜수가 웃었다.

"삑 가기는, 내가 아주 삑 갈 뻔했어."

"문제가 있었어요?"

"엇박자!"

"엇박자라면?"

"박 회장님 회사를 노리는 사람들이 있는 것 같아. 그린 메일이라고 하던데, 혹시 좀 알아?"

"아, 그린 메일이요?"

그린 메일.

혜수답게 알고 있었다.

그건 기업사냥꾼들이 주로 쓰는 방법이었다. 그들은 필요에 따라 적대적 M&A, 우호적 M&A 방식을 쓰지만 경영권을 위협할 정도의 지분을 매입해 시세차익을 노리는 경우도 많았다. 결국 안을 들여다보면 파워 머니 게임이었다.

"그런데 거시기는 또 뭐예요?"

"응? 그것도 들었어?"

"저절로 들리는 걸 어떡해요. 회장님 앞에서 귀를 막을 수도 없고."

"그, 그건 말이지……."

"부장님, 혹시 거시기 관상도 볼 수 있는 거예요?"

혜수가 슬쩍 눈을 흘겼다.

"가자고. 저기 송 회장님이 부르시네."

길모는 얼렁뚱땅 넘기며 혜수의 등을 밀었다.

거시기상.

결론만 말하면 물론 볼 수 있었다. 그게 여자든 남자든 문제되지 않았다. 과거에는 체상(體相)을 보는 사람도 있었다. 주로 궁궐의 상궁들이 그랬다.

임금과 동침할 궁녀.

눈이 맞은 경우라면 모르되 그렇지 않은 경우에는 임금의 취향이나 상황에 따라 여러 옵션이 붙었다. 거기다 속궁합까지 맞춰야 했다.

속궁합.

그러자면 체상은 물론 모상(毛相), 거시기상까지도 망라해야 했다. 자칫 궁녀를 잘못 골라 임금의 기분을 상하게라도 하면 상궁의 목이 위험하기 때문이다. 그때마다 상궁들은 관상가의 도움을 받기도 하고 의견을 구하기도 했다. 관상은 인체의 모든 곳과 통하기 때문이다.

"수고했네. 아주 뜻깊은 시간이었어."

야외 연회장 앞에서 송 회장이 길모를 치하했다.

"아닙니다. 오히려 제가 보람된 시간이었습니다."

"우리 멤버들이 다들 흡족한 표정이더군. 근래에 드문 일이었다네."

"다 회장님 덕분입니다."

"그럴 리가. 나야말로 매번 홍 부장 도움을 받는데. 사우디아라비아 진출도 그렇고 이번에 육각방 멤버들에게 점수 딴 것도 그렇고."

"그렇게 말씀해 주시니 더욱 고맙습니다."

"그나저나 저 친구들 말이야, 나중에 카날리아 갈 때 예약 보장 좀 해달라던데 어떻게 좀 안 되겠나?"

"누추한 곳이나 찾아주신다면 어떻게든 자리를 마련하겠습니다."

"어이쿠, 그럼 나는 또 점수 좀 따겠군."

송 회장이 너털웃음을 터뜨렸다.

연회 비용은 4억을 받았다. 기타 아가씨들과 멤버들 비용으로 따로 1억이 건너왔다. 그리고 봉투 하나가 더 있었는데 그게 바로 회장들이 주고 간 산책 비용이었다.

1억은 머리 숫자대로 천만 원씩을 분배했다. 혜수를 포함해 아가씨 일곱에 보조 세 명, 합이 열 명이다. 원래는 아가씨들이 우선이지만 야외로 나온 데다 아가씨들 역시 룸에서 하듯 접대한 게 아니라 분위기만 잡았기에 양해를 구했다. 아가씨들은 아무도 불만을 갖지 않았다.

대신 세 보조의 입이 찢어졌다.

천만 원.

특히 데뷔전을 치른 윤표가 그랬다. 백만 원만 줘도 감지덕지할 판에 천만 원이라니!

"형, 이걸 어떻게 받아요? 한 것도 없는데……."

윤표의 손이 바들바들 떨리고 있다.

"그거 안 받으면 이거다."

길모는 손으로 목을 스윽 그었다.

"예?"

"텐프로에서 천만 원에 겁먹으면 일 못 하지. 그런 새가슴으로 수천만 원짜리 술을 들고 다닐 수나 있겠냐?"

"형……."

"대신 허투루 쓰지 말고 저축하거나 투자해라. 돈을 겁내는 것도 안 좋지만 돈을 낭비하는 건 더 안 좋아. 특히나 웨이터에 겐."

"알았어요. 이거 바로 예탁금으로 넣을게요. 오늘을 기념하기 위해서."

대답하는 윤표는 눈물을 글썽거렸다. 길모는 그의 등을 톡톡 쳐주며 격려를 아끼지 않았다.

부릉!

밴에 시동이 걸렸다. 길모는 송 회장에게 인사를 하고 차에 올랐다. 밴은 소리 없이 출발했다. 길모의 눈은 소담한 산책로에서 떨어지지 않았다.

육각방!

대한민국 최고 재벌들과의 시간.

더구나 그들의 멘토가 되어준 길모.

생각만 해도 가슴이 뿌듯했다. 딱히 재벌들과 어깨를 나란히 해서가 아니었다. 그건 공부였다. 아래서 위로 향하는 공부. 노숙자부터 사업가, 학자와 관료, 나아가 정치인과 재벌.

길모는 그게 행복했다. 자신이 아는 분야를 차곡차곡 경험하는 것. 그리하여 매번 만나는 사람들의 행태와 성향을 극복해 나가는 것. 그게 길모의 마음속에 노하우가 되어 튼실하게 쌓였다.

'호영, 고맙다.'

길모는 훈훈한 마음이 가시기 전에 노 변호사에게 전화를 걸었다. 산책 관상으로 받은 거금 16억 원. 그중 반을 잘라 헤르프메에 기부할 생각이다. 어차피 이 모든 영광의 출발은 윤호영. 그에게 보답하는 길은 헤르프메뿐이었다.

"어, 노 변! 나야! 홍 부장!"

길모의 목소리는 오늘도 상큼하고 높았다.

제7장

두개의 희소식

 "아우, 힘들다!"

 서 부장의 콜에 응하기 전, 길모는 혜수의 집에 들렀다. 아직
시간이 좀 남아 있었기 때문이다. 혜수는 집에 들어서기가 무섭
게 기지개를 켰다. 쌓인 긴장을 털어내는 모양이다.

 "오빠는 괜찮아요?"

 "그럭저럭."

 "진짜 왕이라니까."

 "뭐가?"

 "멘탈 말이에요. 다른 아가씨들에게 듣자니 옛날에는 안 그
랬다던데."

 "누가?"

 길모의 목소리가 높아졌다. 치부를 드러내는 것, 그걸 원하는

인간은 세상 어디에도 없을 것이다.

"누구긴요. 나하고 홍연이만 모르고 다 알던데……."

"아, 그거야 내가 큰 뜻을 품고 일부러 그런 걸 가지고……."

"진짜요?"

"그럼. 그것도 다 관상의 도를 깨치기 위한 수련 과정이었어. 큼큼."

길모는 그럴듯하게 둘러댔다.

"그럼 나도 1번 룸에서 진상 전문으로 좀 뛸까요?"

혜수가 바짝 다가앉으며 물었다.

"안 돼!"

길모는 잘라 말했다.

"왜요?"

혜수는 더욱 집요하게 물었다. 이럴 때는 천생 여자다. 궁금한 건 끝장을 보려 한다.

"진상 처리는 아무나 하는 줄 알아? 그것도 나 정도 되니까 먹혔지."

"나도 자신 있는데… 읍!"

고개를 돌리는 혜수를 길모가 당겨 입을 맞춰 버렸다. 그런 다음 자연스럽게 소파에 눕혔다.

"나 샤워 좀……."

"괜찮아."

길모는 점점 더 혜수를 압박해 들어갔다.

갈증이다.

곁에 두고도 아는 척하지 못한 갈증, 살이 닿아도 모른 척 넘어가야 하는 갈증. 그게 한꺼번에 쏠리면서 길모를 서둘게 만들었다.

그건 혜수도 마찬가지였다. 길모의 옆으로 다가서면서부터 그의 손을 기다린 그녀였다.

옷이 한풀 벗겨지면서 테이블이 흔들리기 시작했다. 참고 있던 화산의 분출은 빠르고도 강력했다.

'너무 오래 참으면 병이 된다더니……'

길모는 그 말을 곱씹으며 혜수의 가슴 위로 무너졌다. 혜수의 전화기가 울린 건 그때였다.

"어머, 홍연이에요."

혜수는 옷도 채 챙겨 입지 못하고 전화를 받았다.

"웬일이야?"

그사이에 길모가 먼저 샤워를 했다. 혜수의 욕실은 길모의 집과 판이하게 달랐다. 여러 가지 목욕 용품과 바디 제품도 그렇지만 냄새부터 달랐다. 이래서 여자들은 좋은 냄새가 나는 걸까?

"오빠!"

물기를 닦고 나서기 무섭게 혜수가 소리를 질렀다.

"왜?"

"홍연이 됐대요. 송송 엔터에서 정식으로 계약하자고 한다는데요?"

"어, 그래?"

"방금 문 사장님이 최종 결정을 내려줬대요. 음반도 취입하고 예능에도 출연 확정되었다고."

"……!"

"홍연이… 정말 잘됐죠?"

혜수의 눈매가 촉촉이 젖어왔다. 길모는 그게 더 좋았다. 누군가 잘되면 상당수는 시기부터 한다.

지가 뭐가 잘나서?

그런데 혜수는 진심 어린 마음으로 홍연의 미래를 축하해 주고 있었다. 이거야말로 관상 위의 심상이 아니면 무엇일까?

"내일 계약 끝나면 그거 들고 오빠 찾아와서 자세히 얘기하겠대요. 정말 잘됐죠?"

"응."

길모는 금세라도 깡충깡충 뛸 것 같은 혜수를 품으로 당겼다.

홍연.

길모 사단의 첫 낭보였다.

길모 입장에서 보면 에이스를 잃는 일. 하지만 그건 소인배적인 생각이다.

거꾸로 생각하면 '홍길모 사단에서 연예인이 나왔다' 였다.

풀어 말하면 그 밑으로 들어가면 비전이 있다는 뜻. 과거 여의도의 꽃으로 불리던 텐프로도 그래서 전국의 아가씨들이 몰렸다. 텐프로, 어찌 보면 아가씨로 승부를 거는 곳. 그러니 어찌 낭보가 아닐까?

"홍연이는 잘돼서 좋은데 혜수는 안 섭섭해?"

혜수를 안은 채 길모가 물었다.

"뭐가요?"

"홍연이를 내 밑으로 데려오는 데 도와준 게 혜수잖아? 그런데 홍연이가 먼저 잘돼서 나가면……."

"피이, 홍연이가 내 사정을 알면 더 부러워할걸요?"

"무슨?"

"내가 당신과 사랑하고 있는 것!"

혜수의 눈이 길모를 향해 올라왔다. 눈부신 목선을 따라 그녀의 눈동자가 별처럼 반짝거린다. 고마워. 길모는 눈으로 말하며 혜수와 입술을 포갰다.

*   *   *

휴일의 카날리아!

서 부장의 7번 룸에는 뜻밖에도 손님이 한 사람뿐이었다. 주인공은 길모도 본 적이 있는 서 부장의 오랜 단골, 소위 말하는 진퉁 풍류객이다.

그 옆에는 민선아가 포진하고 있다. 여느 날 같으면 너무나 자연스러운 분위기다. 하지만 일요일이다 보니 조금 의아한 느낌도 들었다. 굳이 부탁하길래 서너 명 정도 오는 줄로 알고 있던 길모이기 때문이다.

"어서 와. 우리 하 사장님이 기다리고 계셨어."

서 부장은 길모를 반겨 빈자리를 권했다.

"아이고, 이거 쉬는 날 미안해요. 내가 오늘 기러기아빠가 되어서 말이야."

하 사장 역시 길모를 기꺼이 대했다.

"괜찮으면 한잔하시지?"

하 사장이 양주를 들었다. 길모는 두 손을 내밀어 잔을 받았다.

"자, 거국적으로 한잔들 하실까?"

하 사장이 잔을 들었다. 길모도 술을 넘겼다. 낮에 두어 잔 받은 술이 아직 체내에 남아 있는지 쓴맛이 별로 느껴지지 않았다.

"이제 밤이 시작인데 한 병 더 해야지?"

하 사장이 추가 오더를 냈다.

"홍 부장."

복도로 나가던 서 부장이 슬쩍 길모의 옆구리를 찔렀다. 길모는 서 부장을 따라 복도로 나왔다.

"미안해. 그쪽 일이 보통이 아니었을 텐데……."

"아닙니다. 일찍 끝나서 심심하던 차였는걸요."

"그렇게 말해주니 고맙고……."

"걱정 마시고 술이나 가져오세요. 아, 안주는 어떻게 조달했어요?"

"내가 이모한테 부탁해서 좀 나와 달라고 했어. 몇 가지 해두고 들어가셨을 거야."

"그러셨군요."

"오늘 잘 좀 부탁해."

서 부장의 목소리는 전에 없이 부드러웠다. 순간, 서 부장의 얼굴이 길모의 눈에 쪽 빨려들어 왔다. 부드러운 광채를 내는 서 부장의 이마, 그 가운데에서도 명궁에 진달래가 핀 것 같았다.

'서 부장님도 좋은 일?'

보아하니 복이 지척에 다가와 있다.

길모는 속내를 감춘 채 룸으로 들어섰다.

"홍 부장!"

새 술을 두어 잔 더 마신 하 사장이 술잔을 놓으며 말했다.

"예, 사장님."

"내가 말이야, 때늦게 동업 한번 해보려는데 조언 좀 해주면 좋겠어."

하 사장이 봉투 하나를 꺼내놓았다.

"서 부장님 단골이신데 이런 건 필요 없습니다. 성심껏 봐드릴 테니 말씀하세요."

"아, 이거 별거 아니라네. 사라 브라이트만이라고, 노래하는 여자인데 목소리가 아주 판타스틱하지. 어쩌면 홍 부장의 환상 관상과 어울릴까 싶어 두 장 구했으니 넣어두시게."

"공연 티켓이요?"

"그래. 공부다 치고 한번 가보시게나."

"그러세요. 그 여자 보이스가 정말 환상이에요."

옆에 있던 선아까지 거들자 길모는 더는 거절하지 못했다.

"고맙네. 원래 중요한 관상이나 점은 대가를 치러야 효험이 있다니······."

하 사장이 등을 기대며 웃었다.

동업.

어려운 일이다.

그러나 솔깃한 일이다.

좋게 보면 시너지요, 서로 부담을 덜 수 있다. 그러나 틀어지면 형제간에도 골육상쟁이요, 친구라면 원수가 될 수도 있었다.

"……!"

하 사장의 상을 짚어나가던 길모는 별안간 옆에 자리한 서 부장에게로 시선을 돌렸다. 하 사장의 얼굴과 서 부장의 길조가 비슷하게 보인 것이다.

'두 사람이 동업을?'

한 번 더 확인했지만 틀림없었다. 똑같이 빛나는 이마, 똑같이 흐드러진 진달래 기색의 명궁. 거기다 기일까지 지적으로 보이니 어찌 아닐 것인가?

"혹시 동업할 분이 두 분인가요?"

"그렇다네."

"그럼 하세요!"

"정말인가?"

"예, 사장님이 마음에 점찍어둔 분과 동업하시면 대박날 것 같습니다."

"어이쿠, 이런 경사가 있나?"

"올해가 운이 좋은 해입니다. 더구나 한 달여 후면 그 운이 막 날개를 달 때이니 계획을 실행하셔도 좋을 것 같습니다."

"고맙네. 이거 속이 다 시원해지네그려."

하 사장은 반색했다. 길모 옆에 앉은 서 부장도 빙그레 미소를 머금는 게 보였다. 그래도 길모는 끝까지 아는 체를 하지 않았다.

홍연, 그리고 서 부장.

복은 혼자 오지 않는다더니 과연 그랬다. 두 개의 희소식이
날아든 것이다.

"형님, 축하드립니다!"

먼저 일어나 밖으로 나온 길모는 그제야 서 부장을 향해 악수
를 청했다.

"알고 있었구나?"

"관상 때문에······."

"하긴 관상왕 앞에 뭘 숨기겠냐?"

"진짜 잘됐네요. 다시 한 번 축하드립니다."

"아니야. 가장 중요한 게 남았어."

"말씀하세요."

"우선 우리 박스가 통째로 빠질 테고··· 홍 부장이 일주일에
한 번 정도는 도와주었으면 해. 관상 데이를 정해서 한 시간 정
도 시간을 내주면······."

"당연히 그래야죠."

"그리고 이름도··· '카날리아2'라고 쓸 수 있게 해주면 고맙
겠어."

"하핫, 그건 제가 영광이지요."

"욕하는 건 아니지? 떠나는 주제에 자기 멋대로 요구 조건을
붙인다고. 하지만 생각해 보니까 내가 먼저 뜨는 게 홍 부장에
게도 좋을 거 같아서. 게다가 홍 마담도 있고 채 실장도 거의 부
장 몫을 해내니까······."

"형님은, 누가 그런 생각을 한다고. 제가 어려울 때 제일 많이
챙겨준 사람이 누군데요."

"그런데 카날리아2라는 상호는 내 욕심만은 아니야. 홍 부장,
밑에 애들 독립시켜 주고 싶어하잖아. 그러니 홍 부장 밑에서
독립해서 나간 첫 번째로 기억되고 싶어서…… 하 사장님이 좋
은 가게 터를 잡아줘서 결심하게 되었지만 그렇지 않더라도 그
럴 생각이었어."

"형님."

"고맙다!"

서 부장이 길모의 등짝을 두어 번 쳐 주었다. 그의 따스함이
오롯이 건너왔다.

세상에 영원한 것은 없다. 한때는 길모의 우상이자 강북 3대
천황의 최고봉으로 꼽히던 서 부장. 그런 그가 길모의 휘하로서
독립을 선언한 것이다.

길모의 휘하로서.

[서 부장님이 독립을요?]

늦은 밤, 길모가 하는 말에 장호가 고개를 발딱 들었다.

"좋지?"

[뭐가 좋아요? 서 부장님 박스가 나간다면서?]

"그래서 뭐?"

[단골도 다 데려가고 민선아하고 채은서 등등도 따라갈 거 아
니에요? 걔들은 박스로 왔으니…….]

"당연히 그래야지. 아가씨 없이 독립해서 어떻게 자리 잡으
려고?"

[형, 그럼 당장 우리 가게가…….]

"타격 받을까?"

[뭐 형이 있으니 크진 않겠지만 그래도······.]

"난 네가 있어서 괜찮을 거 같은데? 더구나 새로 윤표도 왔고······."

[나요? 그리고 윤표요?]

"그래."

[에이, 우리 같은 보조야 월급만 많이 주면 서로 오려고 할 텐데 무슨······.]

"천만에. 너 같은 보조, 어디 가도 못 찾는다. 윤표도 마찬가지고."

[형······.]

"빈말 아니니까 빨리 일 배워서 너도 부장 자리 하나 꿰차라. 그래서 보란 듯이 독립하란 말이야."

[그새 나 싫어졌어요?]

"그럼 언제까지 내 곁에서 알짱거릴 건데? 너도 빨리 독립해서 아가씨들도 거느리고, 결혼도 하고, 애도 낳고 해야지."

[그러는 형은요?]

"야, 나야 이제 시간문제지."

[설마 혜수 누나하고 베이비 만들고 온 거?]

"최장호!"

길모가 발딱 몸을 솟구쳤다.

[헤헷, 그건 농담이에요.]

"그리고 홍연이도 송송이랑 계약한단다. 내일 계약서 도장 찍으면 보여주러 온다니 기대해라."

[형.]

"왜?"

[아무리 봐도 헤실거릴 때 아닌 거 같은데요? 홍연이 나가면 당장 에이스가 모자라잖아요?]

"당장은 숙희와 은경이 투입하면 되니 걱정 안 해도 되고, 또 에이스 감 밀려들 거다."

[그건 누구 관상에서 나온 건데요?]

"내 관상."

[에, 형이 형 관상도 봐요?]

"두고 봐라. 이제는 전처럼 개고생 안 해도 될 테니까. 그렇게 되면 그거 다 홍연이하고 서 부장님 덕분인 줄 알아."

[형…….]

장호는 이해할 수 없다는 표정을 지었다.

"야야, 모처럼 꿀잠이나 자자. 대한민국의 역사를 써가는 회장님들을 한 자리에서 만났더니 제법 피곤한걸."

길모는 장호보다 먼저 이불을 파고들어 갔다.

꿀잠.

푹 자는 것보다 더 꿀맛인 게 있을까?

맛난 음식, 멋진 풍광, 짜릿한 승부, 여자와의 격정적인 사랑 등 스트레스를 깨부수고 카타르시스를 안겨주는 일은 많다. 하지만 잠 또한 그런 것들과 견주어볼 때 빠지지 않았다. 더불어 잠은 치료 기능까지 있다. 푹 자고 일어나면 모든 게 가뜬하니까.

'자식……'

해를 따라 일어난 길모는 아직도 한밤중인 장호를 보았다. 개구리가 엎어져 자듯 멋대로 늘어진 장호. 길모는 담요를 덮어주고 공원으로 나갔다.

"이어, 다들 열심인데?"

담장과 장애물 앞에는 파쿠르 멤버들이 있었다. 길모는 굳은 몸부터 풀어주었다. 그때 중학생이 다가왔다.

"아저씨!"

"아저씨가 아니고 형."

"알았어요, 형."

"말해라."

길모는 두 다리를 펴고 스트레칭을 했다.

"은규 말이에요. 전번 따왔어요."

"어, 그래?"

"그런데 이거 뭐 하게요?"

중학생이 전화기를 들고 물었다.

"혹시 아냐? 내가 은규 도와줄 수 있을지."

"아저씨 돈 많아요?"

"아저씨 아니고 형이라니까!"

"아, 진짜… 그러니까 돈 많으냐고요."

"그건 네가 알아서 뭐 하게?"

"은규 그 자식, 아버지가 사기당했대잖아요. 그래서 집안이 거덜 났나 봐요. 학교도 안 다닐 거라고……."

"사기?"

"병원에서 보니까 걔네 아버지, 의식도 없어요. 의사 말이 못 깨어날 수도 있다고 했대요. 그러니 뭐 치료비나 생활비 같은 거 도와줄 게 아니면……."

"병원이 어디냐?"

"가게요?"

"너 왜 그렇게 말이 많냐? 그러니까 파쿠르 실력이 안 느는 거 아냐? 맨날 폼 나는 기술이나 배우려고 하고……."

"아, 그래도 아저씨보다는 잘하거든요?"

"알았으니까 병원!"

길모가 한 번 더 강조했다.

병원은 멀지 않았다.

길모가 찾아가자 은규는 복도에서 핸드폰을 만지고 있었다.

"게임하냐?"

길모가 불쑥 고개를 들이밀었다.

"어, 홍길모 형?"

"심근경색? 아버지 병명이냐?"

은규는 병명을 검색하고 있었다. 길모가 묻자 눈알만 뒤룩거릴 뿐 말을 하지 않았다.

"여긴 어떻게 알고 왔어요?"

"너 모르냐? 내가 비밀공작원이라는 거?"

"쳇! 농담할 기분 아니거든요."

"알고 보니 효자네. 부모님 간병도 하고."

"간병인 쓸 돈이 없어서 그렇거든요."

"어떠시냐?"

길모는 병실을 향해 턱짓하며 물었다.

"안 좋대요."

"사기당하셨다고?"

"……."

"혹시 사기 친 사람이 누군지 아냐?"

"몰라요. 아버지가 아시는데 저 모양이라……."

그때 병실 안에서 경찰관 두 명이 나왔다.

"학생!"

경찰관 하나가 은규를 불렀다.

"예."

"진료실에 내려가서 지정의 만나고 갈 테니까 혹시 아버지 의식 돌아오면 바로 연락해."

"예."

"에이, 야박한 세상."

경찰들은 혀를 차며 복도를 걸어갔다.

"나도 면회 좀 해도 될까? 급히 오느라 아무것도 못 사왔다만……."

"따라오세요."

은규가 병실 문을 열었다.

'마흔아홉…….'

마흔아홉 살의 남자가 거기 있었다. 의식이 없는 탓에 기색은 좋지 않았다. 그래도 길모는 관상을 살펴보았다. 관골이 다른 곳보다 어두웠다. 길모는 미간으로 시선을 옮겼다. 인당 역시 그늘이 드리워져 있다. 양쪽 관골까지 검푸르게 이어지는 기세. 명백한 흉액이었다.

'배신당했군.'

그때 노크 소리가 들렸다. 소리에 이어 들어선 건 두 명의 중년남자였다.

"아저씨……."

은규가 아는 체를 하자,

"네가 고생이 많다."

한 중년인이 다가와 은규의 머리를 쓰다듬었다.

'응?'

순간 길모의 미간이 사납게 구겨졌다.

중년의 남자.

유년운기부위를 짚어보니 나이는 52세. 그런데 입에서 단내가 느껴졌다. 게다가 눈동자가 살포시 흔들리고 있다. 그건 범죄자들에게 주로 나타나는 상이다.

가볍게 묵례를 하고 비켜서 준 길모는 놓치지 않고 그 중년의 상을 꿰뚫어 나갔다.

'눈동자 안에 찍힌 작은 점.'

길모는 슬쩍 남자를 바라보았다. 그걸 의식한 남자도 길모를 바라보았다. 두 눈이 허공에서 충돌했다. 남자의 눈이 속절없이 흔들렸다. 다른 사람은 몰라도 길모는 알 수 있었다.

"은규야."

길모는 문을 막아선 채 묵직하게 은규를 불렀다.

"왜요?"

"아빠 의사선생님 방 알지? 내려가서 아까 그 경찰들 좀 불러와라."

"경찰이요?"

반응은 은규 옆에 선 중년남자가 더 격하게 해왔다. 소리가 날 정도로 움찔거린 것이다.

"경찰을 왜요?"

"아빠한테 사기 친 사람 잡았다고 하면 될 거다."

"예?"

은규가 눈살을 찌푸리는 순간, 중년남자가 은규를 밀치고 뛰었다.

"비켜!"

그는 거칠게 소리 내며 길모를 잡아챘다. 하지만 정작 몸을 잡힌 건 남자였다.

"아압!"

길모는 그 자리에서 남자를 업어 메쳤다.

"으헉!"

기선을 제압당한 남자가 신음을 토했다.

"어서!"

남자를 위에서 누른 길모가 은규를 재촉했다.

"그럼 그 아저씨가?"

"그래, 이놈이 틀림없는 범인이야. 어서 가!"

길모가 소리쳤다. 그제야 은규는 문을 박차고 나갔다.

"이, 이보시오! 당신, 무슨 근거로……."

혼자 남은 일행이 떨리는 목소리로 물었다.

"그러시는 분은 공범 아니면 가만히 계세요. 이 사람은 틀림 없는 사기꾼이니까."

길모는 후끈 기염을 토했다.

곧이어 경찰들이 들이닥쳤다. 물론 경찰들은 반신반의했다. 그러자 남자 역시 결백을 주장했다. 결국 길모가 경찰서에 동행하게 되었다.

경찰은 길모의 편이었다. 경찰 간부 중의 한 사람이 길모를 알아보았고, 길모의 관상 능력을 참고하라고 조사 형사에게 전했다. 형사가 신원 조회를 하자 남자의 사기 전과가 줄줄이 튀어나왔다.

"발뺌해도 소용없어요. 계좌하고 통신 기록 다 깔 거니까 서로 편하게 갑시다."

노련한 형사가 다그치는 통에 남자는 결국 범죄 사실을 털어놓고 말았다.

"그게… 처음부터 그럴 생각은 아니었는데… 그 친구가 좀 만만해서……."

남자는 고개를 떨구었다.

"그래도 그렇지, 친구 돈을 먹어요? 게다가 의식불명까지……."

형사가 윽박지르자,

"죄송합니다. 그렇게까지 될 줄은 몰랐어요."

하고 고개를 저었다.

"당신, 말은 그렇게 하지만 악질이야. 병실에는 왜 간 거야? 동태 살피러 간 거잖아?"

"……."

"이중인격자 같으니."

이중인격자!

그 말을 끝으로 남자의 팔에 수갑이 채워졌다.

다행인 것은 범인이 아직 사기 친 돈을 다 쓰지 않았다는 사실이다. 대포통장으로 빼돌리긴 했지만 다시 찾을 수 있다는 말을 들은 길모는 그제야 겨우 안도가 되었다.

"당신……."

형사에게 이끌려 일어선 남자가 길모를 바라보았다.

"귀신이 곡할 노릇이군. 어떻게 내가 범인인 줄 안 거요?"

"이보쇼, 그러게 죄 짓고는 못 사는 법이라오. 이분이 누군 줄 알아요? 대한민국 넘버원 관상왕이십니다. 하늘이 당신 죄를 벌하라고 그 시간에 이분을 병실에 보낸 거예요."

형사가 남자를 족치듯 말했다.

은규 아버지 사기 사건은 운 좋게 이렇게 해결되었다.

"길모 형!"

소식을 들은 은규가 쏜살처럼 경찰서로 달려왔다.

"너 병원에서 여기까지 뛰어온 거냐?"

길모는 온몸이 함빡 젖은 은규를 보며 말했다.

"고마워요."

은규의 눈에서도 땀방울 같은 눈물이 쏟아졌다.

"아버지 곧 정신 차릴 거다. 그럼 다시 파쿠르 하러 와라."

"정말요? 우리 아빠 일어나세요?"

"응. 한 3일쯤? 아니, 또 모르지. 네가 범인 잡혔다고 귀에 속삭여 주면 더 빨리 일어날지."

"형!"

은규의 눈물방울이 더 커지고 있다. 아직 열네 살. 다 큰 것처럼 행동하지만 막상 고난을 만나면 아무것도 할 능력이 없는 아이. 길모는 은규의 어깨를 잡고 경찰서를 나왔다. 어디 가서 자장면이라도 먹여야 할 것 같았다.

기분 쿨하게 출근한 카날리아, 그 앞에 홍연이 서 있다. 물론 혼자가 아니었다. 혜수를 비롯해 길모 사단이 전부 출석해 있다.

"홍 부장님!"

길모가 차에서 내리자 홍연이 달려들었다.

"어, 어……."

길모는 어색하게 선 채로 홍연의 포옹을 받았다.

"고마워요. 부장님 덕분에 저 계약했어요."

홍연이 계약서를 흔들었다. 그걸 보는 척하며 그녀의 눈물은 보지 않았다.

짝짝짝!

도열한 사단 아가씨들이 박수를 쳐 주었다. 승아와 유나도 흐뭇한 얼굴이다.

"일단 들어가자."

길모는 홍연을 안으로 밀었다.

"이거 한잔해야죠? 술값은 제 배당금에서 까세요."

1번 룸의 퀸 혜수가 와인을 세 병이나 안고 들어왔다.

"언니, 술은 내가 쏴야지."

홍연이 털기 매력을 작렬하자 가슴이 출렁거리며 한껏 시선을 끌었다.

"야, 너 예능 나가면 그것 좀 하지 마. 대한민국 남자들 다 뒤집어진다."

앞자리에 앉은 유나가 눈치를 보냈다.

"어머, 우리 사장님은 이걸로 승부 보라고 하던데?"

[그건 좀 싼티 나잖아. 가슴보다는 웨이브가 더 나을 거 같아.]

승아는 차분하게 홍연의 장점을 알려주었다.

"아무튼 여러분 덕분에 나 드디어 연예인 됐어요! 다들 고맙습니다!"

신바람이 난 홍연이 벌떡 일어나 허리를 접었다.

"쳇, 그러고 보니 승아하고 나만 찬밥이네. 혜수 언니는 실장 되고 홍연이는 연예인 되고……. 우린 뭐야?"

유나가 볼멘소리를 했다.

"걱정 마라. 너도 명궁하고 관골에 햇살만 더 강해지면 재벌 2~3세 만날 거다. 너 좋아 죽겠다고 따라다니는."

"정말요?"

"그럼. 내가 보증한다."

길모는 큰소리를 쳤다. 하지만 그냥 위로의 말은 아니었다. 유나의 상이 그랬다. 천한 일을 하지만 돈 많은 남자를 만날 상. 다만 그게 오늘이 아닐 뿐이었다.

"그럼 승아는요?"

유나는 제 빈 곳이 채워지자 승아를 챙겼다.

"승아는 천천히… 마음의 상처가 다 나으면 팍팍 풀리게 될 거다."

[고마워요.]

길모의 말을 들은 승아가 얼굴을 붉히며 수화를 보내왔다.

"그래도 카날리아가 너무너무 잘되고 있어서 정말 좋아요. 그렇지 않으면 떠나기가 좀 그랬을 텐데……."

"야, 그럼 너 밤에 알바 뛰어. 투잡 하면 돈도 많이 벌고 좋잖아?"

"그럴까?"

유나와 홍연은 농담까지도 척척 죽이 맞았다. 그렇게 팀워크가 좋던 길모 사단이다. 하지만 물은 고이면 썩는 법. 조금 아쉽지만 어쩌면 딱 좋은 시기였다.

길모는 홍연의 상을 한 번 더 확인했다.

대운이 서렸다. 게다가 카날리아에서 닦은 수련과 내공이 더해지면 성공은 의심할 여지가 없었다.

"자자, 멤버들 다 왔을 테니 거기 가서 정식으로 작별 인사 하자. 다들 축하해 줄 거야."

"잠깐만요!"

길모가 일어서자 홍연이 길모의 팔목을 잡아챘다.

"왜? 웁!"

돌아서는 길모에게 홍연의 키스가 작렬했다.

"고마움의 선물이에요. 나 유명해지면 이런 거 꿈도 못 꿀 테니까."

길모의 볼에 키스를 한 홍연이 명랑하게 말했다. 모든 게 당당한 홍연. 연예계가 바짝 긴장할 판이다. 하지만 정작 먼저 긴장한 건 길모였다. 그 옆에 혜수가 있었기 때문이다.

"얘, 기왕이면 양쪽 다 해줘라. 뭐든 한 번만 하면 야속하다잖아?"

통 큰 혜수, 한쪽 뺨을 맞으니 반대편을 내밀었다는 그분처럼 홍연의 등을 밀었다.

"에라, 까짓것, 인심이다. 너희들, 이거 찍어서 스캔들이라고 올리면 죽는다?"

홍연은 승아와 유나에게 주먹을 겨누고는 길모의 반대편 볼에 키스를 작렬했다.

쪽!

소리도 아주 컸다.

그 소리만큼 길모 사단의 기쁨도 컸다.

움직임이 곧 웨이브이던 홍연.

그리하여 원초적 섹시함이 뭔지 알려주던 홍연.

조금 돌아가긴 했지만 꾸준한 노력으로 기회를 보던 홍연은 마침내 상승 엘리베이터를 타고 카날리아를 떠나갔다.

제8장

천하 흉상

"잠깐 세워라."

이틀이 지난 후 길모는 만복약국 앞에 차를 세웠다.

[드링크 사게요?]

장호가 물었다.

"며칠 안 들렀더니 좀 허전해서."

"다녀와요. 그렇잖아도 애들이 마담 언니가 주는 거하고 오빠가 주는 거하고 다르다고 하더라고요."

옆에서 혜수가 응원해 주었다.

"오케이, 후딱 다녀올게."

길모는 차에서 내렸다.

만복약국!

그 간판이 주는 느낌은 여전히 이상했다. 류 약사에 대한 기억 때문일까? 이제는 까마득히 멀어진 기억이 간판을 타고 걸어 나왔다.

'그러고 보니 류 약사가 외국 간 지도 꽤 되었……?'

문을 열고 들어서던 길모는 눈을 의심했다. 약국 안에 류 약사가 보인 것이다.

"어머, 홍 부장님!"

게다가 말까지 한다.

"오랜만이에요."

거기에 악수까지 청한다. 이쯤 되면 상상은 아니었다.

"어떻게……?"

길모는 류 약사의 손을 잡은 채 어리벙벙해 물었다.

"그쪽이 할리데이라서 잠깐 나왔어요. 홍 부장님 얼굴 무지 좋아졌네요? 애인이라도 생겼어요?"

류 약사가 정곡을 찔러왔다.

"……."

"어머, 장난인데 진짜 생겼나 보네?"

"그게……."

"얼굴까지 빨개지시고……."

"에이, 모르겠다. 진짜 애인 생겼어요."

길모는 답답한 게 싫어 이실직고하고 말았다.

"정말요?"

"네, 그러니까 류 약사님도 좋은 남자 만나서 데려오세요."

"뭐 그러죠. 누가 못 할 줄 알아요?"

"드링크나 주세요."

"여기 있어요."

류 약사는 예전의 그 드링크를 한 박스 내밀었다.

"그거 말고 저거요."

"예? 홍 부장님 18번 드링크는 이거잖아요?"

"맞아요. 하지만 요즘 손님들 입맛이 바뀌어서……."

길모는 다른 음료수를 집어 들었다.

"언제 들어가요?"

"모레요. 좀 쉬려고 했더니 외삼촌이 세미나 가야 한다고 끌어내지 뭐예요."

"시간 되면 밥이나 한번 먹어요."

"좋죠."

마지막 대화는 의례적이었다. 그냥 한번 해본 말. 다행히 류설화도 그렇게 받아들이는 것 같았다.

[형, 류 약사님 온 거 아니에요? 안에 여자가 있는 거 같은데?]

눈치 빠른 장호가 수화를 그려댔다.

"운전이나 하시지. 저기 구청 불법 주차 단속반 떴다."

[알았다고요!]

범칙금을 싫어하는 장호는 언제 그랬냐는 듯 약국에 대한 관심을 접고 핸들을 꺾었다.

카날리아로 들어온 길모는 드링크를 따서 원샷했다. 하나를 더 따서 혜수에게 주었다. 그리고 또 하나는 장호에게 건넸다. 그것으로 끝이었다. 신기하게도 류 약사에 대한 기억은 추억 이상도 이하도 아니었다.

장호가 바닥을 닦는 동안 길모와 혜수는 1번 룸에 있었다. 길모는 석간신문을 넘겼다. 경제면의 박태우 회장에 대한 기사가 눈길을 끌었다. 길모가 짚어낸 그린 메일 건이다. 기사가 긍정적인 걸 보니 대처가 잘된 모양이다.

그런데 사실 길모는 그 옆면의 기사가 더 당겼다.

천사의 마음, 악마의 얼굴.

자극적인 타이틀이지만 기사는 참신했다.

외국의 한 회사원. 얼굴은 추남이지만 남모르는 선행을 거듭하다 마침내 신분이 밝혀져 대통령궁의 초대를 받았다는 훈훈한 기사였다.

추남.

길모의 눈에는 악상으로 보였다. 그 사진 위로 박태우 회장의 아들이 겹쳤다.

오관이 두루 악상.

"채 실장."

길모는 신문 속 인물의 얼굴만 찢은 후 넌지시 혜수에게 밀었다.

"왜요?"

"그 사람 관상 좀 봐봐."

"어머!"

"악상이지?"

"그러네요. 어쩌면… 눈, 코, 입, 귀 전부 다…….."

"오관이 악상이야."

"어머, 이거 책에서 봤는데…….."

혜수가 뭔가 생각났는지 엉덩이를 들었다.

"책은 필요 없고 관상이나 보라니까."

"테스트예요?"

"공부."

길모는 딱 잘라 말했다. 관상 책에는 온갖 상에 대해 언급하고 있다. 그런데 실제로 그와 똑같은 상을 현실에서 보는 건 쉬운 일이 아니었다. 그러니 이만큼 좋은 공부가 따로 없었다.

"볼 게 뭐 있어요? 이렇게 죄다 악상이면 보나마나……."

혜수는 사진을 길모에게 밀치며 뒷말을 이었다.

"대박 길상이죠!"

"……!"

혜수는 오관이 고루 노출되고 흉하면 그 또한 조화로움이니 길상에 속한다는 걸 알고 있었다.

"알고 있었어?"

"책에서 보긴 했어요. 그런데 실제로 이런 사람이 있네요."

"그러니까 세상이 넓은 거지."

길모는 그제야 기사를 건네주었다. 기사를 읽은 혜수가 고개를 끄덕였다.

"오늘의 가르침은 조화! 명심해!"

"이거 말고 또 가르쳐 줄 거 있잖아요."

기다렸다는 듯이 혜수가 물었다.

"뭐?"

"거시기상!"

"……?"

"아직 배울 내공이 부족한가요?"

"그, 그건······."

"안 가르쳐 주면 모 대인님 찾아가서 물어볼 거예요."

"뭐야? 그건 너무하잖아?"

"그러니까 알려줘요."

혜수의 표정은 완강했다. 무시하고 넘어가면 정말 모상길에게 달려갈 것만 같다. 그렇게 되면 대략 낭패. 자칫하면 노구의 남자와 젊은 여자가 알몸으로 마주할 수도 있었다.

"알았어. 내가 그럴 만한 자리에서 가르쳐 줄게."

"좋아요. 그 말 다 녹음했으니까 대충 넘어갈 생각은 마세요."

혜수가 핸드폰을 흔들었다.

"그전에 테스트!"

"또요?"

"관상에 끝이 없다는 거 알면서 왜 그래?"

"알았으니까 말해보세요."

"말 나온 김에 오관에 대해 쫙 읊어봐. 큼직한 것 중심으로."

"그건 다 아는데······."

"안 하면 실전 경험 안 시켜줄 거야."

"예? 그럼 오관이 악상인 사람이 온단 말이에요?"

"아마?"

길모가 웃었다. 그건 박태우 회장의 아들을 염두에 두고 한 말이다. 그가 오늘 예약을 부탁해 온 것.

"신장, 덕성, 여자, 학문!"

혜수는 길모의 말이 떨어지기 무섭게 몇 단어를 쏟아냈다.

"첫 번째 귀는 통과!"

길모가 말했다. 귀의 핵심을 꿰뚫는 단어들. 그러니 더 물어볼 것도 없었다.

우선 신장.

귓구멍은 신장을 상징하므로 신장과 연결되어 있다. 나아가 덕성의 상징이며 남자보다 여자에게 중요시된다. 마지막으로 귀가 눈썹 높이에 이르면 학문의 일가를 이룰 수 있다고 보았다.

"새싹, 명성, 동기간 우애!"

"통과!"

"흐음, 봐주는 거 아니죠?"

"절대!"

"남자, 정신, 에너지, 오장육부······."

이번에는 눈이었다. 이 또한 눈의 핵심을 잘 파악하고 있으니 딴죽을 걸 일이 없었다.

"그럼 코로 가요. 얼굴의 근본, 자기 자신, 강줄기, 재물!"

혜수는 거침이 없었다. 눈이 마음의 창이라면 코는 마음의 표상이라는 말이 있다. 그러니 코는 얼굴의 중심이자 자기 자신을 나타내는 곳이 맞았다. 나아가 12궁의 하나로 재물궁을 상징하고 있으니 그 또한 시비의 대상이 아니었다.

이제 남은 건 입.

"문, 마음의 표현, 여자, 꽃······."

혜수는 내처 내달렸다.

말이 지어지고 들락거리니 문이오, 다른 기관과 달리 마음을 표현하니 두 번째까지도 문제되지 않았다. 여자라고 한 건 상학의 기본에 속했다. 남자는 눈이 우선이요, 여자는 입술이 우선 아닌가?

마지막에 나온 꽃은 심장이 어쩌고 하는 설명까지 갈 필요도 없었다, 얼굴 부위에서 가장 붉은 입술, 그냥 보아도 꽃이 아닌가?

혜수는 부록으로 혀와 치아에 대해서도 몇 가지를 보탰다. 설명을 끝낸 그녀는 정답을 다 맞힌 학생처럼 생글생글 웃었다.

길모는 그녀를 위해 박수를 쳐줄 수밖에 없었다. 고맙고도 자랑스러운 혜수였다.

밤 10시 반.

길모는 서 부장의 룸에서 나왔다.

서 부장.

떠나기 전에 보은이라도 하듯 단골들을 불러댔다.

"제가 카날리아 2호점을 내게 되었습니다. 여기나 거기나 다 같은 카날리아이니 가까운 쪽을 많이 이용해 주시면 고맙겠습니다."

손님들에게 하는 인사도 거의 같았다.

방금 전의 손님은 아들의 과외선생을 상담했다. 길모는 세 명의 후보자 중에서 여자를 골라주었다.

"우리 아이가 사내인데……."

손님은 고개를 갸웃거렸다. 길모가 점찍은 과외선생은 20대 중반의 명문대 대학원생. 자칫 불장난이라도 일어날까 우려가

되는 모양이다.

"이 여자 분은 믿어도 됩니다. 귀만 보아도 아래가 뾰족하여 이성으로 다져진 사람이니 자기가 가르치는 학생과 절대 허튼 짓하지 않습니다."

길모는 길게 설명하지 않았다. 여러 가지를 맞춰보았지만 설명은 그것으로 끝내 버렸다.

다음으로 이 부장의 손님을 챙겼다. 거기서 창해를 보았다. 창해는 표정이 밝았다. 길모는 그게 좋았다. 그녀 역시 아픈 상처를 간직한 여자. 그걸 씻어내고 도약할 수 있다면 얼마나 좋을까? 카날리아의 모든 사람이 잘되는 것, 그건 여전히 길모의 소망이었다.

두 룸을 더 들르고 별실로 올라왔다.

이제 별실 손님을 맞을 차례였다.

물을 마시며 예약을 체크할 때 전화가 들어왔다.

박태우의 아들 박진혁이다.

─지금 가도 되겠습니까?

묻는 목소리는 맑았다.

"그럼요. 기다리고 있겠습니다."

길모는 정중히 전화를 받았다. 사진으로는 이미 보았지만 아주 드문 상을 가진 사람. 실물이 가까이 왔다니 작은 설렘까지 일었다.

"장호야!"

길모는 장호를 호출했다.

[예!]

"윤표, 밖에 있지?"

[그럼요.]

"새 손님이 한 분 오실 거야. 도착하시면 바로 전화 때리라고 해."

[알았어요.]

장호가 나갔다.

길모는 가만히 소파에 등을 기댔다.

사람 얼굴.

어떻게 보면 변화가 있고 말고도 없었다. 커야 손바닥 두 개이고 작으면 한 개가 아닌가? 그런데도 그 안에서 삼라만상의 변화가 무궁하게 일고 있다.

사람들은 말한다.

지문은 사람마다 다르다고.

목소리도 다 다르다고.

길모는 거기에 관상을 덧붙이고 싶었다. 사람 얼굴도 다 다르다. 쌍둥이도 다르다. 지구 상의 모든 인물을 가져다 놓는데도 관상이 일치하는 사람은 없을 것으로 보였다.

그쯤에서 문득 호영이 떠올랐다. 길모와 똑같이 생긴 사람. 그가 지금 이 앞에 있다면 둘의 관상은 어떻게 다를까?

관상.

두고두고 생각해도 오묘한 학문이었다.

그로부터 10분 후, 길모의 전화가 울렸다.

"손님 도착하셨어요!"

목소리의 주인공은 윤표였다. 길모는 옷맵시를 다듬고 주차장으로 나갔다. 두 대의 세단이 막 시동을 끄고 있다.

오관 제멋대로의 주인공은 앞차에서 내렸다. 그러자 뒤차에서도 한 사람이 내렸다.

'손님을 달고 오셨나?'

가만히 고개를 들던 길모의 눈이 휘둥그레졌다.

오관이 노출된 박태우의 아들. 그를 기다리고 있던 길모의 시선이 뒤에 선 사람에게 넘어갔다. 그는 완전 반대였다. 오관이 단정한 중년의 남자. 묘한 짝을 이룬 두 사람이 동시에 등장한 것이다. 하나의 불협화음처럼 보이는 두 조합의 미묘함. 그걸 확인한 길모의 가슴이 격하게 출렁거렸다.

"모시겠습니다!"

길모는 직접 박진혁을 안내했다.

"아버님께 말씀 많이 들었습니다. 이렇게 뵙게 되어 영광입니다."

별실에 들어선 박진혁이 먼저 허리를 조아렸다.

"별말씀을. 편하게 앉으시지요."

길모는 자리부터 권했다.

"이분은 제 직속 이사님이십니다."

박진혁이 동행을 소개했다.

'이사?'

순간, 길모의 눈이 출렁거렸다.

머리가 희끗하고 명궁이 훤해 최근 운은 상승세지만 이사까지 오르기에는 관골의 빛이 다소 모자랐다. 유년운기부위에 빛이 모일 3년 후라면 몰라도 아직은 이사가 될 얼굴이 아니었다.

"한 말씀 하시죠, 진 이사님."

박진혁은 남자에게 깍듯하게 예우했다. 길모는 잠시 고개를 갸웃거렸다. 아직 중역이 되기에는 역부족한 남자. 그런데 회장의 아들이 쩔쩔매고 있다.

박진혁이 초장부터 테스트를 하는 것인가?

"이번 헤지펀드 건을 책임지고 있는 진기성입니다."

남자가 묵례를 해왔다. 어쩌면 잘못 봤나 싶을 정도로 상류층의 매너가 몸에 밴 사람이다.

"아, 네."

길모는 일단 인사부터 받았다.

"술은 뭐로 하시겠습니까?"

박진혁이 진기성을 향해 물었다.

"그건 박 부장 자네가 알아서 하게나."

자네.

평상어가 나왔다. 그것도 아주 자연스럽게.

"그럼 이사님이 평소 좋아하시는 로열 살루트 38년으로 하겠습니다."

"좋도록."

"아무래도 텐프로라니 아가씨도……."

"좋도록 하시게."

진기성의 태도는 하나도 어색하지 않았다.

'진짜 이사인가?'

길모는 고개를 갸웃거리며 복도로 나왔다.

[초이스예요?]

복도에 서 있던 장호가 수화를 날려 왔다.

"아니. 그냥 승아하고 숙희 올려 보내라고 해."

[알았어요. 술은?]

"로열 38!"

길모는 간단하게 오더를 전했다.

아가씨들이 올라오자 몇 가지 주의할 점을 알려주고 함께 들어섰다.

"그쪽은 여기 이사님 옆에. 나름 소리 없는 주당이시니 잔 비기가 무섭게 채워드리세요."

박진혁은 숙희를 진기성 옆에 앉히고 몇 마디 참고 사항을 알려주었다.

"자, 그럼 홍 부장님도 바쁘실 테니 본론으로 들어가 볼까요?"

두 잔을 비운 박진혁이 길모를 바라보았다.

"예."

"어떻습니까, 우리 이사님? 아랫사람으로서 이런 말씀은 실례지만 워낙 회장님의 특별한 지시가 있는 차라……. 관상학적으로 이번 헤지펀드에 맞설 만합니까?"

박진혁의 질문에 진기성을 바라봐야 할 타임임에도 길모는 오히려 박진혁을 바라보았다.

"홍 부장님!"

"그전에 한 가지 궁금한 게 있습니다."

길모가 입을 열었다.

"말씀하시죠."

"여기 진 이사님, 명함 한 장 주시겠습니까?"

"명함이요?"

옆에 있던 진기성이 길모의 말이 끝나기도 전에 품에서 명함을 꺼냈다.

"……!"

〈재무이사 진기성〉

명함에 진기성의 직함이 찍혀 있다.

재무이사.

명함이 있다. 그렇다면 길모가 틀린 것? 길모는 한 번 더 진기성을 바라보았다. 그러고는 받아 든 명함을 천천히 반 토막으로 찢어버렸다.

찌익!

소리가 침묵을 깨자 박진혁의 표정이 일그러졌다.

"왜……?"

"죄송하지만 오늘은 관상을 보지 않겠습니다."

길모가 대답했다.

"저희가 무슨 결례라도……?"

박진혁의 눈빛에는 우려가 가득했다.

"결례는 제가 한 것 같아서 그럽니다."

"홍 부장님이 무슨?"

"진 이사님 말입니다. 분명 두 분이 함께 '이사'라고 하는데 제가 보기엔 저 상에서 이사 직함이 읽히지 않습니다. 그러니 제가 수련 부족이든가, 아니면 오늘 피곤하여 상이 겹치는 것일 테니 양해해 주시면 훗날 총기가 맑은 날을 잡아 다시 모시도록 하겠습니다."

"······?"

"그러니 오늘은 술이나 즐기다 가십시오. 대신 제 미력한 탓이니 술은 얼마를 드시든 계산하지 않겠습니다."

"그러니까 속된 말로 GG를 치시는 거로군요?"

박진혁이 웃으며 물었다.

"그런 셈이군요."

"푸하하핫!"

길모가 대답하기 무섭게 두 남자가 배를 잡고 웃었다.

"······?"

"아하핫, 아하하핫!"

박진혁의 웃음은 오래갔다. 어찌나 크게 웃는지 보는 사람이 황망하여 살짝 짜증이 돋을 정도이다.

"물 좀 주겠어요, 아가씨?"

박진혁이 승아에게 손을 내밀었다. 얼음이 동동 뜬 물을 단숨에 들이켠 박진혁. 그는 찔끔 흐른 눈물을 닦아내고서야 진지하게 말을 이었다.

"죄송합니다, 홍 부장님."

박진혁이 고개를 숙이자 옆에 있던 진기성도 덩달아 묵례를 했다.

"사실 이분은 저희 회사 재무이사님이 아니라 재무과장님이십니다."

"······."

"역시 고명 이상으로 칼날 같은 관상을 보시는군요. 하지만 기분 나빠하지는 마십시오. 부장님을 떠보려고 한 건 아니니까요."

떠본 게 아니다?

길모는 고개를 갸웃거렸다. 궤변이 아닌가?

"이유를 말씀드리기 전에 일단 묻겠습니다. 부장님이 보기에 우리 진 과장님 역할이 어땠습니까?"

"⋯⋯."

"너무 중차대한 일이라 제가 꾸민 일이니 화내지 마시고 좀 알려주시면⋯⋯."

"결국 저를 시험한 일 아닙니까?"

길모는 잠자코 있다가 비로소 입을 열었다.

"그렇긴 합니다만 저처럼 관상을 잘 모르는 사람은 직접 겪어봐야만 아는지라⋯⋯."

하긴 틀린 말은 아니었다.

"좋습니다. 한 번 테스트는 이해를 해드리지요."

길모는 쿨하게 받아들였다. 그동안 겪은 수많은 테스트. 길모 입장에서야 다소 기분이 상하기도 했지만 길모를 찾아온 사람들 입장에서는 그럴 수 있었다. 관상이라는 게 무슨 자격증이나 면허증처럼 떡하니 증표를 걸어둘 수도 없지 않은가?

"고맙습니다."

박진혁이 환하게 웃었다.

"이사님, 아니, 과장님 역할은 기가 막혔습니다. 경륜이 묻어나는 얼굴에 표정과 말투, 게다가 행동까지도. 자칫하면 제가 속을 뻔했으니까요."

"그렇군요. 실은 그런 까닭에 제가 이분을 앞세웠습니다."

"세웠다면?"

"보시다시피 제가 좀 추남 아닙니까? 얼굴이 이렇다 보니 예전에 소개팅 자리에서 도망친 여자도 많았습니다. 물론 그건 제게 득이 되었지요."

박진혁은 간단하게 자기의 히스토리를 이어나갔다. 외모가 이렇다 보니 여자를 멀리하고 공부에 몰입했다는 것, 더러는 부친에게 융통성 없는 책상귀신으로 보이기도 했다는 점 등……

"그런데 이런 저를… 게다가 한 번도 뵙지 못한 생면부지인데 길상이라고 띄워주셨다니 정말 절이라도 하고 싶은 심정이었습니다."

"저는 관상가로서 제 눈으로 본 대로 말씀드린 것뿐입니다."

"아니, 꼭 그렇지는 않습니다."

박진혁이 돌연 고개를 저었다.

"네?"

"실은 제가 일전에 꽤 유명하다는 관상가를 찾아간 적이 있습니다. 그랬더니 그분 말이 성형을 하라고 하더군요. 그렇게 되면 부와 여자를 다 가질 수 있을 거라고. 그 말인즉슨 제 얼굴이 길상은 아니라는 뜻 아니겠습니까?"

"그런데 왜 성형을 하지 않으셨죠?"

그건 길모도 궁금했다. 길모 같으면 이 천연기념물급 관상에게 칼을 대라고는 말하지 못했겠지만 박진혁의 입장에서는 어려운 일도 아니었을 터. 왜냐하면 돈도 있고 부모 역시 크게 반대하지 않았을 것이기 때문이다.

"아는 분의 추천으로 성형외과에 갔었죠. 그런데 거기 앉아 있다 보니 별의별 사람들이 다 오는 거예요. 심지어 어떤 여자분은 붕대를 감고 나오고… 피딱지를 더덕더덕 붙인 채 나오고…….'

"……."

"그걸 보고 있자니 이건 아니다 싶더군요. 얼굴이 좀 그렇긴 해도 그렇다고 장애도 아니고 괜히 뜯어고쳐서 내가 아닌 얼굴로 사느니 그 돈으로 술이나 마시자 싶었어요."

"……."

"그날 밤 친한 친구 놈들 전부 불러내 근사한 곳에서 밤새 놀았지요. 덕분에 그놈들, 아직도 나를 추종하고 있답니다. 어떻습니까? 그만하면 괜찮은 투자 아니었나요?"

"그렇군요."

길모가 웃었다. 최상의 선택이었다. 만약 그때 미남으로 대수술을 했더라면 박진혁의 운은 완전히 달라졌을 것이다. 말하자면 하늘이, 조상이 준 복을 차버렸으니 어쩌면 지금 박 회장의 괄시와 무시가 극을 달리고 내놓은 자식 취급을 받고 있을지도 몰랐다.

"아무튼 회장님께 돌연 중책을 맡고 보니 우리 진 과장님이 떠오르는 겁니다. 물론 실력이 출중한 다른 이사님들도 많지만 저하고 짝을 이루기는 무리가 있지요. 하지만 우리 진 과장님이라면 제가 구상한 전략대로 저쪽 헤지펀드 애들 앞에다 떡하니 세워도 맞장을 뜰 만할 것 같은데 이게 또 인증이 필요하지 않겠습니까?"

'인증?'

그제야 길모의 뇌리에 찌릿 전류가 흘러갔다.

인증! 그 최고봉에는 박 회장이 있을 것이다. 그렇다면 길모의 인증이야말로 효과가 있을 일이다.

"그러니까 제게 통하나 보시려고……."

"바로 그겁니다."

박진혁이 주먹을 쥐어 보였다. 길모는 혀를 내둘렀다.

굉장한 머리였다. 이는 처음부터 길모에게 말을 해서는 안 될 일. 말하자면 관상 대가인 길모부터 속이고 들어가야만 하는 일이었던 것이다.

"어차피 저희 회사를 도와주시는 참이니 그 과정으로 생각하고 이해해 주시면 고맙겠습니다."

박진혁이 재차 고개를 조아렸다.

짝짝짝!

순간, 길모는 박수를 쳐 주었다. 아주 흔쾌한 박수였다. 이처럼 치밀한 전략을 가지고 임한다면 누군들 쉽게 볼 수 있을까? 길모가 본 관상과 딱 맞아떨어지는 한 수였으니 박수를 쳐주는 게 마땅했다.

"그럼 죄송하지만 우리 진 과장 운세나 좀……. 아무래도 부장님 이름을 거명하면 회장님께서 물어볼지 모르는 일이라……."

박진혁은 공사가 분명했다. 공적인 일이기에 부친에 대한 호칭을 아버지라고 하지 않고 회장이라 칭했다. 사소하지만 박진혁의 격을 알 수 있는 한 대목이다.

'오관이 조화로운 사람……'

길모는 진기성의 얼굴을 바라보았다. 척 봐도 인상이 좋은 사람. 그러면서도 눈에 힘을 주면 함부로 보기 어려운 분위기도 있다. 한마디로 협상에 세우기 좋은 상이었다.

"그렇다면 제가 인증 단계를 하나 더 강화해도 되겠습니까?"

길모가 웃으며 제안을 던졌다.

"인증 단계라고요?"

"중대한 일이니 한 번 더 짚고 넘어가면 좋을 것 같군요."

"그건 마음대로 하십시오."

박진혁의 동의가 떨어지자 길모가 복도의 장호를 불렀다.

"가서 채 실장 좀 오라고 해."

길모는 이쯤에서 혜수를 불러 올렸다.

"우리 실장이자 관상으로는 제 수제자에 속하는 사람입니다. 관운이나 계약운 같은 건 저보다 나은 면도 있으니 한번 들어보시지요."

혜수가 인사를 마치자 길모가 말했다.

"어이쿠, 미녀 분이 오시니 얼굴이 뜨끈뜨끈해지는데요?"

진기성이 너스레를 떨었다.

"여기 두 분의 관계부터 짚고 가도록."

길모가 첫 번째 주문을 날렸다.

"두 분은 나이와 달리 직함이 뒤바뀐 것으로 보입니다."

혜수가 바로 대답했다.

"됐습니다. 이거 제가 괜히 낯 뜨거워지니 검증은 그만 하시고 진행해 주십시오."

박진혁이 오랜만에 술을 넘겼다.

그 말과 함께 길모의 신호가 떨어졌다.

제멋대로 생긴 오관.

너무나 조화로운 오관.

혜수는 잠시 호흡이 엇갈렸다. 관상 책에서도 보기 힘든 두 개의 상이 여기 있다. 그러니 혜수에게도 역사적인 순간이었다.

순조화와 역조화!

두 사람의 시선에 거슬리지 않도록 주의 깊게 상을 본 혜수는 그제야 알 것 같았다. 왜 부조화의 조화가 더 좋은 관상인지.

전자는 그래도 많았다. 설령 오관의 조화에 한둘 미치지 못한다고 해도 참고가 될 수 있었다. 하지만 악상이 조화를 이루기는 쉽지 않은 일. 그렇기에 그 얼굴에는 더 강한 기세와 혈색이 모여들 수 있었다.

얼굴의 오악이 다투듯 멋대로 치고 나간 형국이었으니 기세가 약하고서야 있을 수 없는 일이었다.

둘이 함께 있으니 모자람이 채워지고 빛나는 건 더 반짝이는 조합이었다. 진기성의 미릉골과 관골은 마치 박진혁의 반사판 같았다. 조금 부족하지만 얼핏 보면 큰 차이가 없는 상. 나아가 그 빛이 점점 더 생기를 더하고 있으니 향후 수삼 개월은 그 운을 막을 자가 없어 보였다.

"수삼 개월은 누구든 그 앞에 적수가 되지 못할 듯싶습니다."

진기성의 얼굴에서 액운을 찾아내지 못한 혜수는 그의 얼굴에서 번지는 화색을 증거로 홀가분하게 말했다.

그러자 진기성과 박진혁의 시선이 길모에게 쏠렸다. 확인을 원하는 것이다.

"2개월입니다."

진기성의 유년운기부위를 짚어낸 길모가 기다렸다는 듯 입을
열었다.

"2개월?"

되물음은 박진혁의 입에서 나왔다.

"그때까지의 운세가 가장 강합니다. 그 이후로는 다소의 액
운이 들고나는 날이 있으니 헤지펀드와 협상을 하시려면 2개월
안에 담판을 보는 게 좋을 듯싶습니다."

"그거 시원한 말씀이군요. 저들의 주주총회 결의금지 가처분
소송이 기각되면 바로 역공을 펼칠 겁니다. 저쪽 펀드의 수장이
미국 행정부를 등에 업고 달려든 것 같은데 정부의 핵심 인물이
바로 제 미국 유학 시절 기숙사 룸메이트의 부친이더군요. 그
친구와 통화가 끝났는데 그동안 너무 안하무인격으로 그 부친
의 이름을 팔고 다녀서 이번에는 아예 선을 그을 거라는 말을
들었습니다. 일단 소액주주 대표들을 만나 그들의 의견을 경청
하고 그 의견을 경영에 반영하는 안을 구상 중인데, 거기에 대
해 큰손 기관 쪽에도 지지해 줄 라인을 형성 중입니다. 그렇게
되면 안팎의 부담이 거의 사라지게 됩니다. 저들은 상황이 불리
해지면 주가 급등을 노려 시간외 대량 매매인 블록 딜을 노리거
나 그린 메일을 보내오겠지만 우리도 주가를 조종할 수 있는 단
기 공시가 몇 개 준비되어 있습니다. 그걸 무기로 삼아 숨통을
조이면 잘하면 IMF 이후 우리나라를 호갱으로 여기던 해외 헤
지펀드에게 한 방 제대로 먹일 수 있는 기회가 될 수도 있을 것

으로 봅니다."

박진혁이 거침없이 설명을 이었다.

길모는 고개를 끄덕거렸다. 그는 과연 준비된 사람이었다. 그 준비는 길모가 관상을 봐주고 부친의 신뢰로 날개를 달았다.

'과연 천운이란……'

길모는 관상의 위력에 대해 혀를 내둘렀다. 누가 상학에 통달하면 천기를 읽을 수 있다고 했던가? 외관상 추한 용모 덕분에 인정받지 못하고 눌려 살던 박진혁. 그럼에도 불구하고 얼굴에 칼을 대지 않고 하늘이 내리는 때를 기다리며 묵묵히 실력을 쌓아온 덕분에 마침내 진가를 발휘하게 된 것이다.

길모는 고개를 끄덕거렸다.

그는 완벽하게 준비된 자. 더구나 그룹의 전권을 부여받은 마당이다. 그렇기에 제아무리 교활한 헤지펀드라고 해도 그를 넘어설 수는 없을 게 자명했다.

제9장

200억 치킨 게임

"그럼 이제부터 편안하게 달려보겠습니다."

박진혁은 비즈니스가 끝났다는 신호로 양복 상의를 벗어던졌다. 신호를 받은 진기성이 넥타이를 풀어 이마에 질끈 동여맸다.

"자자, 진 과장님, 우리 홍 부장님을 위해 노래 일발 장전!"

"옛썰!"

죽이 척척 맞는 두 사람. 생김새는 완전 딴판이지만 마음은 잘 통하는 모양이다. 진기성의 노래는 구성지면서도 성량이 풍부했다. 장르도 불문이라 서너 곡을 부르는 동안 최신 가요부터 팝송, 록발라드에 이어 창까지 흐드러지게 풀어냈다.

술과 안주도 최고급으로 추가되었다. 덩달아 승아와 숙희도 바빠졌다. 갑자기 분위기가 변한 탓이다.

그런데 거기서 또 굉장한 반전이 있었다.

숙희가 진기성이 창을 부르는 사이 일어나 고전무용으로 장단을 맞춘 것이다. 그 솜씨는 분명 혜수보다도 나았다.

짝짝짝!

마지막 선곡인 창이 끝나자 진기성이 마무리 인사를 했다. 그걸 끝으로 박진혁이 계산서를 요청했다.

사천이백만 원.

거기에 보태진 복채 봉투.

아가씨들 팁은 신기성이 따로 이백만 원을 보태놓았다.

"한 일 년 치 유흥비를 한 번에 지출한 것 같습니다. 사실 회장님의 엄명은 일억 정도 쏘라고 했는데 술값으로 쓰기에는 너무 과한 듯해서……."

술이 거나하게 올랐지만 박진혁은 흐트러짐이 없었다.

부릉!

두 사람이 가는 길을 길모와 혜수, 승아와 숙희가 배웅했다. 박진혁은 차가 멀어질 때까지 창으로 손을 내밀어 흔들어주었다.

"쿨한 분인데요?"

혜수가 먼저 입을 열었다.

"그러신 거 같아요. 매너들도 좋으시고."

옆에 있던 숙희가 장단을 맞춰왔다.

"그나저나 숙희 너는 언제 고전무용을 배웠냐?"

궁금한 차에 길모가 물었다.

"솔직히 제가 얼굴만 밋밋한 게 아니었잖아요? 그래서 골프 레슨에 바이올린, 영어회화까지 같이 배우고 있어요."

"에? 그렇게나 많이?"

"처음에는 다 할 수 있을까 걱정했는데 별거 아니더라고요. 대개 주중 3회 가거나 주말반 등록하니까 그래도 시간이 남는 거 있죠? 그래서 스케줄 맞으면 와인 소믈리에도 배우려고요."

"······?"

"손님 중에 외국 출장 잦은 분이나 비즈니스로 처음 가시는 분들은 와인에 대한 부담이 있더라고요. 뭐 격식이라든가 먹는 법이라든가······. 그런 분에게 실습할 수 있는 기회를 드리면 좋아하실 것 같아서······."

"숙희, 굉장하다."

혜수가 엄지를 세워 보였다. 그 뒤를 이어 길모와 승아도 엄지를 세웠다.

'숙희, 이제 자기 일을 즐기고 있다.'

즐기는 사람.

가장 무서운 사람이다. 이런 사람은 노력으로도 당할 수 없다. 길모가 예측한 대로 숙희는 얼굴만 아까노끼가 아니라 일체의 모든 것을 아까노끼로 바꾸는 노력을 감행 중인 모양이다.

[어휴, 부러워.]

옆에 있던 승아가 입술을 내밀었다. 시샘이 아니라 진짜 부러워하는 표정이다. 목소리를 잃어버린 승아. 그런 그녀였기에 선택할 수 있는 일이 많지 않았다.

"오빠!"

별실 룸으로 길모를 따라 들어온 혜수가 그를 불렀다.

"왜?"

"승아하고 장호 말이에요."

200억 치킨 게임 293

"걔들이 왜?"

"괜찮은 의사 선생님 연결되면 언제 한번 대학병원에 데려가 보는 건 어때요?"

"응?"

"목 말이에요. 내가 알아보니까 농아라는 게 청력과 말이 다 안 되는 건데 걔들은 듣는 건 문제가 없으니 혹시 모르잖아요? 의학 기술이 계속 발달하고 있으니 목소리를 찾을 수 있을지……."

"아!"

길모의 입에서 감탄이 새어 나왔다.

일리가 있는 말이다.

오래전에 수술 불가능 판정을 받고 긴 세월을 앉은뱅이나 장애인으로 살던 사람들이 현대의학으로 기능을 되찾았다는 보도를 본 기억이 있다.

"아, 왜 그 생각을 못했지?"

"본인에게는 건강검진 정도로 말하고 가보면 될 거 같아요. 혹시 또 여전히 불가능하면 괜히 실망할 수도 있으니까요."

"오, 그러고 보니 오늘 김 원장님이 잘나가는 선배 모시고 오기로 했는데 조언 좀 구해봐야겠네. 고마워. 나는 내 일만 하느라 그 생각을 못 했어."

"아무도 오빠 탓 안 해요. 사실 승아하고 장호를 위해 그런 생각을 할 여유를 갖게 된 것도 오빠 덕분이잖아요. 이제는 수술비로 얼마가 나와도 걱정이 없으니까요."

"그런가?"

"게다가 승아는 요즘 수입이 괜찮은 덕분에 동생들과 부모님

걱정도 덜었어요. 그러니 슬슬 자기 장래를 위할······.”

“그건 혜수가 잘 조언해 줘.”

“알았어요.”

대답하는 혜수가 사랑스러웠다. 그래서 얼른 키스를 하려는데 때마침 룸 문이 열렸다. 장호였다.

[앗!]

“야, 너 노크 안 해?”

길모가 괜히 목소리를 높였다.

[나가 드려요?]

“됐거든. 왜?”

“예약 손님이 오셨어요. 조금 일찍 도착했다고 지금 입실해도 되느냐고······.”

“얌마, 룸도 비었고 예약이신데 당연히 모시지 초짜처럼 왜 그래?”

[이런 일 있을까 봐 그랬죠.]

“죽을래?”

길모가 재떨이를 드는 시늉을 하자 장호는 얼른 복도로 뛰어나갔다.

“저 내려갈게요.”

혜수가 웃으며 말했다.

이번 부킹 손님은 노봉구였다. 청담동의 큰손. 길모의 카날리아에 온 건 꽤 오랜만이다.

“이어, 오랜만이네?”

길모가 나오자 노봉구가 손을 내밀었다. 그는 예약 때 밝힌 것처럼 손님 을 대동하고 있었다.

"들어가시지요."

길모는 정중히 그를 맞았다.

"어이쿠, 1번 룸 위의 별실 룸이라더니 그 말이 딱이군."

별실에 들어선 노봉구가 두리번거리며 사방을 살폈다.

"그간 평안하셨지요?"

길모가 물었다.

"나 같은 퇴물이야 병 없으면 평안하지. 이쪽은 오 회장."

노봉구가 옆 사람을 소개했다.

"반갑네. 홍 부장 얘기는 귀에 못이 박힐 정도로 많이 들었네."

오 회장이 손을 내밀었다. 길모는 그 손을 잡은 후 그가 내미는 명함을 받아 들었다.

오장국.

이름 석 자에 이어지는 전화번호 하나뿐이다.

'직함이 없다?'

척 봐도 재복궁에 재물이 넘치고 전택궁 또한 푸짐하게 꽉 찬 사람이다. 그런데 직함이 없다? 길모는 이내 그의 직업을 알아차렸다.

'사채업자.'

다만 그 포스가 노봉구나 천 회장과는 달랐다. 어쩌면 그보다 더 큰손일 수도 있었다.

"이 양반이 미신을 좋아하거든. 그래서 내가 홍 부장 얘기를 했지. 그 덕에 술 좀 얻어 마시고 말이야."

옆에 있던 노봉구가 너스레를 떨었다.

"술술 하니 술부터 부탁하네. 여기가 좀 비싸다던데 약소하지만 여기에 맞춰주겠나?"

오장국이 내민 건 일억짜리 수표였다.

'화끈하시군.'

길모는 오장국의 행태가 마음에 들었다. 딱히 돈 때문은 아니었다. 돈을 내미는 그의 미소가 가뜬했다. 간혹 보면 돈이 아까워 발발 떨며 접대하는 사람을 볼 수 있다. 그러면 될 일도 안 된다. 쓸 때는 화끈하게 질러 버리는 게 얻어먹는 사람에게도 좋은 영향을 미친다.

"술은 위스키로 할까요, 코냑으로 할까요? 아니면 와인?"

"거 주류는 저 양반에게 허락 받고 술 가져올 때 나는 소주 빨간 딱지 한 병만 부탁하네. 입가심부터 하게."

"그러죠."

길모는 묵례를 올린 후 노봉구에게서 코냑 오더를 받아 들었다.

"아가씨는……."

두주불사에 호인형이니 분명 여색을 마다하지 않을 상이지만 초면이니 예의상 물었다.

"내가 중요한 비즈니스가 있으니 아가씨는 좀 있다가……."

오장국이 손을 들어 옵션을 걸었다.

'비즈니스라…….'

뭘까?

궁금해지기 시작했다. 두 사람은 사채업자이다. 어디 쓸 만한 기업 M&A 자금이라도 대려는 걸까? 더구나 오장국의 관상은 훤하다 못해 시원한 상태였다. 지금은 뭐라도 밀어붙이면 좋을 상.

"한잔 올리겠습니다."

테이블 세팅이 끝나자 길모가 코냑을 집어 들었다.

그러자,

"아, 나는 쐬주부터!"

오장국이 손사래를 쳤다.

"받으시죠."

다시 소주병으로 갈아탄 길모.

"여기다 따라주겠나?"

오장국이 내민 건 물 컵이다. 소주를 받아 든 오장국은 원샷하더니 물 컵을 다시 내밀었다.

"마저 따르시게. 내 사전에 술 남기는 일은 없어서 말이야."

"아, 네."

길모는 남은 소주를 부어주었다. 그걸 깨끗이 비운 오장국은 그제야 코냑 잔을 들었다.

"크하, 역시 쐬주로 혀를 살짝 달구어놔야 술맛이 온다니까."

"거 사람, 저렴하기는. 비싼 돈 내고 산 술인데 비싼 거부터 마셔야지?"

코냑을 넘기던 노봉구가 볼멘소리를 했다.

"어허, 그게 꼭 그런 게 아니란 말이지. 쓴맛이 쫙 돌아야 단맛을 제대로 느끼는 법."

오장국의 우렁찬 목소리가 별실을 흔들었다.

'나이는 56세. 그럼 노봉구 사장님과는 막상막하.'

관상을 보니 나이는 노봉구보다 한 살이 많았다. 그럼에도 불구하고 나름 동안에 활력이 가득한 얼굴. 어디 가서 40대 중반이라고 해도 될 얼굴이다.

"자, 그럼 대한민국 최고로 꼽히는 관상 대가께 관상 좀 부탁해 볼까?"

받은 술은 넘긴 오장국이 길모를 바라보았다.

"최고라니… 과찬입니다. 재주 미력하지만 원하시는 게 있으면 성심껏 보겠습니다."

"우선 복채부터!"

오장국이 봉투 하나를 더 내밀었다.

"고맙습니다."

길모는 두말없이 봉투를 받았다. 상대는 직선적이고 호탕한 사람. 공연히 됐니 안 됐니 하며 시간을 끌 이유가 없었다.

"실은 여기 노 사장 말마따나 내가 역술에 관심이 좀 많다오."

오장국의 비즈니스 보따리가 열리기 시작했다.

"그래, 관상을 보시니 사주에도 관심이 있으신가?"

"관심은 있습니다만 재주는 없습니다."

"뭐 그야 상관없고."

"……."

"혹시 치킨게임이라고 아시나?"

"예, 들어는 봤습니다만…….."

"내가 내일 그 게임을 하게 되었다네."

"……?"

길모가 고개를 들었다.

치킨게임?

어느 한쪽이 양보하지 않을 경우 양쪽 모두 파국으로 치닫게 되는 극단적인 게임. 그런데 큰손 사채업자가 무슨 치킨게임?

"우선 이걸 좀 봐주겠나?"

오장국이 사진을 내밀었다. 많았다. 한 사람당 대여섯 장씩은 되었다.

"노 사장 말이 홍 부장은 사진으로도 관상을 본다고 해서 말이야."

"아, 네."

"뭐 하는 사람들 같나?"

첫 번째 테스트가 날아왔다.

"돈을 물 쓰듯 하고 가랑잎 거둬들이듯 하니 금융 쪽에 종사하시는 분들 같습니다."

"역시 믿을 만하군. 둘 다 재야에서 다섯 손가락 안에 드는 펀드매니저들이네. 아니, 더 자세히 말하자면 내 꼬붕들이랄까?"

'꼬붕?'

"한때는 대한민국 최고의 증권회사에서 수백억에서 수조를 주물럭거리던 사람들이네. 둘 다 증권 쇠퇴기에 내 돈을 제대로 까먹었고… 그 덕에 지금은 내 밑에서 여유 자금을 넣었다 뺐다 하고 있지."

"거 말은 똑바로 하게나. 여유 자금이 수천억대면 내 돈은 그야말로 껌 값이겠구만?"

듣고 있던 노봉구가 쓴소리를 날려 왔다.

수천억대!

어마어마한 부자인 줄은 알았지만 이 정도라면 길모의 상상 저 너머에 살고 있는 갑부였다.

확실히 세상은 넓었다.

"아, 지금 그게 중요해, 주가(株) 놈하고의 승부가 중요하지?"

오장국도 슬쩍 되받는다. 길모는 두 사람 사이에서 조용한 미소로 입장을 정리했다.

"그래서 내가 이 친구들을 밑천으로 조그만 증권회사를 하나 인수할까 하는데 고춧가루가 끼었지 뭔가?"

"……."

"해서 내일 치킨게임을 하기로 했다네. 지는 놈이 깔끔하게 물러서기로."

"……?"

"간단히 정리하면 이러하네. 내일 딱 한 명의 선수를 내세워 주식장이 개장되면 배팅하게 될 걸세. 종목은 하나, 실탄은 10억, 옵션은 개장 이후 한 시간 안에 매입하고 서로에게 통보해서 장 마감 시간에 상승폭, 즉 투자 이익금으로 승부 가리기."

'10억?'

설명을 듣던 길모가 고개를 갸웃거렸다.

10억!

물론 큰돈이다. 하지만 재벌급 큰손들이 치킨게임을 벌이기에는 소박(?)한 금액이다. 그런 길모의 마음을 알아차리기라도 한 듯 오장국이 말을 이었다.

"아, 10억은 그냥 명목상 배팅 금액이고 승자에게는 전리품이 있다네."

"전리품이라고요?"

"인수 물망에 오른 증권회사 말일세. 거기에 우리가 각자 조달한 금액이 있는데 대략 200억에 가까울 걸세. 지는 쪽이 그걸 포기하는 일이니 실제로는 200억대라고 봐야겠지?"

200억?

길모는 내쉬던 날숨을 멈췄다.

그 정도라면 가히 큰손들의 치킨게임이라고 할 만했다.

"주가 놈도 이 친구들에 버금가는 멤버들을 거느리고 있다네. 서로 한 사람만 골라 서로에게 공개된 장소에서 배팅을 해야 하니 그 친구들 중에서 누구 운이 더 좋을지 알려주면 고맙겠네만……."

200억 주자를 골라라!

오장국이 원하는 것이었다.

"그리고 여기 노 사장님 말대로 나는 오랫동안 교분을 나눈 사주학자가 있다네. 그 양반은 이 친구를 추천했다네. 뭐라던가. 용띠 생이라 머리가 비상하고 저돌적이며 침착성을 겸비한 데다 용이 승천하는 여름에 태어난 사주라 이번 승부에 제격이라고 하더군."

오장국은 화끈하게 자기의 정보를 공개했다. 그 또한 길모의 마음을 끌었다.

"그럼 이분은 왜 차선책으로 밀린 건가요?"

"그 친구는 양띠라네. 양은 순한 동물이지만 그래도 뿔을 가진 동물이지. 그렇기에 고집이 있다나? 그 고집이 이번에는 다소 나쁘게 작용할 수가 있는데 더구나 밤에 태어난 사주라 실패

할 확률이 높다더군."

"네."

"내가 미리 들은 패를 까는 건 그만큼 홍 부장에 대한 기대가 크기 때문일세. 나아가 홍 부장이 주는 의견까지 더해 결정할 테고. 그 결정으로 득을 보는 일에는 공을 챙겨줄 것이오, 화를 보게 되면 내 팔자로 알고 군소리 없이 물러설 테니 기탄없이 말해주기 바라네."

거기까지 말한 오장국의 눈길이 길모에게 꽂혔다. 공을 넘겨준 것이다.

"저를 믿고 말씀해 주시니 고맙습니다. 미리 말씀드린 바와 같이 재주는 미력하나 성심껏 상을 봐드릴 테니 그대로 잠깐만 계셔주십시오."

"나 말인가? 여기 두 사람 관상을 봐달라니까."

"치킨게임에 들어갈 돈이 누구의 것입니까?"

"그야 물론 내……."

"그렇기 때문에 오 사장님 관상이 먼저입니다."

길모의 단정한 시선이 오장국과 마주쳤다.

물경 200억대 치킨게임.

길모의 안광이 서슬 퍼런 불을 뿜기 시작했다.

"왜 내 관상이 먼저인가? 승부사들은 그 친구들인데."

오장국이 다시 물었다.

"돈줄의 근원이 사장님이기 때문이죠. 근원이 마르면 제아무리 거대한 황하라고 해도 마를 수밖에 없습니다."

"……?"

"공감하지 않으셔도 어쩔 수 없습니다."

"아니, 그런 뜻이 아닐세. 자네 말이 간단하면서도 심오해서 그런다네."

"심오하기까지는……."

"내 사주박사는 반대로 얘기했다네. 내 사주도 중요하지만 배팅하는 사람이 더 중요하다고. 적어도 이번 일에 대해서는."

"그분 생각에도 일리는 있습니다. 하지만 제 생각은 변함이 없습니다. 옛말에도 뿌리 깊은 나무 바람에 흔들리지 않고 샘이 깊은 물은 가뭄에 마르지 않는다 하였으니……."

길모는 흔들림 없이 말했다.

"공감하네. 그럼 잘 부탁하네."

오장국은 흔쾌한 표정으로 고개를 끄덕거렸다.

오장국, 실은 더 볼 것도 없었다. 그의 운은 뻥 뚫린 탄탄대로였다. 지르는 대로 성공할 상으로 어디든 막히는 곳이 없었다. 하지만 워낙 판이 컸다. 그러니 작은 흠결이라도 놓칠 수 없는 일.

'코.'

길모는 돈을 상징하는 코를 꿰뚫었다.

'산근 한번 예술이군.'

오장국의 산근은 관상의 정석으로 불려도 좋을 정도로 고르고 꽉 차 있었다. 거기다 좌우의 관골에도 힘이 가득해 재물운이 극치에 달해 있다. 콧방울, 즉 금갑도 살집이 옹골찼다. 금갑이 얇으면 버는 족족 나가고 지나치게 푸짐하면 자기만 아는 이기주의자가 되는 법. 대운을 앞두고 행운이 깃들었는지 인당에도 자색 기색이 아련하게 번져 있다.

'둥근 귀를 가졌으니 성격 원만······.'

더불어 하관까지 튼실해 아랫사람을 잘 부릴 스타일이니 금상첨화였다.

마지막으로 오장국의 운기유년부위에서 최근 운을 읽어낸 길모가 물 컵을 집었다.

벌컥!

물은 길모가 마셨지만 침은 오장국과 노봉구가 삼켰다. 그들도 긴장하고 있다는 반증이다.

"오 사장님의 관상을 고려할 때 이번 승부에 짝이 될 사람은······."

길모의 손이 사진 위로 올라갔다.

그리고 양띠 사진을 집어 들었다.

"제가 추천하는 사람은 이분입니다."

"······?"

"이유라면 하나뿐입니다. 사장님의 설명, 사주박사의 의견, 다 존중하지만 내일 사장님의 운과 가장 조화를 이룰 사람은 이분입니다. 주식은 제가 잘 모르지만 그 또한 온전히 실력만으로 통하는 판은 아니라고 들었습니다. 그렇기에 내일 최고의 운으로 사장님을 받쳐 줄 사람은 이 사람입니다."

길모는 양띠 사진을 한 번 더 강조했다.

"이 사람이라······."

오장국이 심각한 표정을 지었다. 하지만 오래가지 않았다. 이내 호방한 얼굴로 돌아가 술잔을 비웠다.

"홍 부장!"

오장국이 잠시 화장실에 간 사이 노봉구가 길모를 불렀다.

"진짜 그 친구가 내일 에이스인가?"

"관상으로는 그렇습니다."

"하긴 실력은 둘이 막상막하라니 누가 나간들 어떻겠어."

대화가 이어지기도 전에 오장국이 나왔다. 그는 그제야 아가씨를 요청했다. 길모는 승아와 숙희를 붙여주었다. 술자리는 말이 길어지고 장황해진다. 그러니 이런저런 추가 질문이 나올 법도 했지만 오장국은 술을 마시는 데만 열중했다. 맺고 끊는 게 확실한 사람이었다.

술자리는 깔끔하게 끝났다.

"가겠네."

인사도 깔끔했다. 그는 대저 군더더기라고는 없는 사람이었다.

[으, 200억⋯⋯.]

둘이 떠나자 배웅을 한 장호가 몸서리를 쳤다.

"봐라. 세상은 넓고 돈은 많아. 그러니 우리도 꿈은 크게 갖자."

[하긴, 형은 그럴 수 있을 거예요.]

"너는?"

[에이, 나 같은 게 무슨⋯ 나는 20억만 벌어도 좋겠어요.]

"내가 들은 말인데, 대개 보통 사람의 노력은 목표의 절반을 이루게 해준대. 그러니 허황되지만 않는다면 꿈은 크게 갖는 게 좋겠지. 그래야 그만한 노력을 기울이지. 처음부터 작은 의자를 만들면 작은 의자에 앉을 수밖에 없잖아."

[알았어요. 그럼 나도 한 500억으로 해놓고 날마다 로또를 긁

어봐?]

"뭐야?"

[하핫, 조크예요.]

장호가 몸을 빼며 웃었다. 소리 없는 웃음을.

'오장국 사장님.'

깊어가는 밤하늘을 보며 길모는 생각했다.

참 길상이었다. 관상 보는 입장에서 길상을 보면 기분이 흐뭇했다. 더구나 그 길상이 길상의 삶을 사는 걸 보면 더욱 그랬다.

길모가 계단을 내려서려고 돌아서는데 아래쪽에서 혜수가 올라오고 있다.

"부장님!"

둘은 계단의 중간에서 만났다.

"손님 와?"

"네. 손님 모셔드리고 온 거예요?"

"응. 그 알지? 노봉구 사장님이라고. 그분이 모시고 온 분인데 굉장한 재물운을 가진 분이더라고. 다음에 오시면 혜수도 소개시켜 줄게."

"어머, 저도 지금 굉장한 큰손이 오고 계신데."

"그래?"

"최 사장님이라고, 1번 룸에 몇 번 들르신 분인데 부장님 별실 예약을 못 잡았대요. 그렇다고 저보고 1번 룸 예약할 테니 홍 부장님 좀 납치해 오라고……."

"흐음, 내 허락 없이 수락했으니 고려 좀 해봐야겠는걸."

"에? 뭐예요! 다른 부장님들 룸에는 잘도 들어가면서!"

"농담. 지금 오시는 거야?"

"네. 5분 안에 도착하신대요."

"오케이. 난 별실 룸에 가서 예약 명부 정리 좀 하고 있을 테니까 분위기 되면 콜 해."

"다음 예약은 몇 시예요?"

"노 사장님이 일찍 간 덕분에 한 시간 정도는 남아. 강 부장님과 이 부장님 룸에 잠깐 들러도 30분은 문제없지."

"알았어요. 그럼 그 시간은 내가 찜해요?"

혜수는 명랑한 미소를 남겨두고 계단을 올라갔다.

그러나 복도로 들어선 길모는 별실로 가지 못했다. 이 부장이 기다리고 있었다.

이 부장의 룸에서 나온 화두도 증권이었다.

"호랑이띠는 주식에 안 맞는다는 말이 있더라고요. 그래서 그런지 백 전 구십 패입니다. 내가 팔면 오르고 내가 사면 내리니… 주식 때려치울 상인가요?"

제법 쓸 만한 부를 이룬 도매상인은 길모를 보더니 하소연을 하듯 속사포 같이 질문을 쏟아냈다.

'쑥 고개를 내민 눈에 좁은 미간, 그리고 늘어진 입.'

거기다 우뚝 튀어나온 광대뼈.

코가 좋아 부를 이루었지만 급한 성격에 끈기가 없는 상이다.

"마이웨이하세요!"

길모는 한마디로 대답했다.

"마이웨이라면?"

"그 길은 사장님의 길이 아닙니다. 우물에서 숭늉 찾을 정도로 급한 성격이시죠? 게다가 때로는 불처럼 타오르는 욱하는 기질에 인내심도 후하신 편은 아니고…….”

“예. 거래처에서 그런 말 많이 듣습니다. 하지만 그래도 내가 신용 하나는 끝내줍니다.”

“맞습니다. 그러니까 사장님 길을 가시는 게 좋습니다. 주식판에서는 사장님 신용이 통하지 않거든요.”

“쩝. 하긴 나도 심심풀이로 하던 차라…….”

사장은 뒷목을 긁었다. 길모는 그 잔에 술을 가득 채워주고 룸을 나왔다.

[형!]

복도로 나오기가 무섭게 장호가 달려왔다.

“왜?”

[혜수 누나, 아니, 채 실장님이 찾아요. SOS래요.]

SOS!

급하다는 얘기다.

길모는 화장실에 들러 손을 씻고 거울을 보았다. 흐트러짐은 없었다. 길모는 넥타이를 조금 더 조여 매고 1번 룸을 두드렸다.

“오, 이분이 그 유명한 관상왕?”

먼저 반색한 건 60대 초로의 신사였다. 각이 제대로 선 셔츠 위에 받쳐 입은 콤비는 깔끔함의 극치를 달리고 있다. 길모는 습관처럼 그의 신발을 슬쩍 보았다. 늦은 시간이지만 번쩍이는 광이 예사롭지 않은 사람. 그 성격이 얼마나 치밀하고 섬세한지 알 것 같았다.

"잘 부탁드립니다."

길모는 늘 그렇듯이 정중하게 묵례부터 올렸다.

"일단 앉으세요. 하도 바쁘시다니 다른 룸으로 가버릴까 걱정스럽네."

신사 앞에는 두 명의 남자가 앉아 있다. 그 둘을 보는 순간 길모의 미간이 사납게 일그러졌다.

'금융가의 사람들?'

오늘은 날을 받은 것일까? 얼핏 본 상임에도 그들의 직업은 분명 거액을 굴리는 사람들이었다.

"오늘 천운이신 거 같아요. 별실이 아니면 홍 부장님 뵙기 어려운데……."

혜수가 슬쩍 공치사를 했다.

"이게 다 채 실장 덕분이지. 자, 기분이야!"

신사가 수표 하나를 혜수에게 찔러주었다. 혜수는 찡긋 윙크와 함께 길모에게 자리를 내주었다.

"이거 뭐부터 시작해야 하나? 시간이 없으시다니 괜히 두서가 없어지는군."

신사는 앞에 놓인 양주잔부터 비웠다. 아직 아가씨들이 들어오지 않은 상황. 그렇다면 이들도 뭔가 중대한 관상을 봐달라는 게 틀림없었다.

"제가 말씀드릴까요?"

앞에 있는 남자 중 한 명이 입을 열었다.

"아닐세. 내가 하겠네."

신사가 남자를 막아섰다. 길모는 그들을 지켜보며 가만히 물

310 관상왕의 1번 룸

을 마셨다.

"우선 내 소개부터……."

신사가 품에서 명함을 꺼내놓았다.

주형관.

신기했다. 방금 받은 우장국처럼 이름 석 자만 달랑 쓰여 있다.

'혹시?'

조금 전의 일이 떠오른 길모가 고개를 갸웃거렸다. 오장국이 말한 주가 놈, 그 '주가(朱哥)'가 혹시?

"나는 주형관이라고, 사설 금융을 하는 사람이라오. 혹자는 나를 가리켜 일수쟁이라고도 하고 혹은 명동은행이라고도 하고……."

명동은행?

길모의 귀가 절반쯤 쫑긋 일어섰다.

"뭐 간단히 말해서 돈 놓고 돈 먹는 인간이라고 생각하면 될 거외다."

"아, 예."

"실은 내일 아주 중대한 일이 있어서 불쑥 찾아왔다오."

'내일?'

"내가 뒤를 좀 봐주는 조그만 증권회사가 있는데 이런저런 이해가 걸려 속을 좀 썩고 있어요. 그래서 이번 기회에 아예 그걸 인수할까 하는데 훼방꾼이 등장해서 말이외다."

"……."

"그 양반하고 나하고 성향이나 생각이 비슷해서 우리끼리 내기를 하기로 했어요. 좀 유치하지만 서로 타짜를 내세워 치킨게임으로 승부를…….”

“……!”

치킨게임!

남은 귀가 쫑긋 일어섰다.

길모는 이내 신사의 정체를 알아챘다. 치킨게임이라는 단어와 더불어 그의 유년운기부위를 읽은 것이다.

“주식으로 승부를 보실 모양이군요?”

듣고 있던 길모가 점잖게 입을 열었다.

“어떻게 알았소?”

당연히 소스라치게 반응하는 주형관. 아직 내기의 실체를 말하지 않았음에도 길모가 천기를 누설한 것이다.

“저기 두 분의 직업은 펀드매니저나 주식 전문가들 같고, 사장님 상에도 코앞에 커다란 거래가 엿보이고 있습니다. 판은 200억이겠지요?”

“……!”

주형관과 남자들의 입이 찢어질 듯 쩌억 벌어졌다.

“계속하시지요.”

길모는 그쯤에서 발언권을 넘겨주었다. 절반은 이미 알고 있는 정보를 말한 것뿐이다. 그러니 더 말을 이어가는 것도 조금은 뻘쭘했다.

“허어, 이거야 원, 족집게라더니 족집게가 아니고 천리안이시군, 천리안!”

주형관은 혀를 내두르며 남자들을 바라보았다. 남자들 역시 동의의 뜻으로 쉴 새 없이 고개를 끄덕였다.

"마치 현미경을 들이댄 듯 다 알고 있으니 말하기가 더 어려워집니다그려."

주형관은 다시 술잔을 반쯤 비워냈다. 그리고 바삐 말을 이어갔다.

"요지를 말하자면⋯⋯."

주형관!

요지만 말한다고 했지만 그건 아니었다. 오장국의 한 말에 더해 자신이 그 증권회사에 돈을 투자하게 돈 계기를 시작으로 경영진의 무능과 자신의 견해까지 세세하게 덧붙였다. 그리고 마침내 그 말미에 오장국의 이름이 튀어나왔다.

"다른 사람은 몰라도 오장국이 그놈에게는 질 수 없다 이거 아닙니까? 그래 내 주변 전문가들의 말을 듣다 보니 홍 부장님이 관상을 신묘하게 본다길래 부랴부랴 선을 대어 이렇게⋯⋯."

"예, 잘 오셨습니다."

길모는 기꺼이 말을 받았다.

다만 고민이 있다.

두 남자.

치킨게임을 벌이려는 이 큰손들.

그러나 기묘하게도 둘 다 길모를 찾아왔다.

그러면서 상반된 성격을 가진 관상.

"저기 두 사람으로 말씀드릴 것 같으면 한때는 주식 판의 미다스의 손이었고 현재는 재야의 판세를 결정하는 신의 손들이라오. 오죽하면 기관에서도 신규 투자 종목을 고를 때 이 양반들 조언을 듣느라 접대에 혈안이 될 정도니까."

"아, 네."

"그러나 규칙은 오직 한 사람, 그리고 배팅 한도는 10억이라오. 솔직히 종목을 고르는 혜안은 둘 다 가히 신적인데 그게 오히려 사람을 고민하게 만든다 이거 아닙니까?"

주형관.

그 역시도 두 개의 패를 쥐고 있었다. 그리고 고민하고 있었다. 패가 많은 사람은 고뇌할 수밖에 없는 것. 그 법은 이들 큰 손에게도 예외는 아니었다.

"관상으로 결정을 부탁드립니다. 막상막하라는 건 우리 모두 인정하지만 주식은 뜻밖에도 운발이 있을 수 있는 것이니."

주형관은 자리에서 일어서더니 길모를 향해 인사까지 올렸다. 황망한 길모는 재빨리 일어나 묵례로 인사를 받았다. 자리에 앉은 주형관이 길모에게 봉투를 내밀었다.

'어쩐다?'

길모는 잠시 고뇌에 휩싸였다. 이런 경우 길모가 택할 길은 두 가지였다. 하나는 커밍아웃을 해서 오장국이 방금 다녀갔다는 말을 하는 것, 또 하나는 모르는 게 약이라고 그냥 침묵하는 것.

'이분 관상을 봐서는 모르는 게 약!'

길모는 후자를 택했다. 그런 다음 오장국과는 반대로 상을 보기 시작했다.

이유가 있었다.

물론 길모의 신념이 바뀐 건 절대 아니었다. 하지만 주형관의 상은 섬세함이 바탕을 이룬 상. 그 대표적인 예가 바로 눈썹이었다. 이런 사람이라면 자신의 손익 계산에 철두철미하다. 그

신중함이 토영삼굴(兎營三窟), 즉 돌다리도 두들겨 보고 건널 사람이다.

물론 관상은 더없이 좋았다.

그 역시 오장국처럼 인당에 자색이 은은히 느껴지고 있으니 대운이 열릴 참이오, 전택궁이 넓고 색까지 수려하니 부동산 쪽으로도 굉장한 재산이 있을 사람. 그런 사람답게 거부의 상징인 코 또한 현담비에 가까웠다. 다만 비공이 거의 보이지 않아 다소 인색한 측면이 엿보였다.

길모가 시선을 돌렸다.

첫째 타자.

나이는 36세에 두상이 살짝 큰 사람. 내놓는 명함을 보니 이름이 권명산이다. 무엇보다 중정이 튼실하고 좋았다. 전체 운중에서 바로 지금, 중년의 운이 가장 좋다는 반증이다.

'역삼각형 얼굴에 머금은 기세 좋은 현무, 그리고 미간에 반듯하게 잡힌 두 개의 줄.'

지성적이다. 나아가 목적을 향한 강한 집념을 가진 상. 더불어 코끝이 눈에 띄게 내려가고 검은 눈동자가 현저하게 작으니 돈에 대한 집착과 미래 예측력을 가진 얼굴이다.

뿐만 아니라 이마 끝에 살집이 보인다. 이는 영감을 뜻하는 자리이니 종목 선정에 대한 영감까지 겸비했다. 그야말로 주식 투자에는 맞춤 관상이었다.

하지만 단점이 있었다.

은하미에 근접한 눈썹. 차라리 은하미를 완전히 갖추었다면 부귀에 이를 수 있겠지만 모양만 갖춘 형상이다. 결국 여자를 밝힐 확률이 높았다. 가만히 간문을 체크하니 아니나 다를까, 그는 여기 오기 전에도 정사를 치렀다. 그 흔적이 간문 끝에 걸려 희미하게 보였다.

'중대사를 앞두고도 여자에 정신을 판다?'

길모의 마음에 들지 않았다.

다음 타짜의 이름은 홍성유였다.

나이는 42세. 그 역시 주식에 알맞은 관상이 두루 확인되었다.

'검은 눈에 눈꼬리가 오르니 끈기의 화신.'

더불어 이마의 아랫부분이 상당히 발달해 판단력이 남다름을 알 수 있었다.

전체적으로 볼 때는 당연히 권명산이 좋았다. 장기간 투자를 맡긴다면 의심할 여지가 없었다. 그러나 문제는 치킨게임. 단 한 방으로 끝나는 것이니 오직 내일의 운이 중요했다.

'관골……'

길모는 두 남자의 관골을 동시에 바라보았다. 시선이 멈춘 곳은 홍성유였다. 그의 관골은 맑았다. 나아가 방금 닦아 광을 낸 것처럼 은은한 빛이 배어나왔다. 더구나 그 빛이 이마까지 물들이는 상황.

권명산 역시 관골이 나쁜 건 아니었지만 단기전은 홍성유가 강할 것으로 보였다.

"마지막으로 사장님 상을 보겠습니다."

두 남자의 상을 읽어낸 길모가 마지막 과정에 돌입했다. 이미 다 파악한 주형관의 상. 하지만 매사에는 형식과 절차라는 것도 한몫하는 법이다.

"사장님의 상은 한마디로 토영삼굴(兎營三窟)이로군요."

"토영삼굴이라……. 하긴 그런 말도 많이 들었지."

주형관이 빙그레 웃었다.

"하지만 이번만은 직관을 믿으셨으면 합니다."

"직관이라면 누구를 의미하는 거요?"

주형관이 선택을 재촉했다.

"여기에서 말씀드려도 될까요?"

길모는 권명산과 홍성유를 의식해 물었다. 과거 황희 정승은 어느 소가 일을 잘하느냐를 대답하는 것조차 소들에게서 멀찌 감치 떨어져 속삭였다지 않은가?

"당연하지요. 저 두 사람과 나는 한두 해 일한 사이가 아니라오."

"그러시군요."

대답은 했지만 마땅치 않았다. 적어도 아랫사람을 배려한다면 그들이 없는 곳에서 결과를 듣는 게 옳다고 믿는 길모였다. 두 남자를 돌아보니 그들은 자신만만한 표정이다. 내키지 않았지만 도리가 없었다.

"두 분의 관상은 난형난제입니다. 두 분 다 관상학적으로는 증권 같은 일에 적합한 상을 지녔으니까요. 다만……."

길모는 잠시 숨을 고른 후 뒷말을 붙여갔다.

"문제는 내일 하루이니 결국 내일의 배팅을 좌우하는 건 내일의 길운이 누가 강하느냐 하는 것입니다."

"그렇지."

주형관이 추임새를 넣었다.

"내일의 길운은 이쪽 홍 선생님이 조금 더 강합니다."

"조금이라면?"

주형관이 고개를 들었다.

"미세합니다만 강한 건 확실합니다."

"그러니까 그게 숫자로 치면? 예를 들어 100%라고 잡았을 때."

"……."

"홍 부장, 설명을 부탁하오. 어느 정도인지 알아야 내가 결정을 내릴 것 아니오?"

"굳이 설명하시라면 6 대 4 정도입니다."

"6 대 4라……."

주형관이 소파에 등을 기대며 날숨을 내쉬었다. 그런 다음 술로 입술을 적시더니 또 다른 질문을 쏟아냈다.

"그럼 말이오, 그 60%로도 내가 이길 수 있겠소?"

"그건……."

"그게 중요하지 않습니까?"

길모는 다시 갈림길에 섰다. 이런 경우의 답이라면 오장국과 주형관이 길모 앞에 있어야 했다. 상대 비교가 되어야 했다.

200억이 걸린 판에 누가 대보지도 않고 관상가의 말로써 승부를 정할까?

물론 길모를 무한정 신뢰하는 경우라면 그럴 수도 있었다. 그러나 이들은 길모의 명성만을 믿고 찾아온 사람들. 거기까지 질러가는 건 어불성설이었다.

아무튼 치킨게임을 벌일 두 사람이 시간 간격을 두고 길모를 찾아왔다. 첫 번째 손님은 돌아갔다. 그런데 두 번째 손님은 종합 평을 원하고 있다.

'이건 내가 천운을 거역하는 일.'

더구나 아직 변수가 있었다. 오장국과 주형관은 각기 선택의 여지가 남아 있다. 각기 두 명씩 거느리고 있는 타짜를 누구를 내세우느냐에 따라 결과는 변할 수도 있었다.

이건 결국 리얼 관상의 싸움이었다. 두 큰손의 관상. 누구의 상이 센가, 누가 자기 페이스를 지킬 것인가에 따라 선택이 달라진다. 그렇게 되면 승부도 달라진다. 거기까지 짚어보니 답이 나왔다.

"답은 이미 말씀드렸습니다."

길모는 그 말을 남기고 정중하게 인사하며 일어섰다.

직관!

너무나 신중한 주형관. 그랬기에 그걸 바탕으로 이룬 철두철미한 부. 그러나 부가 한곳에 쌓여 곳간에 곰팡이가 필 지경이다.

지금까지는 좋았다. 앞으로도 나쁘지 않을 것이다. 그는 이번 치킨게임과 상관없이 재물운이 트인 사람이다. 다만 한판 승부인 내일만은 각도를 바꿔보는 게 답이었다. 가끔은 외식도 해야 한다. 집밥만 먹을 수 없는 게 사람이다.

둘의 복채는 약속이라도 한 듯 큰 것 한 장이었다.

비슷한 인당의 화색에 같은 복채.

길모도 누가 치킨게임의 승자가 될지 자못 궁금해졌다.

　　　　　　*　　　　*　　　　*

　"부장님!"

　잠시 강 부장 손님을 챙기고 복도로 나온 길모는 혜수를 만났
다.

　"갔어?"

　길모가 눈짓으로 물었다.

　"방금요. 잠깐 시간 돼요?"

　혜수가 1번 룸을 가리키며 물었다.

　"한 5분은."

　길모는 시계를 보며 대답했다. 오늘의 마지막 예약자가 올 시
간이었다.

　"술을 남기고 가셨네?"

　룸으로 들어서자 테이블에 양주가 절반가량 남아 있었다.

　"부장님 말 듣더니 심각해졌나 봐요. 계산기 꺼내서 두드리
더니 그냥 갔어요."

　"워낙 철두철미한 사람이라……."

　"궁금한 게 있어요."

　"뭐 속이는 거 없나?"

　"어머!"

　길모가 질러가자 혜수가 놀라는 기색을 보였다.

　"실은 내일 치킨게임을 하는 양반들이 미리 관상으로 전초전
을 치르고 간 거야."

　"정말요? 그럼 아까 부장님 별실에 온 손님들이?"

"응, 노 사장님이 모시고 온 손님이 주 사장님 배틀 파트너야."

"어머, 어머!"

이제는 1번 룸의 노련한 주인인 혜수까지도 놀라움을 감추지 못했다.

"말도 안 돼요. 어떻게 그런 일이……."

"그러게. 나도 처음에는 긴가민가했는데 나중에 딱 맞아떨어지니까 좀 난처하더라고."

"난 부장님이 좀 망설이는 것 같기에 뭐 다른 상이 나왔나 했는데……."

"그러니 어쩌겠어? 당신 치킨게임 파트너가 방금 다녀갔다고 할 수도 없고, 그렇다고 앞서 다녀간 분을 같은 자리에 모실 수도 없고."

"그랬군요."

"채 실장이 보기엔 어땠어? 보아하니 힐금힐금 세 사람 관상 열심히 보던데."

"주 사장님 인당이 기가 막히잖아요. 아주 돈이 화수분처럼 꼬이는 사람이던데… 아무래도 이기지 않을까요?"

"그건 별실에 오신 오장국 사장도 만만치 않았어."

"그럼 대체 누가 이겨요? 둘 다 기호지세면 무승부?"

무승부?

길모가 상상하지 못한 단어가 나왔다. 만에 하나 무승부가 될 수도 있었다. 그 수많은 주식 종목 중에 서로 같은 종목을 고르거나 혹은 기가 막히게도 이익이나 손해의 금액이 일치한다면.

'후자는 몰라도 전자는⋯⋯.'

이론상 가능하기는 했다.

"이거 흥미로운데? 우리도 내기할까?"

"쳇, 그럼 내가 불리하잖아요? 부장님은 둘 다 봤고⋯⋯."

"그렇지? 역시 그 두 사람의 운에 맡겨야겠네."

길모는 혜수의 등을 토닥이며 일어섰다. 이제 마지막 손님을 받을 시간이었다.

김석중과 한동희.

두 사람이 들어서자 별실 룸이 또 달라 보였다. 길모의 기분 탓이었다. 이 둘은 별실 룸을 축하해 주기 위해 온 사람들. 그러니 마음의 부담도 크게 없었다.

"여긴 내 의대 선배이신 한 선생님."

룸을 둘러본 김 원장이 말했다.

"어이쿠, 홍 부장님은 대통령 만나기보다 어렵다던데 영광입니다."

후덕하게 생긴 한동희는 나중에 알았지만 외과에서는 명의로 소문난 사람이었다.

"진짜 영광으로 아세요. 사실 내가 수련의 때 볶인 거 생각하면 아직도 치가 떨리지만."

김석중이 선배를 향해 슬쩍 딴죽을 걸었다.

"에이, 이거 왜 이래? 그래도 그때 같은 과 인턴이 아니라서 많이 봐준 거야."

"그러니까 더 억울하죠. 성형외과도 아니면서 군기를 잡으려

하니."

"말했잖아? 그때 진료 부장님이 나한테 특명을 내렸다고."

"아무튼 오늘은 나한테 잘 보이세요. 여기 홍 부장으로 말씀드리자면 나하고 동업자다 이겁니다."

김석중은 목에 힘을 주며 자리를 잡았다.

"예, 잘나가는 후배님. 듣자니 중국에서도 알아주는 성형 명의라던데 잘 부탁드립니다."

한동희는 사람 좋은 웃음을 지으며 고개를 숙여 보였다.

"아, 그건 사실입니다. 그 중국 유수의 신문사 간부 아시죠? 그것도 물론 여기 홍 부장 덕분이지만 거기서 우리 병원을 대서 특필해 줘서 예약이 2년 넘게 밀렸지 않습니까?"

김석중의 목소리가 높아졌다. 그건 길모에게도 통보가 된 사안이다. 덕분에 길모도 짬짬이 사진 검토와 간이 출장이 늘고 있었다.

"그럼 오늘 김 원장이 매상 좀 제대로 올려드려야겠네. 덕분에 나는 공술 좀 먹어보고."

"좋지요. 오늘 큰 거 한 장 쏠 각오입니다. 어차피 안 먹어도 세금으로 다 뜯기는 판이니."

"어이쿠, 이 친구가 잘나간다고 염장인가? 난 다 뜯겨도 좋으니 세금 좀 왕창 내볼 정도로 벌어봤으면 좋겠네. 우리 마누라가 노래하는 게 그거 아닌가? 개업의 사모님들은 다들 외제차 끌고 다니는데 자기만 똥차라고."

"아, 템프로 처음이죠? 오신 김에 초이스 한번 해보실래요?"

김석중이 한동희에게 물었다.

"초이스는 무슨, 치마 입은 여자만 와도 황송하지. 맨날 수술실에서 피 묻은 가운만 봤더니 말이야."

"엄살은, 요즘은 간호사들도 미녀가 많잖아요."

"어허, 모르는 소리 하고 있군. 요즘 병원에서 간호사들 잘못 쳐다보면 바로 성추행 소리 듣는다고."

"홍 부장님, 들었죠? 죄송하지만 우리 선배님 눈요기라도 시켜주세요."

"그러죠. 준비시키겠습니다."

길모가 대답했다.

"아이고, 그러지 말아요. 그렇잖아도 내가 두 분께 두루 신세 좀 지려고 왔는데 그렇게까지 번거롭게 하면……."

"괜찮습니다."

길모는 묵례를 남기고 홍 마담에게 초이스를 준비시켰다.

별실 룸.

이 방의 여주인이 되고 싶은 아가씨는 줄을 서 있다.

길모의 직할 룸. 손님들의 퀄리티가 아래층하고도 완전히 다른 곳이다. 그만큼 팁도 많았고 신분 상승의 엘리베이터를 탈 수 있는 확률도 높았다. 하지만 이곳의 아가씨 투입은 철저히 길모가 좌우하고 있었다. 그중에서도 주로 승아와 숙희. 그렇기 때문에 드물게 초이스 기회가 주어지면 아가씨들이 다투어 자원했다.

"아홉 명이나 되는데 어쩌지?"

대기실에서 나온 홍 마담이 난처한 표정을 지었다. 길모는 아홉을 한 번에 받았다. 들일 아가씨 중 하나로 숙희를 찜했지만 기왕이면 숙희까지 투입해서 손님의 취향을 보고 싶었다.

그런데 굉장히 재미난 일이 벌어졌다. 한동희가 주저 없이 숙희를 찜한 것이다. 나머지 아가씨들은 물론 김빠진 맥주 꼴이 되어 퇴장했다.

"한 명은 승아를 보내세요."

길모는 홍 마담에게 지시함으로써 멤버 둘을 확정 지었다.

"기분 어때?"

잠시 자리를 정돈하는 사이 길모가 숙희에게 물었다.

"초이스 받은 기분요?"

"응. 자신 있었어?"

"아뇨. 초이스라기에 이번에는 별실에서 밀려나나 했는데……."

숙희의 눈가에 이슬이 얼비쳤다. 이제 그녀가 인생 역전의 아까노끼로 완전하게 거듭났다는 신호탄이었다.

"자, 우리의 위대한 관상왕 홍 부장님을 위해 건배!"

김석중이 잔을 치켜들었다. 한잔을 비운 길모는 최고급 코냑을 한동희에게 따른 후 폭탄선언을 날렸다.

"죄송하지만 김 원장님, 오늘 술은 제가 내겠습니다."

"예? 안 돼요! 무슨 그런 말을……."

김석중이 당장 이의를 제기했다. 선배를 대접하려고 예약한 별실 룸. 예약이 밀려 고관대작도 원하는 시간에 들어오기 어려운 곳이다. 그런 곳을 공짜로 쓰다니? 길모의 도움이 절대적으로 필요한 김석중으로서는 턱도 없는 일이었다.

"대신 제가 부탁이 있어서요."

"어허, 부탁이야 내가 더 아쉽지. 그럼 이렇게 합시다. 두 사람이 서로 내겠다고 하는데 둘은 일종의 동업자라니 무소속인 내가 쏘겠소."

"선배님, 이 술이 한 병에 얼만 줄이나 알고 그러세요?"

김석중이 물었다.

"뭐, 한 이삼백?"

"죄송합니다. 이거 한 병에 물경 이천만 원은 가거든요?"

"……!"

금액을 들은 한동희의 입이 쩍 벌어졌다.

"그럼 이렇게 하죠. 실은 제가 의학적 자문과 명의를 소개받아야 하니 두 분이 책임지고 그걸 해결해 주는 대가로 술은 공짜, 대신 여기 아가씨들 팁은 두 분이 각자 내시면……"

결국 길모가 대안을 제시하고서야 작은 소동은 끝이 났다.

"그럼 일단 뭔지 들어나 봅시다. 나 같은 메스쟁이가 이 비싼 술값으로 대신할 만한 일인지."

외과 명의 한동희는 긴장하는 낯빛이 역력했다.

『관상왕의 1번 룸』 11권에 계속…

초대형 24시 만화방

신간 100%, 샤워실, 흡연실, 수면실(침대석), 커플석, 세탁기 완비

▪ 강북 노원역점 ▪

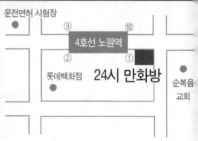

서울 노원구 상계동 340-6 노원역 1번 출구 앞 3층
02) 951-8324 (화용빌딩 3층)

▪ 일산 정발산역점 ▪

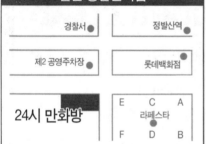

라페스타 E동 건너편 먹자골목 내 객잔건물 5층
031) 914-1957

▪ 일산 화정역점 ▪

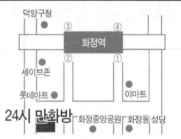

경기도 고양시 덕양구 화정동 984번지 서일빌딩 7층
031) 979-4874 (서일사우나 건물 7층)

▪ 부천 역곡역점 ▪

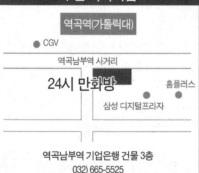

역곡남부역 기업은행 건물 3층
032) 665-5525

▪ 부평역점 ▪

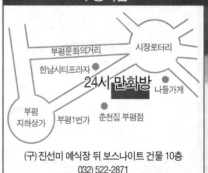

(구) 진선미 예식장 뒤 보스나이트 건물 10층
032) 522-2871

먀운 장편 소설

FUSION FANTASTIC STORY

三國志
전쟁
삼국지

2세기 말 중국 대륙.
역사상 가장 치열했던 쟁패(爭覇)의
시기가 열린다!

중국 고대문학을 공부하던 전도형,
술 마시고 일어나니 도겸의 둘째 아들이 되었다?

조조는 아비의 원수를 갚으러 쳐들어오고
유비는 서주를 빼앗으려 기회만 노리는데…….

"역시 옛사람들은 순수하다니까.
　유비가 어설픈 연기로도 성공한 데는 다 이유가 있지, 암."

때로는 군자처럼, 때로는 효웅처럼!
도형이 보여주는 난세를 살아가는 법!

Book Publishing CHUNGEORAM

이경영 판타지 장편소설

FANTASY FRONTIER SPIRIT

그라니트

용들의 땅

GRANITE

사고로 위장된 사건에 의해 동료를 모두 잃고 서로를 만나게 된 '치프' 와 '데스디아'.
사건의 이면에 상식을 벗어난 음모가 있음을 알게 된 둘은
동료들의 죽음을 가슴에 새긴 채 각자의 고향으로 돌아간다.
2년 후, 뜻하지 않게 다시 만난 두 사람은 동료들의 복수를 위해
개척용역회사 '그라니트 용역' 을 설립해 다시금 그 땅을 찾게 되는데……

용들이 지배하는 땅 그라니트!
그곳에서 펼쳐지는 고대로부터 이어지는 운명적 만남,
깊어지는 오해, 그리고 채워지는 상처.

『가즈 나이트』시리즈 이경영 작가의 미래형 판타지 신작!

Book Publishing CHUNGEORAM

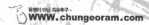

유행이 아닌 자유추구 -
WWW.chungeoram.com

니콜로 장편 소설

FUSION FANTASTIC STORY

마왕의 게임

『경영의 대가』, 『아레나, 이계사냥기』
니콜로 작가의 신작!

『마왕의 게임』

마계 군주들의 치열한 서열전
궁지에 몰린 악마군주 그레모리는 불패의 명장을 소환하지만……

"거짓을 간파하는 재주를 지녔다고?"
"그렇다, 건방진 인간."
"그럼 이것도 거짓인지 간파해 보아라."

"—나는 이 같은 싸움에서 일만 번 넘게 이겨보았다."

e스포츠의 전설 이신, 악마들의 게임에 끼어들다!

Book Publishing CHUNGEORAM

유행이 아닌 자유추구 -
WWW.chungeoram.com